中国政府出版品国际营销平台精选图书·文学书系　　王昕朋 主编

花开富贵

Blossom

吴 君 著

中国言实出版社

图书在版编目（CIP）数据

花开富贵 / 吴君著 . -- 北京：中国言实出版社，2021.1

（中国政府出版品国际营销平台精选图书·文学书系 / 王昕朋主编）

ISBN 978-7-5171-3619-4

Ⅰ . ①花… Ⅱ . ①吴… Ⅲ . ①中篇小说—小说集—中国—当代②短篇小说—小说集—中国—当代 Ⅳ . ① I247.7

中国版本图书馆 CIP 数据核字（2020）第 246342 号

出 版 人	王昕朋
责任编辑	宫媛媛　李昌鹏
责任校对	代青霞

出版发行　中国言实出版社

　　　地　　址：北京市朝阳区北苑路 180 号加利大厦 5 号楼 105 室
　　　邮　　编：100101
　　　编辑部：北京市海淀区花园路 6 号院 B 座 6 层
　　　邮　　编：100088
　　　电　　话：64924853（总编室）　64924716（发行部）
　　　网　　址：www.zgyscbs.cn
　　　E-mail：zgyscbs@263.net

经　　销	新华书店
印　　刷	阳谷毕升印务有限公司
版　　次	2021 年 1 月第 1 版　　2021 年 1 月第 1 次印刷
规　　格	880 毫米 ×1230 毫米　1/32　8.75 印张
字　　数	180 千字
定　　价	58.00 元　　ISBN 978-7-5171-3619-4

有风骨讲美学接通全球

——"中国政府出版品国际营销平台精选图书·文学书系"总序

王昕朋

中国言实出版社是国务院研究室主管主办的国家级出版单位，出版定位是：主要出版党和国家重大政策的研究成果以及相关的辅导读物。1995 年成立以来，我们一直坚持这一出版定位，围绕党和国家中心工作开展出版活动，因而，国内外读者很少见到由中国言实出版社出版的文学类图书。但是，近几年文学界对中国言实出版社已不陌生。这源于出版理念的一次变革。习近平总书记在文艺工作座谈会上的重要讲话指出："一部小说，一篇散文，一首诗，一幅画，一张照片，一部电影，一部电视剧，一曲音乐，都能给外国人了解中国提供一个独特的视角，都能以各自的魅力去吸引人、感染人、打动人。"这给了我们启示、启迪，文学也是讲好中国故事、传播中国好声音的重要途径。所以，我们也用心、用功、用力打造文学板块，并将它推向世界。2018年8月，由中国言实出版社出版的李春雷报告文学作品《朋友——习近平与贾大山交往纪事》获第七届鲁迅文学奖，同时入选"丝路书香"出版工程在国外出版，于是文学界发现，中国言实出版社在文学出版领域同样有不俗的表现。中国言实出版社的文学图书品种少而精，中国文学的声音在通过中国言实出版社持续传播到海外，承载着文化和文学信息的《温文尔雅》翻译成英文、日文、俄文、德文、法文、意大利文、西班牙文、葡萄牙文、阿拉伯文等多种语言向全球推介，英文版、中文繁体版荣获第十三届"输出版引进版优秀图书"奖，长篇小说《京西胭脂铺》一举登榜"中国图书世界馆藏影响力图书20强"。付秀莹、金仁顺、乔叶、魏微、滕肖澜、叶弥、戴来、阿袁等8位"当代中国最具实力女作家"的作品集同时推出，之所以在名称中冠以"中国"二字，是出于对外推介的考量，其中付秀莹、魏微、戴来等人的小说集后来入选"经典中国"项目在美国出版，产生良好反响。

近年来，中国言实出版社加快国际出版步伐，与英、美、日等多家国外出版单位建立战略合作关系，近百名当代中青年作家的作品陆续推介到美国纽约、日本东京、德国法兰克福等多个国际书展，被多个国家的图书馆收藏，图书受到国外图书界关注，连续6年入选中国图书世界馆藏影响力百强出版单位。2015年经财政部批准立项，中国言实出版社建设并主办中国政府出版品国际营销平台，为推动"文化走出去"提供支持。2020年，有感于体量庞大的中国当代文学无法快捷地被全球关注所带来的传播学遗憾，有感于年度文学选本出版周期较长，有感于众多具有潜力、实力、影响力的青年作家的作品没有很好的对外传播渠道，中国言实出版社整合资源，决定专门为中国政府出版品国际营销平台的文学板块打造出一种比年度选本出版周期短、对当代文学创作反应更为灵敏的季度文学选本。《中国当代文学选本》应运而生，书名由王蒙题写，选稿编委梁鸿鹰、李少君、王干、付秀莹、古耜皆为业内名家行家，所选作品为国内新近发表的文质兼美的力作。作为一种有公信力的季度文学选本，《中国当代文学选本》因"让国外读者快捷阅读当代中国文学精品"的窗口作用，以及"为中国作家走向世界铺筑交流合作桥梁"的桥梁作用，受到作家、汉学家、国内外读者一致好评。《中国当代文学选本》传播中国声音，讲述中国故事，产生良好社会效益。有鉴于此，中国言实出版社决定打造这套"中国政府出版品国际营销平台精选图书·文学书系"。

出版社并不承担培养作家的使命，但是这套"中国政府出版品国际营销平台精选图书·文学书系"的入选作品多是出自青年作家之手，原因在于，我们始终关注着中国当代文学最具活力与实力的鲜活部分，求取风骨与审美的统一，始终在精心遴选极具当代性的中国文学好声音，始终把推动中国当代文学与全球接通作为出版人的责任，这套"中国政府出版品国际营销平台精选图书·文学书系"的入选作家和作品便是如此。有风骨、讲美学，是选取这套丛书的思考维度。"有风骨"是要对民族精神有所反映，要为人民而文学，要关怀民生，帮助读者把无病呻吟、凌空蹈虚的作品以独特筛选眼光来淘汰掉；而"讲美学"是指中国言实出版社遴选书稿时看重作品的文本质量，内容和形式互为表里，是为美。美为作品飞向全世界插上翅膀，中国言实出版社人始终认为，美是全人类可通融的共同语言，有风骨、讲美学才能接通全球，成为文学精品。这些优秀作品里，都跳动着时代的脉搏，展现着当代中国日新月异的面貌，蕴含着深厚的文化自信。出版是文学生产的终端，对于中国言实出版社而言是文学传播的开始。中国言实出版社将始终秉持"好作品主义"，重视名家不薄新人，盘点、整合中国文学资源，积极开展对外译介和推广工作，自觉地将有风骨、讲美学的文学精品作为永不改变的出版追求。

2020 年 12 月

目　录
CONTENTS

才子佳人

有人说潘作荣是因为超生才来到这边。说这话的人是李东风。据潘作荣说，李东风由他一手调过来的，忘恩负义之徒。言下之意，李东风送的礼不够。李东风不敢提送礼的事，毕竟有行贿之嫌，只好背后骂，纯属放屁，潘作荣在原单位差点被开除，接下来，他继续抖了一些潘作荣的料，例如包二奶。

听话的人是几个闲人，有事没事就会挑拨这两个人互相攻击，原因是文化站太无聊，除了元宵节在广场搞的猜谜会，一年两次到外省采个风，买些个破盆烂罐子回来，写个汇报，配张照片交差，再无其他事情。

这一次，他们要去的地方是张家界。虽然距离出发有段时间，站里还是要开个会，强调一下纪律。站长潘作荣说机会来之不易，这个形势下，各单位都不许旅游和外出学习，考虑文化站的性质特殊，作为站长，他费了很多口舌才要到经费，所以不能铺张浪费，如果带家属，必须自己买单，不能在网上发照片。到了那边要尊重民俗，不该说的不说，不该问的不问，要爱惜自己的艺术家形象。最后，他看了眼李东风说，你辛苦些，负责写个汇报。

这句之后，空气变得紧张。站里的人都知道，李东风多次发狠，要是再让他写这种不三不四的东西，他会当众给潘作荣一个耳光。在众人的逼视下，李东风脸红脖子粗，声音虽大但明显底气有限，为什么都是我写。说完，他喝了一口水，跷起二郎腿，故意做出一副悠哉的样子。

潘作荣平静地说，你不写谁写呢，我搞摄影，李艳娇跳舞，王老师做晚会，就这几号人，那你告诉我怎么办。

李东风急了，站起来，全是专家，而我是个文盲吗？我写过歌词，主持过最火的节目，有几百万粉丝，你们难道不知道？来文化站前，李东风兼职做过广播站的主持人，对象是关外的打工仔。

这就对了，也算是人尽其才了嘛。你应该写的，我们站里每个人的分工不同，一个萝卜一个坑，这也是组织考察你嘛。说完这句，潘作荣向着李东风发出慈爱的微笑。无论李东风跳得多高，潘作荣都心平气和。他知道自己越沉住气，李东风越会崩溃。他知道李东风内心虚弱得一塌糊涂。我欺负你又能怎样？潘作荣故意激怒李东风，看看他到底会跳多高。

考察了五年，时间太短了吧。李东风心里说，放屁，不就是想让我多送点吗？这些话他不能说，把自己卖掉，只好挑些无关紧要的，每个人出去一身轻松，而我带着任务去，带着任务回，我不累吗？李东风是个胆小的人，当面不敢顶，什么牢骚都放在背后。眼看过四十，再不提彻底无望，而潘作荣一再向上级表态，自己不需要副手，能应付过来。不久前，政协有个委员的名额，人家指定了非党人士，李东风符合条件。考察的时候，潘作荣主持会议，他不断自我表扬，然后东拉西扯，最后说到李东风身上的毛病。结果是李东风推选落空。考察的两个人出了门，摇着头说，真是奇葩。

潘作荣说，不要太清高。当然了，你不想写，谁也不能拉着你的手、勉强你。今天就到这吧，我还有事，镇长那边还等着呢。

潘作荣前脚出门，李东风像是又活了过来。两个女人对了一下眼神，李东风则从鼻子里哼了一声，起身，吹起口哨，晃晃悠悠，绕到办公台前。两个女人笑了。他们也看不上潘作荣这点，总是把镇长挂在嘴上，好像人家离他就不行了似的。快五十岁的人，天天挂着相机跟在别人屁股后面，没点自尊。李艳娇扭着水蛇腰，站起来，说，好像谁没见过官似的。她这么说一点也不夸张，当年在台上，多少粉丝啊，什么官不官，都得在台下看她表演，为她鼓掌，向她献花。正想再说点什么，便见到了不愉快的事，有个女孩进了隔壁办公室，直接坐到空位上。李艳娇打了一下王海琳的手，两个人自然想到这是人事科说的事，经济发展总公司调来一个人。想不到这么年轻。要知道文化站干部的平均年龄四十五六岁。两个人都混过艺术圈，自然明白这便是所谓的威胁。那种青春气息，把两个人之前的自得打了回去，如同泄了气的皮球，瘪了。

这是李东风一贯的做法，对于潘作荣，他不敢硬来，只能背后搞些小动作。此刻，他准备喝点水，掩饰一下内心的慌乱，还是第一次这么猛。当然，也是被逼的，他后悔之前把话说得太满，害得所有人盼着看热闹。这时，李艳娇阴阳怪气地说，李站长，你不把好茶拿出来呀，今天可是耽误我们时间了，本来还等着看你发力，结果呢，也不过如此嘛。

李东风挥着手，道，别站长、站长地叫，我看不上那破玩意儿，如果想当官，在老家就解决了，用得着跑这么远，背井离乡到这片文化沙漠，跟一群没文化的人混吗？

说谁呢？李艳娇翻了下眼皮，心里正不痛快，听了这话更气了。本来想站在李东风这边，想不到还是扶不起，用几句不软不硬的话便打发了。谁都清楚，不写材料只是个借口，他想发泄一下各种不满。

见了新人，王海琳显然感受到了威胁，却没有表现出来。每次上面有人过来，都是才女、才女地叫她，年纪一把还称呼她为老师。她也觉得是自己把书卷气带到了站里。过去这个地方除了唱就是跳，像个戏班子，哪有点文化含量。王海琳主要负责各种晚会的串词，如果有主题，还好办，围绕主题写词也不会跑偏。要是拼凑的晚会，就比较费神。比如，刚下场的是采茶舞，接着上场的是杂技，便要挖空心思，把两个风马牛不相及的事生拉硬扯到一起，并赋予精神和意义。总之，她为站里赚过钱和名气，如果不是为了分房，办了假离婚，被人盯着，她才不会如此低调。

李东风想到说错了话，连忙纠正，烧水，冲茶后说，都是被他气的，他一个站长天天拿着个破相机，抛头露面，他怎么不写呢？到目前为止，我没见过他写过字，我怀疑他压根儿就看不懂文件。

见还是没人理他，李东风厚着脸皮，对两个女人说，喝茶吧，到了张家界你们的茶我包了。

李艳娇说，怎么？还挺委屈的呀，你应该做的呀，这点破茶就能收买我们？我们可是站在你这边，不过，撑死你也就这么大个胆了，理解理解。

好、好、好，我不跟你们理论了，姑奶奶。李东风示弱了。

我没那么老吧！李艳娇今天显得有点较真。

美女，行了吧！拿你们没办法，这辈子，我被这破地方和女人害了。

后一句是对的，你大好前程是被女人耽误的。李艳娇的后半句改成嬉笑了，她故意这么尖刻。

好、好，你们这些文化大妈。李东风知道李艳娇又想揭他短，忙摆手求饶。

什么妈？李艳娇冷着脸道。

李东风也来了劲儿，哭丧着脸道，文妈，行了吧。希望你们家的孩子有文化，将来进文艺圈。

我才不想呢，最好离这圈儿远点，越远越好，一天到晚涂脂抹粉，像是些小丑，招之即来，挥之即去，什么时候有过真正的地位。李艳娇说。

听她这么一说，几个人都开始叹了气。

罗岗文化站属正科级单位，五个正式编制，其他人多是职工、雇员和临时工。下属的广播站前些年被集团收了，只留下一个影剧院。影剧院不完全放电影，各单位的半年总结会、年终总结会、事迹报告会，市里的下乡演出都会过来开。所以，站里的人也会觉得自己家大业大。加上办公室的五个，全部有二十来号人，多数由财政发钱或企业赞助。说是发百分之七十，可实际上没少过其他单位。这样的一些人，从来没有低人一等。不仅如此，他们还很骄傲，除了女同志个个擅长打扮，穿着也很大胆，每次到镇里开会，都很风光，什么人都要看过来。除此以外，站里办了报纸，虽说是内部小报，倒是经常发些名人作品，他们自我感觉与名人有了特殊关系。当然，这些事，名人并不清楚。万一知道，就把优厚的稿费汇过去，这年头，谁还能说什么呢。

文化站的人无论男女，心思都很细，盯着对方的衣服、电话、信件。每天上了班他们花上一小时吃早餐，亲亲热热说一会儿家长里短。例如，最近都认识的一个人在东莞被抓了。因为是熟人，众人唏嘘一番，装作同情。女人自然没那么容易放过这八卦的好机会，装成不明真相，让知道详情的人再细述一番，于是各个心情变得大好。提到自己，他们只说些风花雪月，比如当年的风光、眼下的幸福，谁也不会把昨天晚上和老婆吵架，和家婆斗嘴，家公出来拉偏架，最后变成混战的事抖出来。每逢这个时候，男人开始抽烟，女人忙于说话，竟忘记了去市场买菜。没有及时买菜也就影响了晚上的打牌，当然，家里刚刚闹过不愉快，也还不急于打牌，还是先稳妥了再说。虽说李东风几次提出打牌，意思是没钱了，暗示李艳娇早点还了赌资。

难道我会不给你？两个人在洗手间的镜子前遇见了，李艳娇见四周没人，丢下一句。

实在没有，你就陪我睡一次吧，我很久没有那个了。李东风对着镜子里的李艳娇嬉皮笑脸。

李艳娇放下整理头发的手，没好气地说，你在这儿先好好照照。

什么人啊！见李艳娇出了门，李东风小声骂了句。李艳娇喜欢打，经常向他借钱，害得他手头总是紧张，运气也不好。他听人说过，把钱借给人家，等于把好运也给人拿走了，怪不得提拔的事一直不顺。

李艳娇望着对面楼的妇女摊开报纸挑菜，怪自己太大意，这个时间本应该煲汤，一想到前晚还跟婆婆吵过架，就安慰自己，算了，让他们知道一下自己的厉害，凭什么我要做苦力，无论如何我也是个名角，上过台，小小年纪便被领导人宠幸过。想到这儿，她仰起脸，抬高了下巴，让自己松弛的脖子显得修长一些，脚下也迈上八字步，这是做演员的本分。谁能比呢？她缓缓走回办公室，尽管只有几步路，却仿佛回到了舞台。

很快，她又想起苏小元。这么一来，东莞和买菜再也不重要。李艳娇恨透了这个吸引人才的政策。凭什么她们想来就来，把老娘之前的光荣一笔勾销，凭什么？她回家时显得步伐凌乱，脸上的自信也没了，低着头，从胡同里钻出去，再拐进抄近的小道，回到家，溜进卧室，到了床上，才发现还穿着鞋，开始对自己生气，用力蹬自己的脚，一前一后，两只细长的高跟鞋先后飞到不同点。随即便听见客厅里一声咳，吓得赶紧蒙上被子。

刚翻了身，电话便响了，王海琳打过来的，平时，两人从不通过电话联系，连微信好友都不是，彼此心照不宣。王海琳问了一下孩子的事，早在前几周，李艳娇的孩子离家出走，过了两天李艳娇才从网吧里把孩子找回来。王秀云知道对方没那么好心，所以耐着性子，最后，反倒王海琳忍不住了，说，来了新人，我们的力量又加强了。

李艳娇微微一笑，明知道王海琳心里犯酸，还打官腔说套话，实在虚伪，故意逗她，说，是啊，听说挺有灵气，这回你有徒弟了。

王海琳没中计，笑道，年轻，身材样子都好，懂人情世故，又端茶又倒水的，一看就是人精，明年去财政要钱，你也有伴了。

马屁精吧。李艳娇终于忍不住，她听不得别人身材和相貌上的好，尤其说到要钱，像是戳到了自己的痛处，过去要钱的事都是她的活，为此，她在站里颇有些江湖地位，连潘作荣也得让着她。原因是财政局长是她当年的观众，用现在的话说，就是粉丝。李艳娇说，我倒是想看看，她一不会表演，二不懂乐器，怎么搞群众文化。

电话这边的王海琳会心一笑，话锋一转，你没发现她脖子很短吗，要站没站样，要坐没坐样。

关键是没气质！李艳娇说话的时候，已经走到了镜子前，她把自己的法令纹提了提，又摆了个云手。

就这样，两个人一下子成了同盟，原来的对手突然比亲姐妹还要亲，怎么了，怎么了，过去这两个人不是斗吗？互打小报告，全是些鸡毛蒜皮的事，什么王海琳用公家电话打长途，多报加班费，还把猜灯谜时用的灯笼拿回家，而李艳娇嫉贤妒能，每次找演员都是丑的老的，武大郎开店。文化站的男人百思不得其解，这导致了潘作荣忘记吃早餐，而李东风竟错拿了潘作荣的杯子，并深深地喝进了一大口，发现后，狠狠呸了一口，用清水洗下自己的口腔。这时他们共同发现了美景。那便是新来的女孩，正在晒太阳。站里有谁这样自信，敢把自己放在强光下，哪个不是厚厚的妆？此刻，两个男人都失态了，尽管他们从前不想这样，尤其在彼此面前。

整个一个上午是怎么度过的，完全想不起来。潘作荣的脑子里只有苏小元那微微上扬的嘴角，李东风脑子里全是潘作荣的失态。他目睹了潘作荣可笑的样子，手忙脚乱给新同事倒水，献殷勤。所有这些被李东风看在眼里。他明白，自己下手扳倒对方的机会到了，你不是一天到晚捣乱、故意挡我的路，害得我提拔不成吗？看着潘作荣又在表达人生感悟，比如在苏小元面前说，人一辈子就是几十本挂历，活着就是向死亡前进等费话。这些话，站里人听了十几年，已经恶心。此刻，李东风面带微笑，不动声色。他想这家伙好日子快到了，我有什么不能忍的。他觉得自己需要逛逛华强北了，那里出售各种摄像头。

苏小元深谙自己的优势所在，她会唱京剧的一个片断，能唱两首粤曲，例如《分飞燕》之类。懂各种朗诵诗的写法，见任何人之前会上网找对方资料，或打听对方喜好。内心里，她看不上任何一个人，表面绝对谦虚嘴甜，见谁都叫老师。只是没有搭理李东风，担心对方没完没了跟她说话，让她难以脱身。李东风喜欢江浙一带的女性，文雅羞涩、不食人间烟火的女子。所以他主动揽了一项活，就是搞听友会，培养了大批粉丝，希望从这里面物色一些女孩子，成为自己下一任太太，前两任太太是湖南湖北的，比较火辣务实，忍受不了他的文艺腔。不管大事，天天趴在电脑前给那些所谓粉丝写信。记住了你不是歌星，尽管你总是模仿谭永麟说话的神态，这是前任留给她的话。李东风喜欢看电影，他能迅速附身男主角，接近女主角，然后或是哭泣，或是欢笑，直到帘拉开，灯打亮，才回到人间。一路上，迈着男主角的步伐，心潮澎湃，路过镜子，瞥见了一个人，他实在不敢相认，头发盖住脖子，黑色的高筒靴，上面是风衣，或许颜色的原因，把他的面孔衬得越发灰暗。这是自己吗？他脚步变得迟疑，料不到，镜中看见了苏小元，原来两个人看了同一场电影。

李东风跌回现实里。

苏小元显然也看见了他，跑步进了电梯，从八楼坐到一楼的时间里，说了这么几句话：李站，我可是你的粉丝，你的节目真好啊！

不会吧！你难道听过我的节目吗？

选题好，声音也特别有磁性。每次都会浑身颤抖，我是听了你的声音，才决定来到这个单位的。你知道吗？原单位福利好，领导也非常器重我。

李东风过去迷恋自己话筒里的声音，甚至还会一遍遍听那些录制的节目。眼下，他只喜欢苏小元在电梯里的声音。

我真不知道呢。李东风说这话的时候，像个小女孩，有些羞涩，不敢看对方眼睛。如果在平时，他才不会这样。要知道他看不上站里的任何一个人。

您的青春、迷茫、孤独、人生等话题我都喜欢，还推荐给别人听了呢，连我父母都知道您。苏小元说。

可惜电梯太快。李东风晕晕乎乎，便听见苏小元说了句李站长，不耽误您，我先走了。李东风大脑空白，说，去吧，去吧，你好好办事。他睁大眼，发现电梯空了。他后悔没有及时对苏小元说，我们去咖啡厅坐一会儿吧。

恍若隔世的李东风回到办公室，想不起电影的内容。苏小元那一声李站长太好听了。这份工作自己完全可以胜任，一定会把这个站办得风生水起。过了一会儿，脑子里装满了苏小元。连苏小元的父母都知道他，也就是说她向家长介绍过。在什么情况下呢？让他们做参考吗？早知道有后面的苏小元，他绝不会搭上那个学跳舞的女孩，还把潘作荣得罪了。这个潘作荣分明有想法，而自己先下了手，导致他和潘作荣两个人有了矛盾。

苏小元刚一转身便跑到墙角，忍不住笑了。用最短的时间，苏小元便打探到了每个人的底细。所以，她绝对不会在潘树荣、李东风都在站里的时候，和其中的一个说话，必须等到其中一个出门，才会到另一方办公室小坐。本来是潘作荣请她帮忙看看笔记本，她折腾了半天也没能开机，最后，发现是电源线坏了。这是一个用了六七年的旧货。于是她说得买个配件。在天虹商场绕了一圈，也没找到合适的，只好拐到电影院。她不想再走了，端了杯冰激凌，进了电影院。想不到，一出门便碰上李东风。担心对方回去跟潘作荣打小报告，只好采取措施把对方弄晕。想不到，非常有效。回来的时候，见到李艳娇，苏小元故意打了个响指，把走路的声音弄得很大，还对着电话，骂了句粗话。苏小元最近的变化很大，没有了刚来时的文静，有时开玩笑，甚至会让人下不了台阶。李艳娇并不知道苏小元是被逼的。苏小元不能一天到晚跟林妹妹一样，那会直接被站里的女人废了。想到李艳娇正在后面盯着她，苏小元笑了，证明自己的手段还不错。站里的女人都老了，愈发脆弱敏感，受不了她的年轻，为了保证安全，不在通往胜利的途中夭折，苏小元必须扮演女汉子，否则小命难保。眼下，已初见成效，至少李艳娇不再酸溜溜地说话。显然对她已经放心。为此，她还准备换上中性服装，让她们彻底对她信任，不重视自己不行。

刚坐下，又想起潘作荣的电脑，是不是想换台新的呀，早听说这个人很贪。她似乎明白了潘作荣的意图。看着脚上有些旧的波鞋，心里想，自己的钱也不是大风刮来的，于是，她决定再观察两天再说。

大清早，谁也想不到镇长竟来到了文化站。潘作荣惊得半天说不出话。视线里的李东风坐在镇长身边，像个老朋友跟镇长一起喝工夫茶。

再看看站里的其他人，李艳娇穿了一条连衣裙，真丝面料，把她的曲线勾勒得很性感。不仅如此，还化了个妆，连平时不喜欢打扮的王海琳也围了条粉色纱巾，跟她的年龄和超短的头发极不相符。他想起自己有时候也会如此，越是重视越会出错，便有些同情工海琳了。

镇长倒是很兴奋，见到潘作荣也热情，但明眼人会看出是客气，是官气十足的客气。他说，刚才跟东风说了会家常，你也到了，坐下，谈谈工作上的事吧。

潘作荣真想给自己一个耳光，天天早到，偶尔一次迟到，还偏偏给镇长碰上，真是太不走运。

潘作荣非常拘束地坐到镇长身边，这显然是李东风故意留的位置，平时说话，潘作荣都是坐在主要首长对面，这是他的习惯，如果坐在领导身边，他会心慌，更会说错话，加上刚才见到李东风和镇长亲密的样子，潘作荣彻底没了底，平时自己总是镇长长镇长短地炫耀，想不到人家镇长跟李东风这么熟悉，还说到晚上去什么斋写字，这都什么样的关系了。潘作荣越发凌乱，以至于谈到上半年工作时大脑空白，说得颠三倒四。好在苏小元及时补充，并把一个表格递到他手中，才算没出大丑。

镇长对上半年的工作很有兴趣，完全没有在意潘作荣的尴尬。他又问了几个事情，比如广场文化是不是省里第一个搞起来的；省农运会上，镇里的悠悠球有多少老人参与了；梅花奖为什么会奖给说粤语的孩子，有没有申报其他奖项。镇长问得详细，苏小元答得周全，及时为潘作荣解了困，突了围。

潘作荣百感交集，看着身边两个精心装扮的女人，怒火中烧，显然前一晚他们都知道，故意瞒着他。抬眼看苏小元，又好受了，哼，再打扮也是白费，青春无敌啊。记得有一次，他带着她们化缘，席间，各个风情万种，到了K厅，拿着麦克风不放，又是唱又是跳。去洗手间的时候，他听见两个男人说话，什么美女呀，两个老太婆嘛，这么老了，还出来混。当时，潘树荣听了竟有些心酸。现在再想，就是活该。趁镇长出去接电话，潘作荣快速了解这次意外的原因。听来的消息是，李东风升副职无望，只好巴结上这位领导。据说，此领导还将拨出经费，交到站里办杂志，由李东风做主编，到时就是直接面对区长。不过，李东风和这位镇长常在一起吟诗作画，尽管对方比李东风只大十多岁，但已着手认此人做干爹。放下电话，回头看到镇长那副眼神，显然对苏小元欣赏有加，潘作荣太了解男人了。于是他心里有了底，开始放松身体，绕过李东风，凑到两个人中间，给镇长斟了杯茶，又给李东风续满，借机看了下李东风大功告成的样子，很是轻蔑，心想，别得意太早了。

就在镇长露出微笑的时候，王海琳已感觉到了一丝凉意，她意识到苏小元不是一盏省油的灯。一段时间过去了，苏小元竟然没有说错一句话，分寸掌握得极好，站里需要表态的话，她都是用"呵呵"搪塞，装糊涂。谁的马屁都拍，不吝溢美之词，决不在第三者在场的时候说恭维话。王海琳认为，得找个事情给苏小元做，趁机了解一下此人背后站着谁，是不是上面派来的卧底。毕竟自己还兼着出纳，安全很重要。

又过了一阵，李东风在过道上遇见苏小元。苏小元和他打招呼，只是声音太轻了，没听见什么，只闻到一阵洗发水的味道。

李老师！她又喊了一声。

尽管也有人叫过他老师，可没有如此动听，刚睡着的东西又醒回来。李站长，李老师，站内站外，如此轻松转换，爱惜之情、保护之情，可谓深厚啊，分明也是希望他早点上位。

这一次，他不敢看苏小元的眼睛，担心对方看出他的内心。

李东风能把镇长请来，苏小元也很吃惊，显然，过去她小看了李东风。为了挽回前面的怠慢，她急于找到李东风，李老师，我在东莞的时候便听过你的节目，也看过你的文字，针砭时弊，太痛快了，李东风说，其实我擅长的是深情的东西。

是啊，其实我喜欢你那档《今晚的夜空》。

李东风感觉到心慌，脚甚至有点站不稳。那些旧作，放在博客上一段时间，鲜有人访问。

两个人的谈话最后是在办公室，他忘记最后是怎么摸了对方的脸，再想进一步行动的时候，苏小元跑了。难道那些话不是这个意思吗，她不是暗示他吗？

苏小元是哭着离开的。李东风站在原地，想不明白是怎么回事？最近事事顺遂，心情大好，想不到，还是太大意，怪就怪自己中午多喝了几杯。

李东风觉得大难临头了。这不是自己的计划呀！自己的计划里只有当上副站长而无其他。

不到一个小时，他便见到苏小元进了潘作荣的办公室，心想，这下完了，完了。

他不知道苏小元刚领了任务，在潘作荣的口授下，出发之前，先把采风汇报先写出来。用潘作荣的话说，是了解一下苏小元的悟性。主意是王海琳出的，大意是站里的秘密不能轻易泄露出去，先看看苏小元的嘴巴，是否是吃里爬外的主，然后再考虑是否带上她。如果传出去了，事情还来得及调整，甚至可以不出去。但已鉴定出此人是异己分子，找个事端，把人排挤到剧院，永不得翻身。如果没有泄露，天下太平，证明此人靠得住，可发展为自己人，先安排些零活小事，日后再做打算，总之，得尽快控制住，免得被李东风和李艳娇之流拉拢过去。

苏小元一口答应，对王海琳说，这种事您就交给我吧，您尽可能少熬夜，女人很重要便是保养。多睡一会儿。

王海琳有些不高兴，显然有尊老的意思，暗示两个人有年龄差距，她扑闪着假睫毛说，嘿，谁都得保养，你不也是女的吗。

嘿，我就算了，而你不同。你有很多粉丝。要为他们负责呀，总之，为了他们，你一定要幸福，免得让自己将来后悔。

你这个小孩怎么什么都懂呢？听了苏小元这番话，王海琳有些不好意思了。

苏小元见状，接着道，反正不能七老八十了，才想起年轻时这个也没做，那个也没做，每次看我老娘都替她惋惜。

听完这句，王海琳又生气了，虽然明白苏小元说得没错。

苏小元在潘作荣的电脑里看了很多东西。当时QQ没关，一个女的上来说话，叫了句亲爱的，还配上一个红唇。

潘作荣见了，脸腾地红了。苏小元装作没看见。后来又有几个头像在闪，她都佯装不知。她明白潘作荣再也不敢找她麻烦，必要时，还会为她所用。

李东风只休了一天便回了单位。他觉得应该打起精神，让所有人看不出，所以他上班了，况且马上要去采风，一年才两次，凭什么他要放弃。

回到单位才知道事情没那么简单，似乎苏小元把他动手动脚的事告之天下了。不然，站里两位姐姐不会一前一后、神神秘秘看他一眼，叹气，摇头，最后不说一句便走开了。这是在他吃过一个肠粉后的发现。

你们不能说清楚吧，我做了什么。我一没碰胸，二没摸到下身，我不过是碰了一下脸蛋，这算什么呀，难道你们的脸没有被人碰过吗？我看你们碰得更多，为了给文化站多拨一点钱，你们难道没有陪人喝过酒，跟人调过情？你们不仅被人碰过，在那一刻都记不得自己的老公是谁了，还以为碰你的人是呢，你们好意思说我吗！他在心里骂上了。

李东风越想越愤怒，还有良心没有啊，这把年纪了，还做作和矫情，我都没嫌弃你们。他蜷在办公室一角，看着潘作荣耀武扬威地走来走去，声音明显比过去提高了几分。这孙子得意吧。李东风愤愤地想，准备落井下石了吧，早知道会有这一天。只是不知道会栽到你们几个破落户身上。他看了一眼这边，喝了口浓茶，准备在沙发上睡一觉。他不想再顾及形象，破罐子破摔吧。他想好了，晚上去洗个脚，让小姐捏捏，把身体搞舒服了再说。

李东风大脑休克了很久，才收到了去采风的通知。这次经费果然到账很迟。

这回是真的吗？他躺在床上懒洋洋地接电话。

是不是另有什么出国任务，脱不开身啊？李艳娇边涂指甲边说。

别、别，姐姐你就不要再讽刺我了。什么时间，我参加行吗？再说了，咱文化站才几个人呀，我不去，谁干那些风险差事。

这次不用你写汇报了。

那好啊，我还乐得清闲。十几年，我写一堆字，没落下一个好。

也别这么说。这次是那位靓女主动提出。李艳娇涂着指甲道。

李东风听了，坐了起来，显然，他已经开始失落，他酸溜溜地问，好事、好事，这家伙还跟潘作荣出去吗？

是呀，吃醋了吧。李艳娇想着李东风的样子。这段时间，潘作荣总是带苏小元，陪镇长和老板喝酒。有一次，有人在酒店看见两个人是互相扶着出门，用照相巴结过时了，他早已扔在脑后。

李东风来了精神，他觉得有好戏看了。采风的时候，两个人肯定有故事，自己的小设备应该没有白买。他做好打算，盯住苏小元，到时一箭双雕。

他故意坏笑了一下。脑子里迅速回想起潘作荣的各种事，为了多些人充数，充当采风人员，需要他在汇报中编些地名。比如，去了什么红色教育基地，参观了文化设施，所有这一切都是为了配合报账，其实是自己捞钱。也就是说，让李东风做假材料，将来出事，执笔的人脱不了干系。

眼下，李东风除了恨苏小元，还恨文化站的所有人，很明显，要把他踢出局。他对着电话里说，我还是不想去。

怎么了？李艳娇问。

李东风懒洋洋地躺下，就是不想去，你们好好玩吧。

别闹了，老弟，票都订了，你不去，人家还以为你躲着谁呢，何必这么紧张，你什么时候能成熟些呢？

我去被人看笑话啊！

到时候还不知谁看谁呢。说完，李艳娇冷笑了一声。

想不到最后一天起了大雾，所有人都懒散起来。只有苏小元像个精灵一样，起得很早，跑到外面去观赏，直喊到了仙境。直到酒店大堂内的声音越来越高，她才停下来。

所有人的行李已放到车上，听见了吵架，又从旅游车上跑了下来。

还讲不讲理。非要把我们扣压在这儿，要我们交钱，如果给他们，那岂不是承认了？

什么钱啊？有人问话。

说有个房间打了长途，我们按照上级的规定例行节约，不可能对任何人特殊。虽然只是几十块，可我们不能这么当冤大头，必须让他们把事情搞清楚了，否则也影响干群关系。好像什么人行使了特权一样。人家可是艺术家，会占你们这点小便宜吗，简直是人格上的污辱。我现在怀疑是酒店的人偷打了，想陷害我们，告诉你吧，休想！李艳娇声音越来越高。

李东风觉得李艳娇有些过分，不就是几十块钱吗，给他不就完了，何必耽误大家的时间。

不行，我们偏不能妥协。李艳娇已经气得变了声，她做出鱼死网破的架势。

这一刻，李东风突然明白了。他会心地笑了。不由得生出佩服，平时买菜、摘菜、买点股票、打点小麻将的中年妇女，竟说出这么成熟的话，不愧是当年的名角。

潘作荣从外面回来的时候，录像已经被调了出来。之前，他在枫树下，为苏小元拍了各种照片。他手执相机，有时爬到树上，有时跪在地上。躲在玻璃窗后面的李东风见了，生出轻蔑，哼了句，都五十岁的人了，上蹿下跳，也不怕粉碎性骨折。

原来是王海琳，天亮前从他的房间离开，潘作荣没有送，房门只是闪了一条缝。连续两个晚上，都在同一个时间。

李东风当然不会再要回自己的钱，感激还来不及呢。李艳娇暗中相助，这难道不是自己的贵人吗？想到事情原本可以这么简单，他后悔说过潘作荣超生和包二奶，其实都是瞎猜说的，没想到，全对。为了这，他忏悔了半天，他不想让自己的良心不安。

两个月之后，站里要选个临时负责人，也就是准站长。因为情况特殊，考察的时候，气氛比较紧张。过了一会儿，还是没人表态。眼看考察的人表现出了不耐烦。李东风明白，这种时候，不能沉默，否则局面很难控制，同时，也不能随便推荐，熬了这么多年，李艳娇早已跃跃欲试，机会来了，而且是她亲自出马争来的，她当然不会放过。

李东风快速理清思路，准备行动。他有意避开李艳娇的视线，略加思考后说，我看苏小元不错，有活力，也懂得尊重老同志，爱学习。他很清楚，整个文化站，苏小元最没条件，年轻，资历浅，人缘一般，无任何威胁。他的这番话，大有深意。他故意耍了个心眼，尊重老同志，是暗示苏小元抓紧时间说话。这么一个八面玲珑的人，当然懂事，知道投桃报李。再说，苏小元早已称他为站长，证明在她心里，他接班理所当然。最后这句，爱学习，证明苏小元眼下尚不成熟。李东风还在为这番话暗自得意的时候，意料之外的一幕上演了：苏小元并无推让之意，更无半句客气，她甚至没有看一眼李东风，而是面向考察人员做了自我推荐。她把自己参与和组织的各项活动做了归纳总结，同时，举出站里当前存在的老龄化问题。苏小元的神情透着深深的忧虑，她用了一个词——亟待解决。最后，她提到了今后的整改方向，有理有据，完全有备而来。看着考察的人不住地点头，李东风联想到镇长最近的态度。最后，苏小元笑着说，感谢组织的信任，在唱念坐打方面，我还需要向各位前辈学习。

　　浑蛋！李东风在心里骂道。

芭比娃娃

有次阿芒给卢平平按摩，说，西安离我们家特别近，飞机掉到西安那次，刚好就在谷场边上，差点把刚收好的粮食点着了。说完这句，阿芒忧心忡忡的样子，好像事情还没解决。卢平平听见，在心里笑，不说话。她想听听阿芒接下来还能有什么新花样。

最初是阿芒清亮的嗓子吸引了她，要给你的肠子洗洗澡吗？要给你全身脱脱毛吗？要为你的身体去去污吗？清清白白回家，干干净净见人。卢平平首次听到这样的广告语，忍不住转过脸去看她，见到一个高挑的女孩冲在前面，刚才的声音便是从她嘴里发出来的。卢平平脚步刚刚慢下来，阿芒便迎了上去。热乎乎的手伸过来，拉住卢平平。卢平平盯着广告上面的字，耳朵里响着阿芒的声音。

春天医院是一家美容美体机构，随着名气越来越大，开了许多家连锁店，其中的一家便开在卢平平所在的小区对面。演员范冰冰夸张的头像悬挂在店铺门前，据说是统一标识。开业前几天，声势浩大，霓虹灯拼接起来的店名无比夸张，在空旷的街道上整晚闪烁，令寂静的一条街变了样。墙上树上斑驳的影子，随着西北风动来动去，卢平平觉得像是看过的那些鬼片。直到每天早晨有几排穿着整齐的美容师在街上喊口号，走正步，部队训练般围着菜市场转来转去，卢平平才算恢复。卢平平心里想，不过是个做生意的地方，跟其他铺头并没什么差别，只是招摇夸张了些。卢平平明白，刚开店的人都喜欢玩这些，跟做人似的，刚出道咋咋呼呼，经历过一些挫败之后，人才会变得安分。过了三十岁之后，卢平平很喜欢反省，包括自己的生活。卢平平认真观察这家店的营销手法，包括拦在路上送人餐具的手法，算是特点，画面上是两只小猪，卢平平认为自己被那个可爱的花碗迷住了，忍不住在心里给他们点了个赞。不仅如此，第一次做按摩，卢平平就收到了阿芒的发夹，漂亮精致，像个工艺品。卢平平感觉，这些小玩意在阿芒的手里，与她粗大的手脚完全不相称。卢平平观察两天便发现，早晨的时候，这家店的女孩儿们会喊着各种口号，做出一些荷枪实弹的动作，据说为了增加内功，做按摩还是很消耗体力的。那个笨手笨脚，经常顺拐的女孩就是阿芒。

卢平平每次听阿芒这样介绍自己的老家，都会在心里暗笑，她知道这便是新人，刚到深圳，看什么都新鲜，还不知道哪儿有陷阱，哪儿有地雷，当然也没有尝到被老板、被朋友、被熟人捉弄的滋味。倒是阿芒知道，自己的这些话，被卢平平听了进去，而且入了脑子，主要是因为卢平平的表情。卢平平脸上敷着面膜，细微的变化也能看到，她的眉头有过皱起和舒展。阿芒用手在对方脸颊两侧拢了下，像是对付一个面团。她笑着说这是塑形，无须紧张，好好享受吧。她答应卢平平把方脸塑成圆脸。卢平平小的时候是个圆脸，这几年开始塌下去了，稀薄的一层皮由颧骨撑着。卢平平很久都不愿意照镜子，尤其不想看见身上那一块块模糊的黑印在不断扩大。

阿芒说，姐，你信不信我能给你塑成原来的样子。阿芒看着躺在按摩床上的卢平平。

卢平平笑着，故做惊讶状，真的呀？我原来什么样子都想不起来了。她喜欢这样逗阿芒，她觉得阿芒智商不高，却又喜欢表现。果然，阿芒胸脯一鼓一鼓的，卢平平知道她还有很多话没有说出来，正憋得难受，比如劝卢平平开卡。

卢平平发现阿芒闲不住，不让她睡觉，她总是和卢平平说话。每次卢平平困得睁不开眼睛，对方还在说。阿芒喜欢说自己的事情或是同事的，从恋爱一直讲到结婚，生孩子，床上的事也说。这是她看见了卢平平的胸之后说的，姐，你一定要把自己做丰满些，男人喜欢，不是瘦就好，男人愿意摸到肉，那样做起来才有劲儿。

有次听到一个女人在隔墙尖叫，卢平平以为出了什么事。

阿芒笑着，说，这是做肾部保养呢。随后阿芒俯下身子，在卢平平耳边说，那个手法很特别，让女人又爱又恨，声音当然像是叫床，很适合没人招呼的女人。

见卢平平冷了脸。阿芒说，姐，过两天放假，你有什么节目啊，去爬山呗，就我们俩去。

卢平平已经警惕，说，我一大家子人要管，哪有你那么清闲。

像是没有听见卢平平的话，阿芒继续说，那逛街怎么样，买小吃，我请你去老西安，凉皮好吃。凉皮本来是卢平平喜欢的食物，只是卢平平最近越来越不爱吃饭，她总想对阿芒说，快回老家吧，再不回就晚了，别浪费时间。孩子在等着你，再不回就真的晚了。

听到阿芒这么说话，卢平平觉得好笑，心里说，我跟你逛？你也不看看自己是谁，总是不把自己当外人。尽管心里觉得阿芒不知深浅，卢平平嘴上也没点破，说，我还有事，你自己去吧。

那我去家里陪你吧。阿芒把脸凑近了。

不用了，不用了。卢平平很生气，好像对方把她看透了，知道她的身份似的。她已经受不了阿芒这个劲儿，总是摆不正位置，也不照照，逛街、爬山，那是多惬意的生活呀，你真敢想，也不看看自己的身份。把老人孩子扔在老家，自己出来逍遥。她觉得需要找机会教育阿芒一次。

没事的时候，卢平平喜欢向上看，包括每天晚上去看天花板上泛黄的雨渍。卢平平觉得这房子也老了，和自己一样，孤零零地停在离天空最近的一层。这样的楼层方便她遥望天上的云，观察它们是怎么一点点变化的。卢平平很少向下看，主要是不敢，"好时光"门口有几排黑色的小人影，好像蚂蚁在蠕动，很不真实。对门的女人似乎也有同样的爱好，总是喜欢把身子靠在阳台上，伸长了脖子，一旦看见有人在下面扎堆，她便会拎了衣服，锁上门，冲下楼。她还喜欢在各种节假日去大小梅沙欢乐谷玩。

卢平平说，你又不用上班，天天在家闲着，为什么要去挤呢？卢平平清楚，被女人称作老公的那个人已经很久没有回来。她们这个小区有很多户都是这样。

女人没有生气，反倒笑着向卢平平挤了下眼睛，说，暖和呀，在人群里挤着，好像被人抱着。说完，她把后背对向卢平平，让卢平平帮她提上拉链。

看见一条像蚯蚓般的伤疤抚在雪白的肌肤上，卢平平问，做手术了？怎么没听你说。

是啊！不大不小，还以为是癌，刚说了个开头，那家伙就吓跑了，回来取了一次衣服后，连话也不敢说，是我问他怎么了，他支支吾吾说生意不好做，有人追债，让我不要联系他。随后便是失踪。女人好像说别人。卢平平害怕女人反过来问她，忙说还有事，快速闪了。

听见阿芒又在忽悠她，卢平平躺在美容院的按摩床上沉住气，对阿芒说，好啊！你能让时光倒流呀，我倒真是想见证这个奇光异彩的时刻。

姐，你怎么又开始这样说话了呢？你不信是吧，起初我也不服，后来信了，我真的不骗你。阿芒想要发誓的样子。让卢平平再次确信阿芒比较二，她愿意看见这样的人，主要是缺心眼，什么都信。

卢平平每次只需轻轻用个词儿，就会让对方手脚并用一阵天昏地暗。她在心里开始同情阿芒，成天油嘴滑舌，巴结人，不抓紧时间做点有用的，把钱赚到手，人生过得很快，钱也越来越难挣了。当然，她不想告诉阿芒，这些事需要自己悟。当年也没人告诉自己，如果不是因为身体出了问题，还不会着急出来找钱。卢平平继续想着阿芒的事，年纪轻轻，要抓紧掌握一门本领，目光短浅了不行啊，哄客人开卡或续卡，自己提成，拿奖金都是短视。

阿芒尽管招数很多，可还是一眼就能被识穿。阿芒自己并不知道，还像个小丑那样，配合着一双不协调的手势，不停地讲啊讲。这些话卢平平放在自己心里，不表现出来。她的脸上很平静，像是什么也没发生。阿芒倒不知情，继续滔滔不绝，只要姐你配合我，我敢保证。让你回到过去那个样子，年轻的时候你一定很美。

好、好！卢平平回答的时候故意放慢语调，她把自己变成一个长辈耐心听小孩撒谎。卢平平并不想回到过去。如果有可能，她想看看下辈子，此生她算得到，并且做好了安排。

卢平平因为大眼睛，长睫毛，长得洋气，像极了在女工手上不断完成的芭比娃娃，进厂的第一天就被工友起了外号——芭比娃娃。这种让女工爱不释手的洋娃娃每天都会通过海关被运向世界，卢平平也喜欢。离开工厂多年之后，卢平平还会在梦里见到这些可爱的公仔们。当然也忘不了车间上空飘浮的粉尘，星星点点，闪烁着，被刚来的姐妹们竟相捕捉着。

如果时间来得及，阿芒还会帮卢平平洗个脸，敷上卢平平自己带来的面膜，然后在有人陪的地方睡上一觉。卢平平在脑子里想了下阿芒的样子，阿芒这个表情如果放在一个漂亮女孩的身上，肯定是可爱的，阿芒不算漂亮，五官倒没问题，只是感觉那是张贫苦的脸，像个从小到大没人疼的农村孩子。卢平平对这种相貌很敏感，甚至有某种说不清楚的味道。正因为这样，她有时会走到提着筐的农民身边问问菜价，只是她已经找不到那种感觉了，因为这些都是打扮成农民的小贩。没人愿意和她叙旧，甚至会觉得碍事。倒是这个阿芒，穿了一身制服，脸上涂了厚粉、胭红，画着蓝色的眼影，在卢平平心里，阿芒倒是个标准的农村人。她愿意近距离地看着这个农民表演。阿芒说，我们家离西安特别近，骑个摩托就到了。有时候我会去吃个凉粉，看看兵马俑。

卢平平不说话，也不揭穿，她知道阿芒不会去看兵马俑。就像自己在深圳十几年，但绝对不会去看世界之窗一样。如果真的有人要她陪，卢平平知道怎么办，她会拿出一点钱，说，买票算我的，我刚好那一天有事不能陪，去不了。她知道客人不会接钱，会说你忙你的。我们自己玩，能报销、能报销。卢平平知道对方在吹牛，怎么能报呢，都八项规定了，谁还敢大吃大喝呀。卢平平做好了当个深圳人的各种准备，为此她等了十几年，还没有结果，还是没有人把她当作深圳人。这样的卢平平，不喜欢跟人打电话，也不主动搭理谁。她不想见到过去的任何一个熟人。她倒是喜欢跟一些陌生人说几句，你今天的萝卜不错呀！很新鲜！这是她在菜市场。在电梯里，看见小男孩穿靴戴帽着泳衣，卢平平会说，注意安全，别游太久，容易抽筋。十五年，卢平平早把自己当成了老深圳。

男孩不说话，也不看她，气鼓鼓的样子。出了电梯，又回头，嘴上丢下一句，七兴！神经病的意思。

卢平平没有生气，反而笑。她看着电梯映出的自己，脸色苍白，没有血色。她愿意这样说话，只要对方发出个声音就行。她有时也会跟野猫说话，你肯定当年不安分，才落得这个下场，你说是不是？卢平平很后悔自己没有买点香肠给猫，她这样内疚过很多次，显然那小东西对她有期待。

卢平平知道阿芒经常讲假话，起初她以为阿芒就是顺口说的，不经过大脑，张口就来。比如，看见卢平平脖子上的项链会说，我也有一条，是在合肥百货大楼买的。因为前一秒她可能在网上看到合肥的什么社会新闻了。过了一会儿，阿芒又说，除了县城，我哪儿也没去过，离开村子直接跑到了深圳，工厂真不是人待的地方，吃的饭里有沙子不说，鱼从来都是带着肠子下锅的，有时还不熟。卢平平听了，也不接话，直到阿芒把话转了。卢平平从来不说自己的工作、老公，或者孩子之类，她没有打算在这家店做太久。贵是一方面，另一个原因是阿芒最近说话让她心烦，卢平平想闭目养神睡个美容觉，根本不可能成功。卢平平一律不接话，只要接上，就得没完没了地听她唠叨。如果卢平平继续不理，那么她休息的愿望根本不可能实现。

阿芒说自己在太原做美容的时候，就是给女性服务，全是女老板，或者富婆，那些人真敢花钱。什么情况都有，美容私处、丰胸、提臀，她有个客人之前做过小姐，外表看起来非常完美，可还是有人觉得她脏，皮肤有问题。洗澡、喷香水都无济于事，到美容院发给小妹红包都不行，人家也不愿意帮她做，谁愿意受这罪呀，听说她男人都受不了，要么出去找女人，要么打牌，到最后几个月不回家。

卢平平敷着面膜听见这些话，一点儿睡意也没有。她觉得没有什么不好意思的，君子坦荡荡，你们这样逼我，我也把话亮出来，看你们还怎么说。卢平平自己动手，扯下面膜，她瞪大了眼睛看着阿芒说，有什么请直说。

听到这句，阿芒显得惊讶，倒退一步，把身子倚在窗台上，蹭掉了香皂盒，她问，姐，怎么了？

卢平平说，刚才你的话我都听见了，你不就是想骗我开卡？

这回倒是阿芒不好意思了，哎呀，姐，我刚才说多了，再说，你那一点点不算什么，没有人认真去看的。

对，没人看我了！卢平平吼叫起来。

见此情景，阿芒转了话题，呀，我们又不是演员，爱看不看，连早晨起来做早操，做得那么卖力，也没人搭理，最多楼上扔下个酒瓶子，骂，吵死人了，滚！

卢平平被阿芒的描述逗笑了。见卢平平不再生气，阿芒又嬉皮笑脸了，姐，你干什么工作的呀？

卢平平装出不在乎的样子，说，我能有什么工作，就是个家庭妇女。

阿芒说，噢，开公司呀，这工作好，可以管别人，有钱，我老公也想开个公司呢。

卢平平说，挺好的呀！他现在做什么工作？

他帮人修摩托、修汽车，加班主要是要改造那些偷来的车。阿芒看着自己的红指甲说。

阿芒就是这样，什么话都能接，什么都敢说。阿芒有次说欢迎卢平平去西安做客。

躺在按摩床上，敷着面膜的卢平平心里冷笑，你还能请得起我呀，好像市长似的。你自己都还是个伺候人的。卢平平在轻蔑中睡过去了，任由阿芒在耳边继续叨叨。

你有千条妙计，我有一定之规。卢平平下定决心就是不续卡，让阿芒白说白折腾，看她还要怎么折腾。她觉得这样冷眼旁观也是件好玩的事。

不知睡了多久，卢平平刚睁开眼，鼻子似乎还闻着那甜腻的香味。梦里她看见一个个小人儿，如同神灵附体，先是眼睛会说话，涂过漆的身子闪着釉光，转动着曼妙的身姿，脑子里还回荡着那首铃儿响叮当。卢平平半天才缓过来，她不明白为什么自己会在这个陌生的地方。

不知何时，她认出是换了衣服的阿芒，在看自己。已经有很久没有人看着她睡觉了，阿芒在对她笑。十五年前，母亲就是这样，站在她的床边，忧心忡忡地看着她，说家里不需要她的钱了，让她找个愿意结婚的男人成家，不要被人榨干了青春。眼下，连母亲也走了，没人再为她担心。

卢平平感觉自己是被呼噜声吵醒的。她发现身边除了阿芒没有别人。也就是说，这个声音是自己发出来的，而不是别人。她觉得刚才可能流了口水，有些不好意思。阿芒看着她，好像没在意卢平平刚才的事情。她从身后拿了两张面膜，双手递到卢平平面前说，也不知道你喜不喜欢，是我特意给你买的，日本货，还有一瓶小林制药的眼药水。停了下，她又说，当时还跑去万象城看了 LV 包呢，听说香港买便宜，少花一千多。看见卢平平还是没有缓过来，发着蒙，阿芒笑了，问卢平平，你说我开个小店怎么样，把老家的肉夹馍引进来。

可以呀！这个想法很不错。卢平平似乎忘记之前的尴尬，她抬了下身子，想起开小店的话题，有些激动，准备坐起来，阿芒用力在她的肩部按了几下，才压住卢平平，让她安心躺下。

卢平平说，我看对面商场有间吃酸辣粉的店，五平方米都不到，只有一个厨房，客人吃饭的地方用的是公共空间。真是太聪明了！就用这个样式。先开一个，然后再搞个连锁。最后你就可以回老家了。这边可以请别人帮你经营，你回到老家西安，就能见到孩子，全家人守在一起，永远不分开。你可以给孩子梳头、洗脸、检查作业、送她去学校。所有的家长会你都不会错过，包括一些亲子活动，你都能参加。

嗯，是啊，太好了。阿芒抿着嘴笑。这回卢平平觉得阿芒没有那么难看了。

卢平平像是怕阿芒再犹豫，接着说，孩子成长的每一步你都见证了，还可以和你丈夫在一起。一起买菜、做饭、睡觉，过正常人的生活，不用担心什么。

这个话题阿芒和卢平平说过。不知道为什么，每次卢平平都很兴奋。卢平平愿意对阿芒说孩子的教育问题。她说，关键是陪伴，不要用钱来代替，钱不能说明一切。

阿芒有些紧张问，姐，你过得好吗？

好啊！几乎是同时，卢平平问怎么了？什么意思？难道我还不如你呀？她在心里说，再不好，也比你强吧。卢平平上上下下打量阿芒，冷着脸，不说话。阿芒看着卢平平，张着嘴，一脸不解。很快阿芒便又恢复了正常，说，我要是有钱，我就开个修车店，就他一个伙计，看他还想到哪儿去偷懒。这一次，阿芒又把店改成了修车的。阿芒说她住在桥的那一边。房子虽然小，但是布置得很温馨，枕头是宜家买的。贵是贵点，用起来舒服。阿芒的眼睛一直看着窗外，那是卢平平向往的一种生活。

卢平平说，那也好啊。男人不能闲着，太有钱也不行，准出毛病，三天两头出差、加班，或是旅游，总之，他的事，你再也不能问了，除了看到钱，你什么也没有。发现阿芒在看，卢平平继续说，开吧开吧。让他累点，操点心，他才会放不下，生意才能越做越大，最后还可以开个全国的连锁。

说到这儿，卢平平停下来，她发现自己说错了。印象中的修车店还真没有连锁的，忙改口，那就修车再卖轮胎。马牌，德国的，全世界都有，到时你和孩子在西安会合，真好啊！我都羡慕你了。

卢平平难得一见的兴奋，说话也像是蹦豆子，无法停下。她继续说，到那个时候，你的小孩拉着你的手，问，妈妈，你们之前都去哪儿了？你可以跟他描述一下深圳是个经济特区，毗邻香港。有著名的深南大道、中英街，还有打工仔和打工妹，你们远离家乡跑到深圳讨生活，得了病，或者累垮了，不能进厂里，便去做小姐，或是被人包养，赚了钱再来看病。

卢平平被自己最后的这句吓住了，她猛地坐起来。她觉得这些话是被阿芒勾引出来的。过去的这些事，她从没有对人说过，连她自己也不知道自己的心。

卢平平伸出一只脚，手扶着床，看也不看，气呼呼地从床底下勾出鞋，用力穿上。她竟然连头发也没梳，不顾前面的刘海支棱着，便出了门。卢平平生自己的气，来的时候还好好的，怎么做了一次保养便让自己的心情坏到了极点。出门的时候，有个服务员开门，还对她行了个礼，卢平平见了，更加生气。她早都提过意见，不要再这么低三下四，大家人人平等，何必如此呢？

卢平平终于找到了突破口，她看见大腿根上面的印痕，正明晃晃刺着她的眼。原来不仅没有去除，反而还在扩散，还留下了更大的一片黑，虽然不是很明显，但还是能看得出来。卢平平曾经对自己有双修长的双腿而骄傲。卢平平盯着黑印子，冷冷地问，这是怎么回事？你不是说会好吗？身体好，生活会好，人生也会好起来吗？

阿芒吓了一跳，但很快反应过来，说，都会好的。

卢平平已等候多时，这个时候终于发作，哼！你干的是什么工作，就这么肯定，我知道你是谁，你就是打探别人的隐私，刺痛别人的伤口。你以为了解每个人？那你把这每个人的情况给我看看，你不是说很了解吗？说是为了方便联系，加每个人微信、QQ，这下好了，他们的私生活你都清楚，那个大叫的女人你说把按摩幻想成做爱，因为她早被老公遗弃了。还有楼下一个广东女人和丈夫各养了一个情人，分别带着小三过来做护理，有一次差点撞上，是被你巧妙地让他们避开，他们各自给了红包答谢。另外一个女富豪每个月给丈夫八千元做家用，就是不离婚，怕被人笑话。你不是掌握了很多吗？这样才能证明你是幸福的。你把自己当人生导师，给这个出主意，给那个消灾挡难。你身为一个母亲，把孩子扔在家里，成为留守儿童，而你天天用着高档化妆品，过着快活日子，去过香港和澳门，你让他们成为问题儿童，将来的失学少年，然后，再骗取别人的血汗钱换，再把钱想个办法捐给你们这些农村孩子。你自己有没有内疚过呢？你为什么那么自私？我告诉你，必须把钱退给我，否则我就是助纣为虐。你把那些所谓的院长、老师叫进房都没用。很多次，阿芒会把各种穿了白大褂的人叫进来，目的是说服卢平平掏钱治病。他们还说，你的病可不轻。那是给躺在床上的卢平平把脉的两个人，看过卢平平的舌头，说，太重了，不能拖，得想办法。似乎卢平平已进了重症病房一样。有几个医生模样的人像煞有介事地商量一阵。

此刻，卢平平冷静得要命，她把衣服一件一件穿好，冷冷地问，你这是医院吗？你们这儿或许连个高中生都找不到，就是一群伺候人的，每天在各个小区门前大喊大叫，吵得人想睡个懒觉都不成。说白了给人取乐子，打发时间挠痒痒的下等人，还把自己当回事是吗？

卢平平坐在车里，看见一只蜻蜓在前面飞来飞去，突然想起已经秋天了。看着远处的云，她想着很快就要连绵不断下着的雨，哪怕是在室内的被子里，也是那么的冰冷，身体打了个寒噤。搬离永兴桥之后，她的心里变得空空荡荡。确诊为职业病，卢平平反倒松了口气，她觉得可以放下了，人生没有什么希望了，她不准备做任何努力。这时，她接到了阿芒的电话。对方在电话里哭，直到说话，才听出是阿芒。卢平平问，阿芒你怎么了，连号也变了？阿芒说，自己现在回到了老家，女儿不理她，也不让她抱，连买的书包和复读机也摔在地上，自己说了句，女儿便跑了出去。听家里的老人说，打雷下雨孩子也不怕，跑到外面去玩，像个野人。

阿芒继续说，姐呀，都被你想到了，你是为我好，不像我什么也不懂。我该怎么办啊？

卢平平说，没事没事，要想办法，等你回来后我们见个面。这之前，卢平平已经责怪自己太过着急，因为卢平平提出退钱，公司扣了阿芒的工资。她还差一点被店里开除。总之，她已经有半年多没有见过阿芒了。早知道那个人不再回来，也根本没人注意她的脸，她就不必和阿芒发那么大的火。在她心里，她还是愿意听阿芒说话的，她觉得挺有趣。有这样的人，让卢平平觉得生活还不错，至少有人垫底。卢平平早就想过如果见到阿芒，说句对不起。

阿芒在电话那边说话了，姐，请你吃老西安吧，我还给你带了红枣，养血的。

卢平平说，不用不用，眼下孩子的事最重要。

阿芒说，是一份心意，西北地区的红枣最好吃，最甜，你肯定喜欢。

卢平平为自己能平息阿芒内心的悲伤而高兴。说完，卢平平想下楼吃点东西，她在门口穿鞋的时候，突然觉得自己什么也不想吃，只是迫切地要见到阿芒，她想和阿芒说说话。自己还从来没有这么迫切地想见到一个人。

卢平平是坐了三个站才到的沙井街道的永兴桥，阿芒说自己就住在桥边上。找到阿芒住处的时候，天已经彻底黑了下来。高楼大厦后面是一片铁皮房，其中一间便是阿芒的。连窗户都没有，卢平平心酸了，她为自己跟阿芒发了那么大的火而内疚，原来他们过得这么苦，自己太不应该了。这个时候，她还不知道阿芒早已经离开了美容院。

奇怪的是等了很久还不见阿芒的身影。桌上放了几个菜，看起来都不像是自己做的，白白的猪油凝在了肉的下面。阿芒电话里让她先吃别等，说很快就到。阿芒的丈夫跟卢平平想的不一样，个子不高，很瘦，眼睛奇大，他不敢看卢平平的脸，反倒是卢平平不陌生，站在客厅东瞧瞧西望望，似乎很熟悉。她主动问孩子在老家的情况，是不是好些了，功课怎么样之类。这个男人说话很少，只是点头，或者说嗯，感觉有些怪。卢平平放到嘴里的菜是冷的了，还没有等到阿芒。又过了一会儿，卢平平感到事情不妙。

不知过了多久，才听到轻轻的叩门声，像是暗号。进来的是两个男人，卢平平这时候已经吓得发抖，神志似乎也不是很清楚。她看见放在门口的纸袋子被撞倒了，那是她为阿芒女儿买的衣服，此刻散在地上，被进来的人踩在脚下。

阿芒不知何时进来的，整个人瘦了许多，两侧露出明显的腮骨。她从男人手里接过烟，抽了一口，看着男人抓过卢平平身上的包，取出钱夹，数出两张，余下的又被放回原处。阿芒把钱攥在手里，看着卢平平，似乎想说什么，又咽了回去。此时，阿芒的手有些发抖。她对着两个男人，像是在解释，我为她花过的钱。她接着道，等一会儿用摩托送她回去，本来是想和她做朋友，我知道她的计划。最后，她透出一口气道，甲苯中毒，这病无药可治，因为我也是。

　　说完，阿芒把烟扔进碗里，端起水，听见刺啦一声，火熄了，接下来，她拍了下手上的灰，站起身，推开门，消失在黑夜里。

百年好合

　　不知从什么时候开始，明慧与阿爸成了金钱的关系。每次见面，他总是盯着她的手或包。阿妈不愿意明慧拿钱出来，上来劝阻，你自己留一点吧，还没找到工作。说到工作，她又要开导明慧，其实私立医院也不错，他们也许缺护士呢。明慧在惠阳卫校读了三年，毕业后，在深圳妇儿医院做过几年。

　　明慧并不理会，越是这样，她越会给，从小到大，她都和阿妈对着干。虽然自己没什么钱，还要跟老公拿生活费。

　　当然，明慧不满意阿爸，要钱的时候，总是花言巧语。为了防止明慧给钱，阿妈有点寸步不离。明慧早发现了这一点，她并不揭穿，从茶几上拣出几粒瓜子，堆在掌心嗑，或是抱了手臂在客厅来回走动，根本不等阿妈把话讲完。凭什么，凭什么我还要听你的，我已经不是婴儿。她想做出对抗的姿态让阿妈生气。

淑华老人只好转过脸，对住沙发上的赖国民埋怨道，人都养活不了，又买回来鸟。明慧在心里也这么叫阿爸的名字，她不喜欢做阿爸的嬉皮笑脸。

正在弹烟灰的赖国民停下来，掩饰不住的喜悦，似乎他一直在等机会。他悬着手腕，跷着兰花指说，便宜啊，如果不是禽流感，哪儿买得起呀，我现在已是身无分文。明慧明白，阿爸又开始老一套，哭穷。差不多每次他都要用点心机，似乎这样才能得逞。无论他怎样，明慧都给他些零钱，否则回家便失去了意义，她算过，赖国民又没钱了，开始盼着她的救济。

阿妈还在生气鸟的事，说白给我也不要。

那你给我呀，我要，拿来吧。似乎明慧的态度鼓励了他，赖国民架起二郎腿，两条手臂交叉，一只托起下巴，另一只像女人那样匍匐在膝盖上。

吵得人心烦。阿妈皱着眉头，不知是说鸟还是人。

嫌烦你可以走啊。明慧发现阿爸有些娘娘腔。

你的心事我知道。淑华老人有些忍不住了，冷冷地回他。

赖国民急了，连脖子也粗壮起来，像是担心淑华说出什么，辩道，随便哪个人也比你强。倒是这句像回男人了。

明慧不想听他们说话，站起身，要离开，想到阿妈总是有话要说的样子，又坐下来，她不理解年过七十的父母，为何总在吵。原来还以为书上说得情感按摩，也没在意。每到这时，阿妈便不说话了，眼睛望向别处，过了一会儿，明慧发现阿妈在看自己。平时说话的时候，淑华老人总是看明慧脸色。每次明慧吃饭，她就开始烧开水，茶也提早洗好，等明慧一离开饭桌，就可以泡工夫茶了。其实不让明慧洗碗。最近明慧才想到要干点活，之前她总是坐在沙发上看电视或是看着阿妈，远远地和阿爸说话。阿爸很早就离开学校，学历不够，被学校劝退了。正是这个原因，使他喜欢谈些国家大事。明慧很看不上他这一点，心里想，那些事跟你有什么关系呢。有时候，赖国民甚至会偷偷拿出一本香港的繁体字书，递到明慧手说上说，那边带过来的，你偷着看，不要给人发现了。明慧瞥了一眼红黄相间的封面，很是不屑，二十世纪九十年代就这样，夸大其词，有什么好看的，除了瞎编就是造谣。

见明慧看不上，做阿爸的只好转话题，你说我去那边当仓库保管员行吗？他指的那边是香港。

你吗？明慧盯着阿爸的脸，不说话。上次他说过去搞行政，这次又降了一格。阿爸知道明慧不信，补充道，是老同事帮我联系的，一个月六千呢。

明慧不想听，站起身，对着厨房里的阿妈说，我洗碗吧。

不用。你和阿爸说话，你阿爸说的那些我听不懂。淑华老人总是希望丈夫讲些深奥的话题。很多次做梦，赖国民还是老师，穿戴整齐去上课，而她在校门口等着他放学。

明慧心里说，我也听不懂。

他们还给我介绍一个香港富婆呢。呵呵，真奇怪，我有这么抢手？赖国民故意漫不经心地说。

明慧实在受不了，说，是吗，香港有那么多人失业，哪有空位给你留。你不会是说养老院吧，他们自己都满得爆棚，不少人住在过道上，人家会要你？

噢，这种情况啊。赖国民有些不好意思，又接着说，那你说富婆我见吗？明慧觉得阿爸已经有点不知廉耻了，竟跟女儿谈起这个话题。

明慧实在受不了说，见呀，我还没见过香港富婆呢，只是知道香港人每个都打两份工，住高低床，吃饭盒，没有午睡，辛苦得要死，你介绍个富婆给我看看，开开眼也好啊。

阿爸听不出是讽刺，他斜眼看了下厨房里的淑华老人，搓着手道，就怕人家看不上我。不过，如果你阿妈当年嫁到香港就好了，我也跟着发喽。

明慧发现阿妈洗好碗，倚在沙发后面看她，明慧反感这种眼神。很小的时候，明慧就被送到了外公家，到了十几岁才回到城里，对农村、城市她都没有亲近感。包括对阿妈也非常陌生。有很长一段时间，她不喊阿妈，总是直接说事。直到近几年，两个人才算正常说话。还是明慧发现阿妈老了，于心不忍，外公生前提醒过，不要再气你阿妈，她会失眠，血压也不稳定。

明慧有些不依不饶，用得着跟我低三下四，这岂不是折我的寿吗？

这些年，她一直讨好你，为了你，她什么都肯做。

还会把我送到农村去吗？让我寄人篱下，搞得我十几岁还不会说普通话，被同学欺负。

不能全怪她，那个时候，他们分开了，你知道吗？外公临终前，对明慧说。

明慧诧异，盯着外公，说不知道，怎么还有这事？

你大哥和你都归你阿妈，实在负担不了，只好先把你放农村了。后来，你阿爸离开学校没了固定收入，只好跑回来，两个人又住在一起。你阿妈太善良了，换作别人一定不会同意。外公摇头。

明慧在家里恍惚了两天，才缓过来。她从来不知道这些事，没有人告诉她。

淑华老人是深圳本地人，小时候，家境富裕，出生时年成好，家里便给她起了个大吉大利的名字——六合，说是好兆头，希望她将来嫁个好人家。淑华年轻的时候很活跃，剪学生头，穿窄脚裤，把身材衬得非常苗条。用现在的话说，她是个进步青年。当年，她穿着工装爬过无数根电线杆了，活跃在很多青年仔跟前。除了身材，她的声音也很好听，细细柔柔的，没变过，听电话的人还以为是个小女孩，有个做销售蚝油的男青年为此着迷，又不好问年龄，坐了几个小时车，从淡水那边赶过来要见她。因为她的声音，单位有段时间还想过让她搞接待，在办公室接个电话之类，又放弃了，因为她没有太多文化，最后让她做了一名走街串巷的抄表员。为了这儿，她很得意，她觉得自己像个使者一样，把光和热送到了千家万户。或许常在高处看人的原因，很长一段时间，她跟周围的人格格不入，想事做事都不同，朋友越来越少，连家里人也跟她说不了话。别人对外省人没什么好感，觉得他们又脏又穷，那个时候，还没见过几个外省人，有的只是知青和南下干部，而她不这么认为，她觉得北方人有文化，有追求，长得高大，甚至她希望参军或是支边，只要能去那边。在别人对北方还没什么概念的时候，她不仅学习普通话，还像北方人那样关心国家大事。择偶方面更是不同凡响，她爱上外省人赖国民。与此同时，还正式把名字改成陈淑华，除了比较时髦，另一个原因是家里用六合这个名字为她定过一门亲事。

赖国民于 1945 年出生，是个代课老师，之前做过知青，高中学历，当年这样的情况不少。你又不是嫁不出，找个北佬想受苦吗，谁知道他们底细，在老家有没有娶过都还不知。当时很多人过来劝阻。淑华老人明白，这些人是家里派来的。

赖国民帅气，英俊，有文化，说一口标准的普通话，让她着迷。尽管对方比自己小，她也不在乎，每天她都守在学校门口。没有人看好他们，认为不配，赖国民成分不好，又穷得一年到头吃不饱。有人说，什么读书人啊，就是个好吃懒做、不想干活的混子。镇里的人都觉得她疯了，一天到晚给广东人丢脸。结婚那天，家里人都躲着，不仅没有支持，连句好话也没有，说她发了神经。天快黑的时候，才见一个男老师过来，送了个脸盆，上面印着一句祝福的话：百年好合。说是从香港那边偷运过来的。男老师把这四个字念出来，才把礼物奉上。这是淑华老人这辈子听到的最美好的一句，她的心快要跳出来。

有了这么一句，谁不恭喜也没关系，全世界都不搭理她也无所谓。

赖国民年轻的时候很沉稳，不爱说话，尤其回到家。尽管如此，淑华老人还是很喜欢，她觉得男人说太多话不好。谁也没有料到，晚年的赖国民，仿佛变了一个人，不仅爱说话，人也懒了。有人知道他做过老师，想聘他到培训中心上课，骗骗那些忙着生意没心顾孩子的家长。淑华老人还托关系联系了一家民办学校，说待遇和其他老师一样，被他谢绝了，说，不想动脑子，还是好好歇着吧，享受享受人生。有人背后冷笑，还谈享受呢，他有什么资格呀。后来他交往的人多半都是没文化的，比如公园里扫地的，种花的，跳舞的。这个时候，他认识了盐田街上的陈阿姨，这个女人是广西人，五十岁左右，人长得还算年轻。淑华老人特意跟踪过两次，暗处观察过。觉得这个女人打扮一下，不显老，甚至像个老师呢，尽管只是个帮人带孩子、做家务的保姆。赖国民带着这个女人去公园，他打牌，女人则站在旁边看，样子很娇媚，手上牵着一个两三岁的孩子。远远地，看过去，真像一家人。淑华老人难过了。这样的情景何尝不是自己向往的？可是小时候，两个人没有一起牵过孩子逛公园，现在也没有机会抱孙子晒太阳。淑华老人甚至有些怪自己的儿女，不懂她的心，帮着开导开导阿爸，让他们和好，也顺便把证补了。当然，这些都是以前的想法。

赖国民住院的时候，姓陈的女人来了。一进门便不管不顾扑在赖国民身上，用手摸男人的脸，从头发一直到脚板，嘴上发出哭叫声。很快，她变魔术般把身子缩成一小条，准备投入男人怀里，并且坐到膝上。手背上还带着吊瓶的赖国民笨手笨脚，看着眼前的女人，大有抚摩和进一步想法。女人发出娇喘声，用脸去蹭赖国民的胡须。他用手挡了下，示意不合适，有人看着。这个时候，女人似乎才想起对面还坐着男人的原配，才慢慢倚着墙站好。淑华老人没有年轻时那么冲动了，而是像个陌生人那样安静地看着，她没有抓狂，也没有流泪。等女人做完这一切，回头看她的时候，淑华老人故意绕开，透过门上的小窗子，望向外面。她既不愿看见赖国民，也不愿意看见这个女人。这一刻，她的心死了。明知道他没变，可是她一直不愿意承认。有时，她希望赖国民骗骗她，做得巧妙些，不让别人发现。刚刚这一幕就被医生见到过，走廊上也一定有熟人。哪怕自己被骗着死去，也好。猜到自己会死在男人前面时，淑华老人有些心酸。自己比男人大，尽管保养得不错，可这些年，没有停止被赖国民折磨，早已心力交瘁，当然会早一点离开这个世界。想不到，事情果然如此，医生把诊断结果告诉了她。

最后，脑子里闪现的是女人躺在床上的情景，被子，褥子，枕头，都是淑华买的。想到这儿，她手脚发抖。显然，赖国民和这个女人正在打房子的主意。赖国民多次提到办手续，还用香港富婆等事刺激她。有一次，她在赖国民的口袋里发现过房产证，原来，他们已经计划过了。

淑华老人走在小区里，从近处、远处各个方向看自己的家，其实和别人家没什么两样，可就是好，两室一厅，坐北朝南，从冬天到夏季，总能见到阳光。原来的小树长高了，差不多够到家里的窗户，好像私家花园，每天早晨都有鸟在树梢上叫。这是她的全部，客厅是爬电线杆换来的，卧室是走街串巷得到的，甚至是用儿子的远离，女儿的童年换来的。闹离婚的时候，担心孩子受到影响，明慧被放在外公家里，直到懂事才接回来，和她没感情，淑华老人等于失去了女儿，明慧成了最近的陌生人，儿子出国后不再回来，连电话也很少打。有谁知道她的痛，只要想到医院见到的那个女人，便心痛得要死。自己付出了这么多，凭什么便宜了别人。

她望着茶几上散乱的诊断书和药，决定好好活着，活到赖国民之后，让那女人美梦破碎，去哭吧，哭个稀里哗啦，在她的出租屋里。

七十岁之前，淑华老人一直叽叽歪歪，不是躺在床上喊背疼，就是一边摘菜一边说手麻了酸了，尤其是夜晚睡不着。她声音不高不低，不温不火。不远处坐着看电视或摆扑克的赖国民，他看也不看。赖国民变了，再也不是那个清高、少言寡语的瘦高才子，他成了一个油嘴滑舌的老年人。变化从第一次抛弃她开始。赖国民比她小三岁，被她蒙在鼓里，也就是说这个男人被骗了。想到这儿，淑华老人暗自笑了，按当下说法，她觉得自己赚了，用句老话说，就是骗了一个小白脸。你不是不疼我，不在乎我吗？可是我有报复你的办法。她就是要让对方明白，这就是伤害她的结果。可惜太老了，身体不允许，否则，她还要给她戴顶绿帽子，让他在熟人面前抬不起头。

淑华老人不吃不喝有两天了，没有说话，平时她喜欢唠叨，什么事情放在心里都难受。小区里有一群朋友，各个年龄段的都有，她跟谁都能说上话。当然，她不会提自己的伤心事，而是愿意跟他们说自己的过去，比如，当年很漂亮，一群男人天天围着她转，找各种借口想搭话，连嫁到海外也有大把机会，而她心里只有一个人，那就是赖国民，他是那群人中最帅的一个。后来，他成了她的丈夫。她的丈夫是名老师。

可是这一天之后，她安静了。淑华老人把诊断书拿出来，又放回去。她是为赖国民办出院手续时，做的检查，当时还以为太累，吃点药就能顶过去，没想到是这个结果。

早晨起来，她像没有发生任何事情一样，为赖国民热好牛奶，然后在锅里蒸上几个豆沙包。等赖国民吃完，她简单收拾了一下，便出门了。这一次，她没有逛商场去挑特价菜，而是穿上一双小坡跟的布鞋，并从柜子的最底层找到裙子。由于放的时间太长，有股樟脑味，她只好喷了点六神牌驱蚊水，然后扶着墙慢慢穿上，她在镜子面前打量自己。有很长一段时间，她不愿看镜子。她不喜欢里面那个老人，眼睛嘴角都耷拉着，皱纹像刀子刻出来的一样，不仅深，还有些发黑的印子。这是自己吗？

她从四楼慢慢走下来，顺着小区的右门，走进宝安公园，进入一片树林。她脱下鞋，把脚踩在鹅卵石上。她忍着疼痛走了一遍，又走了一遍，才让自己坐在椅子上休息。最孤独的时候，她曾经在公园里，面对一个更老的人，诉说自己的遭遇。

她哭得泪流满面，老人无动于衷，临要走的时候，老人说话了，孩子，你就把自己当成寡妇吧。

多好的话呀，她想抱住眼前老人。解脱了。解脱之后，她不再跟自己较劲，包括偷看他的口袋，还有站在阳台上等他回来，偷偷去看他睡着的样子。

淑华老人四十岁之后，赖国民连看都不看她。有时她烫了头发，涂了口红，他也没有发现。有一次，她故意把一条眉毛刮了，男人都没注意到。后来，她在手腕上扎了一刀，滴了血到水池里，赖国民什么都没说，和平时一样。几年中，偶尔过一次夫妻生活，也是赖国民喝多了酒，有几次，淑华老人像处女那样感到了痛，过程中还想到了怀孕的事。一想到自己带着环，又安心了。这个环从生完孩子就在身上，有两次长到肉里，医生叫她取下，不要带了，对身体不好。可是她不愿意。她红着脸，让医生安回去，她说这样男人喜欢。许多时候淑华老人梦想搂着赖国民，嗅着他衣领上的香皂味，一起去散步。半夜醒来，站在床边，看着赖国民微微卷曲的头发和上扬的嘴角，忍不住想吻。男人梦里似乎有察觉，裹着身上的被子，侧过脸去。淑华老人看见自己的手正做成刀子的模型，随后是拇指食指围成的圆，似乎就要卡住对方的脖子。好在她及时管住了自己。

想到那个广西女人，正在打房子的主意，淑华老人心里暗笑，你好好等着吧。她的目标愈发明确。她先是在一段时间不断提到赖国民的老家，刺激对方思乡心切。赖国民是山东人。

她提到那边的景色、饮食、民俗，目的是骗赖国民回老家。

我腿脚不好，不然还可以跟你回去，我也想看看那些老房子了。淑华老人很主动。

提到老家，赖国民似乎受到了感染，突然话多了起来，从酒柜里取出酒，倒了半杯，对着一点青菜喝起来。

你不想回去吗？赖国民似乎有些怀疑。

淑华老人忙答，怎么不想啊，我做梦都想。说话的时候，淑华老人脑子里浮出赖国民和那女人，他们一定也打算过，以夫妻的名义回去。想好了，等男人坐上火车，她就把房子卖掉，省得外人惦记。

可是，很快她就想到，自己住哪里的问题，敬老院吗？她去看过，全是那些目光呆滞、行动不便的老人，他们连话也懒得讲了。那种生活，比死还可怕。如果房子没了，自己怎么办，住哪里，她一直在想这个问题。

赖国民很高兴，又给自己倒了一杯，夹了口菜，猛喝一口。

淑华老人安慰道，你先走，如果好，过段时间我也回，我们还可以在那边安度晚年。

赖国民乐了，没说话，又端了一次杯。他知道淑华老人并不喜欢北方，广东人常说北方冷，脏，一天到晚吃窝窝头。

赖国民的脸随着天色暗下来，他的酒喝尽了，没说话，而是回到房里。过了一会儿，他拿出一张老照片，坐回原地，自说自话，不回喽，再想也不回了，没人认识我，我这把老骨头想埋在那儿，可那儿不要啊。赖国民耷拉着脑袋，陷入了沉思。

的确，他的老家，没什么人可以牵挂，赖国民早已是有家难回，他早把自己当成了广东人。

淑华老人穿的是条裙子，这种裙子显得有些过时，但在老人那儿还是比较时髦，尤其是她这个年纪。此刻，她不想让自己显得太老，只有这样，才能鼓励自己活得再久一些。白天的时候，她去染了头发，还在附近商场里带回一条纱巾，那是门口模特带的。服务员上下打量她，还说，你给女儿还是孙女买啊？老人笑着答得含糊其辞，嗯，对，好的，谢谢你啊小同志。

淑华老人走到小区跳舞队伍里，有人夸她身材保持得不错，从背后看，还以为是个年轻人。淑华老人知道是假话，也应和着。晚上去散步的时候，还带着这条纱巾，脸上涂了面霜，嘴唇涂了点润唇膏，她希望这种变化有人看到。尤其是赖国民，你们不是盼望我死吗？我偏不，我要认真锻炼，好好活着。房子是我用命换来的，我不会便宜你们的。赖国民提出复婚，淑华老人觉得太老了，不好看，只是赖国民态度很坚决，原来他是这个意图。本以为过了七十之后，两个人安度晚年，将来葬在一起。她是一个怕孤独的人，打雷怕，下雨也怕，只要他在身边就行，爱不爱已经无所谓，反正自己喜欢赖国民。哪怕前面的人生都失败了，最后时刻能守在一起，做个伴，已经满足。想不到，广西女人不放过她，还想占领她唯一的窝。当年，赖国民把她抛弃了，已经差点让她死掉。眼下他找了一个年轻的。

淑华老人坐在墙角边的一张椅子里，环顾四周，看着房里物品的时候，电话响了。

是明慧自己提出回来吃饭的，她在深南大道走了很久也没有觉得饿。

电话里，她听见阿妈愣了一下，慌里慌张连说了几个好，然后放下。明慧拿着手机，停了半天，她能想到阿妈的样子，白发苍苍，有只手偶尔会发抖，停不下来，说话总是词不达意。

明慧帮阿妈洗碗，听她说话。最近一段时间，每次回家，她没有那么着急离开，总是洗了碗再走。这一次，她想问问阿妈，分居的事是真的吗？明慧看见阿妈愣了一下，才点头。

那段时间，他总说出差，其实是和那个人在一起，对吗？

淑华老人看着自己的手指，有点害羞，说，他在那边安了家，你阿爸是个老师，死要面子。

明慧说，你为什么要忍呢？

没忍，跟他哭了闹了，可有什么办法。知道的时候，已经晚了，他们住在一起。如果闹，他的工作就没了，还有，那时你大哥正读小学，做了班长，还是三好学生，我怕他怪我，那个女人也在学校。如果不是这个原因，我还能把你阿爸找回来？

他把工资也带了过去。淑华老人眼睛望着别处，轻轻地说，像是讲别人的故事。

也就是说，后来你用一个人的工资养活我们？明慧问。

嗯。他偶尔也会让人捎回来一点。

明慧本来想说说自己的事，最后也忘了，她一个人坐在沙发上，发着呆，电视上一会儿是直销项链，一会儿是直销拖把。明慧很安静，连阿妈站在她身后也忘记了。

不知过了多久，她看见阿妈坐在身边，她突然想抱抱她，却不好意思。她一出生就被带到了乡下。她害怕那种近距离的接触，更无法想象拥抱在一起的感觉。

你过得好吗，天已经暗下来，阿妈问。

明慧没有说话，低下头。小区变得安静，已经到了吃饭时间。

他欺负你了？你是不是也有做错的地方，或者不肯原谅人，不懂体贴，还是他嫌你不会做家务？

明慧说，他嫌我不懂撒娇，不会交流，很倔，像个孤儿，没有家教。

你不应该辞职，迁就他，跟他四处跑业务，辛苦赚下的钱都给了他。又过了一会儿，淑华老人问，他打过你吗？

明慧摇头。

淑华老人自言自语，其实比打骂更狠的是不理睬，他不愿意理你吗？

他在外面有了女人。明慧说。

两个人仿佛沉到黑色的海里，看不见彼此，不远处工地上传来说话声，听得出是湖南和四川口音。

明慧觉得阿妈的呼吸也变了，人陷在沙发深处，越发瘦小。

接下来，两个人都沉默了。

想过离婚吗？又过了一会儿，淑华老人问。

见明慧沉默，淑华老人继续说，那女人如果很小，可能还不想结婚，是想花他的钱，早晚有一天他会明白，明白你的好。如果这样，那就把那女人拖老，没有新鲜感，他应该还会回来。

到时我也老了，再说，回来又怎样，还不是迟早要走。明慧还想拿些更狠的话反击，想了一下，又放弃了。

阿妈不再说话，两个人一直在看电视，不远处有时钟嘀嗒嘀嗒在响。后来明慧帮阿妈拖了地，还擦了玻璃，上面有很多灰尘，阿妈是个爱干净的人，最近却好像不过了一样。

为了转移话题，明慧问起阿爸的事，他去当保管员了吗？

是保安。阿妈面无表情，似乎还沉浸于原来的话题里。

他说的富婆呢，明慧不想这样，准备调侃几句，让气氛好起来，正要说话，就见到淑华老人好似做了重大决定，连语调也变了，她问，你信鬼吗？

不知道啊。明慧笑了一下，这个话题从来没有说过，淑华老人当年做过红卫兵小将，很是反感这些。眼下，明慧不明白阿妈的意思。

淑华老人突然很兴奋，说，其实我见过鬼，在你外公去世那天晚上，他来找我，别人看不见，而我能。

怎么了，是不是病了？明慧不解地问。

淑华老人对明慧笑了，很神秘，她无限憧憬地说，你知道吗？只有变成了鬼，才能保护到自己的孩子，让坏人伤害不到他们，这是你外公说的。说话的时候，她的眼睛格外明亮。淑华老人接着说，你外公生前是个特别胆小的人，活着的时候，谁都惹不起，连走夜路也怕，大声说话都不敢。

明慧不愿阿妈说这些，就提出到上街走走。她说东边开了一个茂业百货，还有人民路、东门老街也和过去不同了。

吃饭的时候，淑华老人很高兴，她对明慧说到过去。那个时候，家里穷得揭不开锅，你哥住院他只去过一次。我们连饭都吃不饱，他还要把头发梳得整整齐齐，给皮鞋上油，这些都没什么，我认了。淑华老人接着说，那些年苦啊。白天上班，晚上帮人看摊卖货、扫街，做各种苦力，就是不想输。直到看见他跟别人瞎混，没有自尊心的时候，我才觉得自己输了。过去他多要面子啊。你知道吗，他有二十多年没摸过书。过去，我干活，家里家外全包了，不让他沾手，可心里高兴，有的是力气，现在没了。我还以为会一直有呢。

明慧突然觉得要面子的是阿妈，而不是别人。

又过了一会儿，淑华老人凑近明慧耳边，低声说，你知道吗？结婚的时候，我用的是猪血，之前跟过别人，农村孩子，又没文化，不然怎么进城啊，连坐人家牛车，都被占过便宜。这么说我也不亏，还赚了呢。

这时，明慧发现自己跟阿妈长得有点像，眼睑左侧都有一颗米粒大的黑痣。过去她一直不愿承认。她总是想象赖国民年轻的样子，阿妈总讲他很英俊，便赌气说自己谁也不像，内心里还是希望像阿爸。明慧说，是啊，这么一看，没占便宜也不吃亏。说到这儿，两个人同时笑了，好像姐妹一样。明慧第一次觉得阿妈有幽默感，甚至还会自嘲。

淑华老人把人叫上来，这是自己观察了很久的两个人，每个付了两千块。她知道男人爱面子，况且他们被堵在房里，当时赖国民正在厨房切菜。

看着房里摆的那些物品竟是自己买的，包括用于理疗的枕头，赖国民的肩不好。还有一些书和小玩意，包括他最喜欢的一个陶艺。好！淑华老人在心里叫了一声。要知道他们在一起的这些年，赖国民从来不做家务，哪怕她病了，躺在床上，此刻，他却为别人献着殷勤。

她拿出一份遗嘱，拍到台上。主要内容是淑华老人百年之后，房子归儿女。她逼对方在她名字旁边签了字。事情办得干净利索，在赖国民和那个女人还没缓过来的时候，她做完了这一切，心里感叹，自己到底是广东人，玩了一辈子虚的，临到头，还是很实际，没有拱手让出财产，如果那样，才叫片瓦无存呢。

包括一个没用过的电热水壶，全部装进一只旧皮箱，那是结婚前他唯一的财产。第二天早晨，淑华老人把赖国民留在房里的东西放进箱子，叫人装上三轮车，一直送到广西女人的小区，她把赖国民赶出了家门。

淑华老人把房产证和钥匙拿给明慧时，明慧发现阿妈似乎老了十岁，竟然假牙也没带，笑的时候，脸短了许多，声音和之前也有些不同，已是货真价实的老年人。淑华老人说房子是辛苦攒下来的，你大哥出国了，也不知过得怎么样，本来是要留给他娶老婆的，如果将来他在外面混不下去，你还是要管他啊，房子也有他一半。

明慧红了眼圈，没有再说什么。差不多一天没有吃东西，她开始觉得饿。

茶树菇炖鸡、蒸桂花鱼是淑华老人最喜欢吃的，这次连谢谢也没说。过去，她总是小心翼翼对明慧，把客气话放在嘴边。饭吃到一半，明慧开始心不在焉，先是叫服务员把音响关了，放下筷子，又说没胃口不想吃。她看着天色和马路上的车流，心思已经不在这里。丈夫可能正向某个小区走去，或是跟别人约会。她想起了自己的事、自己的人生，没有注意阿妈和平时不太一样。

淑华老人的脸上露出了羞涩，似乎变了一个人，她挪开盘子，用食指蘸了水，在桌面上写了几遍民字。随后，她把眼睛望向别处，说，妹仔呵，阿妈跟其他男人睡过的事不要说给他，他会难受的。直到明慧点头，应下来，淑华老人才算放下心，又说，脸盆别扔，记得给我带走，那是我阿妈托人拿给我的，她只是不想让我知道。百年好合，这四个字我总是看不够。明慧听这些话的时候，并不知道阿妈在跟她交代后事。后来，连赖国民也后悔不已，拖着哭腔道，连名字都改了回去，她是不想再给我机会了。

医生说，淑华老人已放弃治疗，给她用药，也不配合，有时当着医生的面扔掉，昏迷的时候，她一直在讲胡话，说早点过去，还能保护到孩子。当然，除了明慧，没有人懂得这些话的真正含义。

蔡屋围

有人认为，蔡屋围是深圳的二奶，虽然出身不好，却真实地存在着，谁也抹不掉。陈思年便是蔡屋围当年的村民，农村城市化后的特区居民。我们这件事情发生在陈思年做了安然后妈的第七年。

这一天的黄昏，安然的录取通知书，从半空中飘进陈思年的眼帘，陈思年激动地说不出话，她感觉再等上一小会儿，自己就会爆炸或倒在地上。她想让自己眼泪畅快地流，因为安然在她这个后妈的培养之下，修成正果，上了大学，可以免除安大山的后顾之忧，再也不用担心安然将来没有饭吃，没有好生活了。尽管医生在前几分钟还劝过她不要激动，因为眼下她还躺在医院的病床上。可陈思年能不兴奋吗？用安大山的话说，陈思年就是心里永远装着别人的天使，用蔡屋围人的话说就是神经，说她脑子搭错了线，接下来又说，谁让她那么串来的，言下之意，陈思年嚣张过，当然，对方指的是陈思年的过去，再说了，哪个人年轻的时候，没走过点弯路呢？

陈思年心脏出了问题，正在医院接受观察和治疗。她手上挂着吊水，便开始张罗为儿子安然摆上两桌，请儿子的同学过来庆祝一番。用电话订好了餐厅以后，她把安然叫住，想和他一道把菜订好，免得到时手忙脚乱，影响了聚餐的质量。话还没出口，陈思年便发现安然的脸色异常不同。陈思年有些心慌，她笑着说："儿子你真的争气，给足了阿妈面子，说吧，想要什么礼物，新手机还是旅游？"安大山曾经说安然没有什么爱好，陈思年倒是觉得自己才是了解安然的人，安然喜欢一切刺激的游戏。

"不用不用。"安然把手里的购物袋交给陈思年，他说这次煲的是冬瓜老鸭汤。一周的时间里，安然竟然把陈思年教会他的手艺逐一展示出来，没有重复。

陈思年笑着问："都是你一个人做的呀，老爸有没有帮你？"

安然脸上露出不屑说："他怎么懂这种事。"

陈思年笑了，在整个蔡屋围，对她沾沾自喜的港式生活有兴趣，还只有安然。其他人一律视而不见，也包括安大山。

和许多人不同，陈思年一出生就有钱花，有亚洲台、本港台、明珠台看；与内地人相比，陈思年很早便看过香港小姐的选美，各种明星都不在话下，她全部端着饭碗，近距离地从电视上接触过。她吃着港台食品，听着四大天王，看了王菲恋爱结婚离婚结婚离婚的全程，她很早便穿上了从罗湖桥那边带过来的服装，无须模仿，说话、做事便带着天然的港台风。如果换了其他地方，陈思年的优势会很明显，十足的港台范儿，而在蔡屋围这种怪地方，她的这一招一式不仅没什么用处，还显得古怪异常，让她变成了一个电影里的老派人物。很久以后，陈思年对自己的命运作过反思，她认为自己是被不断传来的炸山声和轰轰隆隆推土机声耽误了，包括一夜之间进驻到蔡屋围的外省人，都是参与者。他们把空白的地方填满、搞好、弄乱，岭南乡原有的平湖秋月、雨打芭蕉不见了踪影，连永安酒楼的早茶也被湘菜、川菜取代了，取而代之的是墙壁上贴满各种小广告，低档的生活用品铺天盖地地摊在蔡屋围。曾让阿妈和陈思年无比骄傲的粤语白话，不仅变得没什么人稀罕，反倒成了没人搭理和在乎的蹩脚土话。在深圳最核心地带——蔡屋围，陈思年拥有的优势成了劣势，让她活得别扭、生硬、迷茫，找不到什么人炫耀。很长一段时间，陈思年发现除了安然，再也没有什么人多看她一眼。作为小孩子的安然不仅喜欢广东美食和说话方式，还迷恋深圳人的气质。他曾经对陈思年说："你的衣服好看，说话好听，吃的用的比我们都老家高级。"

那一年，安然十岁，只是他生得矮小、枯黄、文弱，像个六七岁的小女孩。

关于对安然眼下的这个奖励，陈思年豪爽地说："怎么能少了礼物呢，说吧，想要什么？"陈思年喜欢这么讲话，她觉得自己的样子像是港产片里的侠客，杀富济贫，最终被那些弱小者所崇拜。总之安然的快乐比什么都重要。她像以往那样伸出手捏了捏安然的脸蛋，她发现安然脸上的肉厚了许多时说："是不是又胖了？饮食上可要注意哦，少喝可乐，少吃炸鸡腿。"平日里她常常背着安大山偷着拿钱给儿子，尽管她知道这么做可能不妥，可是有什么办法呢，她就是想对安然好，让安然明白自己并不可怜。

"妈咪送我一座小木屋呗。"安然眨巴着眼睛，声音像是从另外一个地方传来，带着细长的回声。刚开始，陈思年还没有缓过来："小木屋？"陈思年恍惚回到了安然的小时候，那时候的她常常读童话给安然听，虽然她认为童年都是骗人的。

安然说："就是我们住的房子呀。"小时候，安然问过陈思年："我们家怎么会住进那么多的外人呀？"陈思年告诉过安然："房子的用途可大了，能换学费、食物和我们身上的衣服，还有你手里的玩具。"陈思年的阿妈是蔡屋围的房东，靠着祖辈留下来的房产养活了自己和陈思年。现在陈思年又用这个钱救助了安大山和儿子。想到这里，陈思年脑子里会闪出当年的情景，那是一个站在窗口，可怜巴巴望着她，求陈思年过来抱抱的小男孩儿。这个小男孩曾经依在她的怀里，每晚黏着她，求她唱儿歌，求陈思年对着书读童话，直到陈思年累成一摊泥，昏睡过去才罢休。也正是为了讲好故事，从来对文字就没有兴趣的陈思年开始看书了。她这副样子，在不擅读书的蔡屋围越发像个异类，她不仅看书，还会把自己想象成一个书里的人物。她会以自己的这间老屋为原型，比如她看见此刻溜出来的老鼠后马上有了故事，那是一个从桶里找出鱼翅并把它们排列整齐，用来吓唬女主人的鼠兄弟的故事。这两个家伙经常与蟑螂深情对望，时间长达一分钟，最后蟑螂的眼睛累了，张大了翅膀，赶走了老鼠，如愿地把自己的孩子安置在各处。陈思年用这个故事安慰胆小的安然，包括一条被主人吃进肚里，碎块们凭记忆整合复原，不仅在主人的肚子里与主人对话，还威胁小主人，要吸收他全部的营养，让他变成一个长不高的小矮子，永远六七岁的模样。陈思年这些话是针对着不爱吃饭、不爱睡觉的安然。她觉得被需要的感觉太好了。

此刻，陈思年糊涂了："我们现在不是住在这间房里吗？"

陈思年不明白安然怎么会无端拐到这个话题上面，之前连个铺垫都没有。她一直觉得安然只是个小朋友，还不懂事。陈思年想这些的时候，把停在安然脸上的手，缓缓地放下。显然她已经明白了安然的意思，脊背发冷的时候，她后悔嘴贱提到了礼物之事，原来这祸是自己闯的。陈思年手脚发冷，强装笑颜给自己解围，她让油滑的这句话溜出了嘴："老房子并不适合你这种小鲜肉、阳光少年。"

安然低头看着自己的跑鞋，笑："留个纪念嘛！"

安然说话的时候，跷起了尾指，甚至尾音里还带有一点娘娘腔，这一刻他像极了安大山。陈思年缩回手，用牙签挑起一块切好的水果，还像以往那样，递到安然眼前。

要纪念什么呢，整条街都知道这房是阿妈留下的房产，除了陈思年与别人无关。虽说是二十世纪八十年代起的老房子，已经破得经常要修，却早已经价值不菲，绝非什么小木屋之类。安然何时动了这个心思，并如此大胆贸然向她索要？陈思年希望这只是一个梦，梦中的男孩永远是那么小，那么让人怜惜，睁着一双无辜的眼睛，看着陈思年，让她无力逃脱，让她成为一个被套上绳的老牛，心甘情愿地耕种。

接下来，陈思年和安然都没有再提起这个话题。她发现安然连神态也在一夜之间发生了改变，像被施了魔术般，他过去那种尖细的女孩音儿突然没有了。在这样的夜晚里，他的声音是那样的陌生。

早在十几年前，蔡屋围便已被外省人改造得面目全非，早没了原来的味道。尽管挨着伟人画像、京基一百、荔枝公园这些著名景点，依然没有改变蔡屋围是个城中村的事实。蔡屋围人除了高耸的颧骨、深陷的眼窝、冬天穿的人字拖，他们早已经和外省人差不了多少，一样活得土、懒、随便、无拘无束。街上常常看到男人穿着松松垮垮的短裤，女人着件鲜艳的睡衣，各自带着没有卸好的浓妆，头上别着卷发器，趿拉着鞋，在街上喝啤酒吃串，分不清招摇过市的到底是老街坊还是外省人。如果不开口，谁也分不清本地人还是外地人，虽然蔡屋围已被外省人同化得渣和影儿都快找不到了，白天破败，夜晚躁动，场景恍若二十世纪八十年代的内地县城。到了傍晚，各家门里蹿出去的音乐各不相同，多半是些怀旧的老歌，伴着四面八方各家碗里的老风味。据有人观察，开餐饮和发廊的中午才开门，睡到下午的多半是 KTV 的小姐。凌晨出门的人偷偷来过夜的，躲开大婆的视线，他们把自己的相好安在了这里，除了省钱，还有安全。这些拐来拐去的街，会把做大婆的那位绕晕过去，索性死了心，让老公永远不要回来。潇洒的，顿时生出生活新希望，不再守活寡，索性趁早另做打算。晚上九点后出门的多半就是那些诱人的小姐们了。还有的人便是什么事情也不做，每天搬了红的或粉的塑料小凳子，叼了根劣质香烟，在太阳下面裸着半个身子，愉快地摸着麻将，手闲出来的时候，还可以翻腾一下自家刚刚晒出的辣椒和萝卜干。没人知道这些人靠什么生活，凭什么不用做事儿反而活得潇洒自在。派出所、工商、城管每个月会突袭一到两次，吆五喝六踹扁踢齐了各家门前乱放的盆盆罐罐，再上下左右看上一遍，吩咐蔡屋围的人不要随便倒垃圾，免得生出苍蝇、蛀虫之类。他们最最担心的是这些脏东西飞上了深南大道，毕竟那块地界是国际化大都市的重要标志。用老人们的话说，那是一条镶了钻的大街，无论什么人走上去，都被显得寒酸、灰头土脸，宛若一个乡巴佬。

挨了训斥的老板娘咧开大嘴笑了，塞到工作人员手里的红包被打翻之后，她得意地撩了下染红的头发，扭动着肥胖却灵活的腰身，晃动着丰满的胸部，满口应下来，嬉皮笑脸地说："好、好、好！听政府的，一定不乱摆放、乱扔垃圾，即便有了苍蝇蚊子，我们留下来自己煲汤吃行吗？绝不会给政府丢脸，誓为大运会争光。"说完话，身边半裸的一个男人举起了右手，做出敬礼的动作，惹得围观的人笑起来。

穿制服的人见到，也被气乐了："什么乱七八糟的，什么年代了，还大运会，行了行了，别再给我惹事就好啦！"

租客们可不想听制服佬的话，他们认为这些人只会骗他们交钱，不算什么事儿，交了钱都好说。他们只服从内心，想几点出门就几点出门，爱几点吃饭就几点吃饭。他们任性的样子仿佛回到了小时候。租客们总是记不起今夕何年，以及身处特区的事实。深南大道和蔡屋围近在咫尺，却远在天涯，眼前的街景让他们生出恍惚，让他们心烦的是，没有在木棉花最盛的时候去拍几张照片，洗好寄回老家，后悔又被自己活活耽误了一岁，再也拍不出去年的俊俏模样。显然，这些小老板、小伙计们都不是蔡屋围的本地人，而是背井离乡，从各种小县城过来赚钱的小户人家。他们没有背景，没有学历，有的就是走一步算一步，今朝有酒今朝醉的潇洒和无所谓。他们也从不关心天鹅堡、前海的房价，对深圳需不需要填海，会不会吞并了惠州东莞成为直辖市这类传闻缺乏兴趣。当然，他们倒是希望房价涨到每平方米一百万元，如果那样的话，又有乐子看了，他们最大的乐趣就是边生活边玩儿。在他们的心里，这始终是一座别人的城市。他们的理想是赚了钱回老家建个小二层，过上有吃有喝，舒服自在，花钱不愁，让村里人羡慕的生活。什么特区不特区的，对于房客们来说不过是个伪概念。在他们眼里，深圳就是蔡屋围，蔡屋围也就是深圳，充其量是个集市，亲切热闹，跟他们的老家差不多。作为走南闯北的过来人，他们摸清了本地人的脾气、秉性，来来回回不过也就那几招吗？完全不是电影电视里描述的那么坏，压根儿就不怕也不在乎。房客凭着他们经历过的大风大浪，在蔡屋围过得如鱼得水，一点也不胆怯，甚至比任何时候都安心和滋润。河南帮、湖南帮、四川帮、东北帮各有一席之地，他们认为这个地方比老家自在、逍遥，更像他们暂时落脚的游乐园。回老家之前，他们要让自己开心、自在，爱怎么折腾就怎么折腾。正是因为这样的一个蔡屋围，陈思年一直劝阿妈，早点卖了房离开，她可不想一辈子留在这样一个破地方。

陈思年原名叫赵思念，上学后总是被人取笑，连老师也很好奇，总是停下来多看陈思年几眼，他们不能理解这个普通的女孩，如何起了一个如此文艺的名儿。

到了初二，她原来的名字作废，改成了陈思年。改名之后的陈思年气质也发生了变化。像是要和过去一刀两断，在深圳这种炎热的季节里，陈思年穿着长衣长裤，活活把个女孩子身上的特点，强憋了回去。从小到大，陈思年没有缺过钱，初中毕业之后进了职业学校学习算账，读了不到半年便退学回家，替阿妈收租金。找物业、去银行等，陈思年成了第二代包租婆。在蔡屋围，其他女仔从十几岁开始便压低了音调，用气声说话，极尽温柔。有的是得了父母姐妹指点，加上生来悟性高。而陈思年只有一个没有读过书的阿妈，所受的影响便是电影，那些戴着头盔、手拎棍棒、开着摩托去救自己兄弟的女仔是自己的偶像，比如美丽的惠英红、梅艳芳。从发育那天起，陈思年便抑扬顿挫，说出的每句话都能让人听清楚，甚至是心惊肉跳。比如她说："我阿妈又收了一沓钱。"对着客人好奇的眼睛，她用手比画着："这么厚。"陈思年阿妈听见后，脸色苍白，对着身旁正等着借钱的熟人，不好意思地讪笑两声。作为可以享受分红的本地人，坚决排斥蔡屋围以外的男人、女人。陈思年还没有长大，阿妈便告诉她，不能在外面找男仔，不然村里的分红便没了。

陈思年盯着阿妈的眼睛，眼看一场不可避免的争吵就要发生之际，蔡屋围的街上突然出现了乞讨的妇女。她正远远地看着陈思年笑，嘴里嘀嘀咕咕地说着些讨好人的话，腿边的小孩子可怜巴巴地望着她。陈思年见了，跑前两步，拉住妇女袖口，那女人见状，吓得差点摔了个跟头。之前这女人常常在附近一带活动，都还比较顺利，她担心眼前是个来找碴的。于是她缓了下神，低声下气道："小姐，不给就算了，别影响我给可怜的孩子讨口水喝，他已经饿了几天。"陈思年听罢，看了眼睛还红肿的小孩子，伸手进口袋，掏出一张百元的票子。见了这妇女一把抢过钱，拉起孩子向马路对面飞奔。做阿妈的见了不断叹气，她觉得陈思年这么做还是没有释怀，故意在气她。

陈思年看见了自己的手势，这是港产片里大姐大们惯用的，她们就是那样的威风，杀富济贫，谁都不在乎，包括对自己的阿妈，你不是吝啬吗？那好啊，我就是要大把大把地花钱，让你心疼。

陈思年为何恨阿妈，原因是阿妈让她成为单亲家庭长大的女仔，然后又变成了无人问津的大龄剩女。阿妈也知理亏，偶尔才会劝劝陈思年别太挑剔，快点嫁了，不要把自己耽搁成老姑婆。当然说归说，面对资源匮乏的蔡屋围，阿妈也是无计可施。

直到见到安大山一家，阿妈的态度才有了变化，她放下手里的麻将，把老花镜推到头顶，扯住陈思年的衣服说："那女人住得可是不远，不要去招惹他们。"阿妈眼睛望向巷子的尽头。她说的是安大山的前妻，她住在不远处的清水河市场。

见陈思年不语，阿妈又说："晚都晚了，就不要着急，尤其不要跟那些外省人拉上关系，他们会把人拖成鬼，把你的生活变成地狱。这年头，什么都是假的，只有钱靠得住，其余都不能信。"阿妈反对陈思年和客人走得太近，她是这么说的，也是这么做的，平时，她不会跟客人聊天。阿妈说，只要自己愿意，多数客人都想过来套近乎，分明有目的。比如说，有的客人心不在焉地夸过她的手指修长，适合弹钢琴。阿妈听了冷笑一声，她看着自己做过粗活的手掌，说："连我老豆老母都没看出，还真得多谢你的眼光。顺便提醒一下，这个月的房租已经到时间了。"随后，阿妈继续低头做事，不再啰唆半句，从来不会给租客多点笑脸。她愿意把这些事讲给陈思年听，就是告诫女儿外省人不可信。她总是说："动下脑子想想就知道了，什么人有钱还来租我们这种烂房子。"生病前，只要有时间，阿妈就会唠叨一句，她提醒陈思年打起精神，不要上当受骗。阿妈对那些从外面过来的人看不惯，除了不讲卫生，还把好吃懒做的风气带到了蔡屋围。阿妈总是怀念没有外省人的蔡屋围，那时候多好啊，打鱼，卖虾，村里人互相帮忙，不像现在这个样子，都得防着。

陈思年不爱听这些，看着眼神越发飘的阿妈说："原来你也知道这些都是烂房子啊。"陈思年看不起阿妈那种小心翼翼，对谁都保持戒备的模样。陈思年认为，正是阿妈这个守财奴，才耽误了她的终身大事。多年前陈思年便求阿妈把老房子卖了，搬到那些整洁、干净的公寓去，变成一个新深圳人。陈思年只要还留在蔡屋围一天，阿妈的思维就无法离开当年的小渔村。

"烂房子？还没到好的时候呢，房子和老公一样，千万不能急啊，急了就容易出错。"说完话，阿妈意味深长地看着窗外。蔡屋围外面的阳光正好，只有蝉在厉声嘶叫。房顶上的青苔和杂草泛着油光，墙壁上躲着大小壁虎，正准备养足了精神晚上出来寻食。

听到阿妈的话，陈思年来了气，说："催我嫁人的是你，现在让我等的又是你，到底要怎样啊！"在安大山一家出现之前，陈思年与阿妈的矛盾不算明显，仅仅是斗嘴而已。陈思年的活动范围是荔枝公园、红桂路、老街，除了阿妈和租客，她与这个世界就没有联系了。很多时候，陈思年想要离家出走，走得越远越好，她忍受不了阿妈疑神疑鬼的眼神。

蔡屋围的房价似乎成了谜，除了政府和李嘉诚，没有多少人敢打这里的主意，连各种小道消息都很少，导致蔡屋围的房子闲置多时。大运会期间，政府部门的人进出过多次，大搞穿衣戴帽工程，只是很快又取消了这个计划。他们发现这个地方什么都不需要做，各种堂皇的建筑，早已把蔡屋围包裹起来，连汽车出入都困难，更不要说外宾，再说横七竖八的人和动物，谁知道是不是被主人安排过来碰瓷的。他们知道，如果不出大事，这条街上的人这辈子也不会跑进电视里，所以不必担心。蔡屋围的人深知旅游的人有大把钱，不可能住到这种地方，所以他们的老房子只能租给外省人临时落个脚，毕竟地段好，交通方便，吃的用的不算太贵，四通八达，去哪儿都方便。如果不愿意找活儿，可以到布吉市场，批些物品回来，直接摆在各家门前，打着牌，晒着太阳，青菜还没有晒蔫之前，货便出手了，这样一来，晚餐餐桌上便可加盘小龙虾和啤酒了。

陈思年家的老房子便坐落在南村，紧挨着著名的深南大道和京基一百。在南村生活的人，眼睛对着现代化都市，身体沿袭着深圳二十世纪七八十年代沿袭下来的生活习惯。他们的后脚刚刚离开京基一百，前脚便已进了蔡屋围脏兮兮的巷子。作为房东，陈思年的阿妈生怕女儿受了租客的影响，沾染上晚睡、懒起、赌博、撒谎的恶习。她不厌其烦地告诫女儿，客人跟你聊家常，讨好你，目的就是借东西不还，或者拖欠房租。作为老板娘，总会遇到各种客人搭讪。有时客人的老婆刚刚转身，媚眼就会飞过来，落到阿妈的身上。阿妈自然不会接招，她提醒陈思年，什么时候都得闩住门，免得受人欺负。生病之前，陈思年的阿妈常常在楼下溜达，眼睛盯着楼上楼下一些神出鬼没的客人。当然，有时候是为了与对面楼的老邻居说句话。不少的街坊都搬走了，剩下几个不愿意走的还在老房子里。彼此见了，会特别亲，常常忆起下海打鱼的日子。

遇上客人几天不下楼，不开门，阿妈会害怕，担心里面出了事。如果真有麻烦，她这个房东可就惨了，不仅挨罚，还要被差佬拉到派出所问话，影响了生意不说，将来房子很难使用，毕竟迟早是要留给女儿的。为此阿妈找人悄悄装了个监控器，楼上楼下尽收眼底。没事的时候，阿妈会坐在房子里边嗑瓜子边看屏幕。有次客人带个女人上来，等了很久还不见出去。只是在很远处便可听见房子里面的大呼小叫，如同放了三级片，连路上的行人都要停下脚步，抬头看上几眼。过了两天，两个人不仅没有出门，连声音也没了。阿妈盯住监控器的回放看，发现男人出来过一次，掐住女人的脖子，把挣扎的女人拖进房。阿妈先是愣了一下，猛然觉得大事不好，她急忙喊来对面楼的房东。闯进门时，看见赤身裸体两个男人纠缠在一起，地上散落着女人用的假发套。

面对此情此景，陈思年的阿妈有些不好意思，掩上门，连说两句对不起，退出了身子。这一切被陈思年看在眼里，恨在心上，她对阿妈的举动很是鄙视，觉得不仅仅是礼貌问题，还侵犯了客人的隐私。陈思年喉里卡着"八婆"两个字没有说出来。

阿妈倒是没有认错的意思，辩解道："什么隐私呀，这种人怎会在乎这个，只要这个月少收点，他们高兴还来不及呢。"当然，阿妈不会少收一毛钱。在阿妈的心里，绝不能跟这些人让步，尤其在钱财方面。

陈思年看不惯阿妈："钱、钱、钱，你心里只有这个。"

阿妈眼皮不抬，说："我做得对不对，将来你会知道，谁不爱钱呢，不然他们来深圳干吗？看风景啊！"阿妈一脸不屑。阿妈这些话跟西北风一样，从来只是刮来刮去，落不进陈思年的耳朵。陈思年用鼻子哼了声，并不理睬阿妈。她觉得阿妈缺乏同情心，尤其是对外省人没有好印象。陈思年眼里的安大山便是来看风景的，他说白天没意思，太阳明晃晃地照着，榨干了人的精神头，只有睡觉才叫养精蓄锐、韬光养晦。他认为只有晚上才是人间美景，尤其看到远处点点渔火，听到近处人声鼎沸，被裹在其中的蔡屋围像是这声浪中的一艘小船。

听了安大山这么一说，陈思年的心仿佛被拉上了船，摇啊摇啊，没了根。她感觉蔡屋围的白天确实没什么意思，脏乱不说，低矮、参差不齐的房子看上去让人心烦。到了夜晚，就完全不同了。地王大厦发射到天上的两道蓝光，把蔡屋围城墙上的土，还有石灰地都打上了厚厚一层蓝光。有些时候，陈思年似乎看见了自己的影子，像一只老鼠在街上挪动或奔跑，有时停在树下，有时藏在拐角处。有了这个发现之后，陈思年变得心思重重，她不敢把这些说给阿妈听，她觉得阿妈脑子出了问题。晚上八点以后，陈思年站到阳台上去看在蓝光映照下，变了形、走了样、有了魂的蔡屋围。这样的时刻，陈思年很想找个人说说话。

安大山是蔡屋围的租客，长得细长白净，像个读书人。他看不起那些每天上班的小职员。如果不是为了儿子，门前铲刀刷子类的小生意他才懒得理。安大山平时喜欢看书，闲了唱几口京剧、昆曲，兴趣来的时候，写几笔书法。多数时间，安大山会泡上一杯清茶，在院子里走来走去，探究一些令陈思年望尘莫及的人生大事。比如，他问陈思年，作为一个有钱人，你幸福吗？见陈思年摇头，他的目光越发锐利："你认为金钱可以买来友谊、爱情、亲情吗？"见陈思年摇头又点头，安大山的声音沉重起来："金钱已经令很多人变成了一个膨胀、冷血的动物。你去看看，到处都是暴发户、收租婆，哪个有文化有情怀了？本地人堪忧啊！"

安大山有次喝多了，给陈思年打电话，请陈思年讲点蔡屋围街上好玩的事，说他最喜欢的还是掌故。他说等回去之后，这些都将成为最美的回忆。陈思年听到安大山提到回去两个字，鼻子酸了。

对于安大山的各种问题，陈思年一时想不出答案，她怪自己读书不多，见识太少，眼里只有深圳香港吃的用的，其余的事情都不懂。

作为一个土生土长的本地人，看着眼前七拐八拐的胡同，陈思年想不起这条街上还有什么好玩的。二十世纪八十年代之后，这条街似乎就与外面隔开了，深南大道越是宽敞，蔡屋围的街道便越发窄小；外面越是繁华，蔡屋围便越发脏乱。有知识的、时髦的人都被挡在外面，而那些没文化、落后的人似乎全部挤到了蔡屋围，塞进各种阴暗潮湿的出租房里。陈思年被安大山说的话搞得心灰意懒。原来本地人没有什么了不起，住在深圳又如何，还不是有人富有人穷，有人幸福有人苦。她甚至觉得安大山故意奚落她，让她明白自己不过是多了几个零花钱的女人而已，陈思年头晕晕沉沉，似乎看到了自己的未来，便是守在这个老房子里。

有了这样的认识，陈思年不再狂妄自负，而自卑起来。这是她从没过的感觉，她开始恨自己过去太自以为是了。

这样的时候，没有人管陈思年的死活，只有来自安大山的抚慰。他劝陈思年不必难受，要学会自己掌握命运。为了让陈思年好受点，他还采取自黑的方式，提到自己的不幸，在北方做过生意，欠了不少钱，现在跑到深圳是躲债的。说完这句，安大山把食指放在唇上，"嘘"了一声，好像担心陈思年听了会尖叫出来，把他扭送到派出所。不知何时，安大山突然又变成了一个弱者，长吁短叹，感伤自己的落魄，变成了穷人，成为社会底层，再也没有机会报效社会。安大山还讲了很多，到最后，安大山问陈思年会不会看不起他。

安大山说自己穷，没有车没有房，事业和婚姻都失败了。

安大山说自己倒也无所谓，反正大不了就出家或者一死了之，最可怜的是儿子安然，遭遇这样的变故，成了穷人不说，还失去了家庭。

想不到安大山到了这一步。

知道安大山的前妻也在深圳，陈思年问过安大山："你会和她复婚吗？"安大山没有正面回答，说："她有她的生活，而我也有自己的追求。"他故意不说自己有没有女朋友。这么一来，身无分文的男人，变得有些神秘，很是吊人胃口。

过了两天，安大山在生了绿毛的墙边找到了正若有所思的陈思年，他咄咄逼人："我是穷人，没有钱，也没有地位，你愿嫁给我吗？"陈思年已经隐隐料到会有这样的时刻，可她想不到，安大山把问题当成了自己的优势。陈思年沉得住气，并不说话。安大山又说："我知道，你肯定不愿意嫁给一个穷人。"陈思年说："至于嫁给穷人还是富人，我没有想过。"安大山盯着陈思年说："因为我没有钱吗？"陈思年说："不是。"安大山继续逼她："那你为什么不同意呢？"陈思年说："不是这个原因。"安大山说："可是我首要的问题是没有钱啊！看起来你还是在乎这个。"安大山已经把她逼到了死胡同。最后，安大山一脸严肃地问陈思年："我当然不是为了自己，只想问你愿意收留一个孩子吗？他只会给你的生活带来烦恼，眼下只是个缺衣少食、差不多书都读不起的小孩。"他指着远处发呆的儿子。

陈思年听了，心慌得不能说话。

把自己关了几天之后，不想说话的陈思年面部变得又黑又涨，眼睛倒是出奇的发亮。这种亮光引起了阿妈的注意。她对着陈思年上下左右打量一番之后，嗅出了不一样的东西，她忍不住回头看了眼正准备吃饭的那一间。

很快，陈思年便端着酒杯经过安大山身边，她这个样子好像是到另个房间去收租。平时她喜欢喝点红酒出门，这样会让她看起来大胆一些，而不会在客人那里白磨嘴皮子，浪费时间。

此刻，她看见把饭桌摆到路边的安大山和儿子，他们正在吃一盆酸菜鱼，安大山跷着兰花指，抬起眼皮问了句陈思年："愿意委屈一下，尝尝我们穷人的饭吗？"

"好啊！"陈思年还没有确定对方的话是不是对着自己，便答应了。因为她看见了男孩儿安然求助的眼神。陈思年不明白，过去的自己是个成日无所事事的男人婆，突然间便转了性情，甚至连说话都会脸红。她把手里的杯子藏到身后，快跑丢进门外的垃圾桶，随后小心翼翼挤到低矮的小方桌一角，像个小媳妇，给自己盛了半碗米饭，又在稀薄的菜锅里盛了汤，靠着碗沿洒进饭里，低垂了眼睛，小心地吃起来。她竟然在这对父子面前连手脚也不知放在哪儿合适。

发现路上有个熟人想要与她打招呼，陈思年用碗遮住脸，生怕有人嘲笑她，破坏了好气氛，让安大山父子扫了兴。

在陈思年为安大山求情减少租金的时候，阿妈一针见血："你不会看上了那个外省佬吧？"

陈思年抖着二郎腿说："是啊，我是想和他日日守在一起。"

阿妈说："我跟你说了那么多年，就是告诉你不要被人骗啊！"阿妈怪自己反应太慢，女儿已经动了真格。于是阿妈说房子漏水很久了，得重新装修，她愿意免掉安大山两个月的租金，让他们早些离开。

听了这话，陈思年反应激烈："我有什么好骗的，钱吗，不要认为有几个钱就了不得，你看看自己，守着一堆钱，什么都没有，连个男人都守不住。"陈思年说完这句，已经解恨了，小时候，她见过有人骂阿妈，也听过老人们从牙缝里漏出来的关键词。

阿妈第一次听见陈思年这样说话，受了刺激，坐在房里流泪。类似的吵架后来又发生了几次，阿妈口气才软下来，说陈思年提过的建议很好，她愿意这么做了，不用等拆迁，可先卖了房子，搬到外面去住或是周游世界。

见阿妈变得这样，陈思年冷笑了声，她觉得阿妈说这话太晚了，她早已心有所属。

被陈思年拒绝之后，阿妈终于住进了医院。出来后，她变成了老年痴呆，再也不肯开口说话。

陈思年常常想起安然，他们虽然同是单亲家庭的孩子，性格里都很敏感和孤僻，安然的表现却是那么的温顺听话。陈思年清楚记得，安大山带着安然从一楼搬上来的时候，怕得要命，哪儿也不敢去，每天小猫一样伏在陈思年身边，不离半步，后来别人家的孩子反叛得厉害，安然除了学习时好时坏，倒不叛逆。看着有的家长为孩子焦头烂额，陈思年庆幸自己的陪伴没有白费。虽说安然不是亲生的，可陈思年感觉跟亲生的没有区别。有了安然之后，陈思年常常会出现幻觉，觉得自己分明为安然哺过乳，想到的时候，总是有各种冲动，似乎还有奶水就随时就要溢出来。包括安然的平静和身上的味道都是陈思年喜欢的。陈思年对安大山说："过去我睡觉跟猪似的，现在，安然打个喷嚏也会吓得坐起来，生怕他冻着。"

陈思年想不到自己可以把继母做得这么好。她对熟人说："看见安大山打儿子我也受不了。"陈思年到学校开家长会，听见其他家长夸她会教育孩子，陈思年甜蜜地仰着头，很是自豪。陈思年和安然会对视而笑，这时陈思年感觉两个人长得已经越来越像。陈思年带着安然参加各种补习、夏令营，包括还去过一次泰国。陈思年嘴边总是挂着安然，甜腻肉麻得让人无法想到她女汉子的从前。

蔡屋围的老邻居一致认为陈思年遇上了高人，被施了法，催了眠，令陈思年从此脱胎换骨，走了一条与常人不同的路，否则陈思年怎么会看上一个流浪汉不流浪汉，生意人不生意人，留着长指甲，生了水蛇腰，说话酸溜溜的家伙，身边还带着一个满腹心事的孩子。老邻居摇头叹息，说："一物降一物，什么人都会变的。"还有更老的人，看了眼天，摇着头说："谁也抗不过命，这点事儿不新鲜，想想她原来的名字吧，就知道她走的不过是她阿妈的老路。"

有一次，安然惹了事，看见安大山的拳头过来，似乎要狠狠教训安然，是安然偷了家里的钱。陈思年用身体挡着，脸和手臂都挨了打。第二天起床时浑身还疼，可安大山连句道歉的话都没有，一晚上不和她说话。陈思年心里很不舒服。她隐隐觉得安大山不是对着儿子。陈思年装作没事一样开导："不管是跟客人还是儿子，都要耐心，不然怎么做生意。"这时的安大山早已无事可做，家里的开销全部由陈思年出，包括安然高价的学费。

安大山轻点烟灰，淡淡地说："你不会还是嫌我穷吧？"

阵思年知道安大山有怨言，阿妈的原因，陈思年一直也没有去办结婚手续。

为了安大山，陈思年与阿妈斗争，所做的一切，就是要让安大山明白，穷怎么了，又不是你的错，条件不好又如何。陈思年心生委屈，我做了这么大的牺牲你还不明白。安大山明白陈思年指的是什么。陈思年怀孕的时候，安然的反应很大，到后来连学校也不去了，天天抱着陈思年的手臂，不肯放手，一个男孩子竟哭得梨花带雨。安然说："妈咪这是不爱我，不要我了，有很多次在梦里喊着妈咪妈咪。"安然甚至连安大山也不理，每天跟着陈思年，叫得陈思年心乱如麻。

"怎么办啊！"陈思年拉着安大山的手，拼命摇着，希望他快些想个办法。

"你说了算。"安大山每次都是这个态度。那一天下着大雨，安大山的裤脚滴着水，拖到了地上，安大山端来的青菜豆干，桂花鱼，都是陈思年的最爱。这时的陈思年已经没有了胃口，不知为什么，她觉得安大山有事情瞒着她，他总是规律地出门，回到床上也是裹着被子睡觉，陈思年伸手的时候，安大山会把自己缩得更紧，像是有人在暗处监督着他，甚至偶尔还会离开几天，说到香港看货。他常常偷着带些奶粉或化妆品回来再转手卖出去，赚点零花钱。

直到做完流产手术才看见了安然的笑，放下心来的安然还像过去那样，靠在陈思年的身上。这时候的陈思年脑子里突然闪出阿妈的样子。陈思年拼命摇头，想要晃掉阿妈。陈思年对安然说:"父母是这个世界上对你最好的人,为了孩子,他们什么都会做的,所有的牺牲都是为了儿女。"直到看见安然红了眼圈,搂着陈思年的脖子说:"我当然不会离开妈咪。"

"分开是为了在一起。"陈思年被自己这么有文采的一句吓着了,她完全不相信是自己说的。她认为自己说话的方式越发有了安大山的意味。

类似的话,陈思年还说过:"如果将来她还是一个人,安然如果愿意去服侍她,我不会反对。"陈思年指的是安大山的前妻。很多时候,她觉得那女人像是自己的长辈,需要她和安大山这样孝敬着。最早的时候,两个人做完了那事,陈思年还会跟安大山说几句。陈思年知道,那女人也在不远的地方打工。安大山听了,笑着说陈思年太傻了。再后来,他会披起衣服,下床,走到阳台上去吸烟,到了天亮才回到房里躺下。

陈思年除了证明自己爱安然,全心全意,没有一点分心,还要让安然明白,她有能力让安然过得更好。这个时候的陈思年已经依了安然的心思,每周陪着他去广州学习乐器。这是安然提出来的,有人告诉他,只有在音乐学院接受辅导,才能被顺利录取。

见陈思年人瘦了一圈,安大山拉着陈思年的手说:"怎么办啊,你不会抛下我这个老头吧。"陈思年咧开嘴笑,说:"看情况呀,如果你太老又太穷,我只有找个年轻又有钱的,不跟你受苦了。"

安大山听罢,搂着陈思年的腰说:"你不能丢下我啊,那可是要了我们的命！安然，你说是不是啊？"他对着床上的儿子。

安然似乎没听见，低着头，继续玩着游戏。陈思年隐约感觉到安然变了，至于什么地方，她还无法想出来。

多年以后，再想起当年的情景，陈思年才懂了安大山的一语双关。

很快，安然再次来到了医院，这一次他显然不是为了送饭。看到了对方，陈思年心跳加速，她的手悄悄移到枕下，房产证和户口本在里面，她不清楚这一次怎么会如此明智，带在了身上。

安然挨近了陈思年说："怎么样，帅吧？"安然拿出了一样东西，这是他的身份证。随后，她的脸也靠过来，挨在了陈思年身上，嬉笑着："妈咪不要犹豫了，就用这个证件，也算是送给我的十八岁礼物了！"

陈思年心头一颤，她发现安然这个样子，很是眼熟。陈思年装出若无其事的样子，说："咱们还是换成其他好玩的吧。"

见安然没有回应，陈思年亲密地拍了下安然的手，说："对了，给你买个手机怎么样？"

"你还这么装，觉得有意思吗？"

陈思年沉默了，她想起了自己迷恋的那些女英雄，已经久违了。她已经很久没有给自己添置奢侈品了，为了补贴家用，她只得在保险公司找了份差事，工资不高，却每天要四处奔波。随着年龄增长，陈思年花钱早已不再像过去那样大手大脚了。

安然看着陈思年的脸："不要再玩了，相对于我一家的付出，那点小玩意算个屁！"安然从座位上腾地站起身子，他已经彻底不耐烦。

陈思年说："你说粗口了。"

安然眼神淡定，他看着陈思年："那又怎么样呢？告诉你，我受够了！"陈思年发现对方说话的时候，脸有些扭曲，甚至变形。这是安然第一次和陈思年发生冲撞，他连手势也是成人的。陈思年想起当年那个讨钱的女人，也是这样的一张脸，先是嬉皮笑脸，转眼便成了无赖。

为了藏起自己发抖的双腿，陈思年把自己挪下床，她发现安然比自己高出了半个头。陈思年已经控制不住好奇，她倒是想看看这个抚养了八年的孩子接下来会做出什么。陈思年说："我想过了，房子是阿妈留给我的，我还从来没有想过送给谁，我猜这也是她临终前的心愿。"

很快，陈思年便看见了这个男孩意味深长的笑。随后，他打开了门，放进两个邪恶的伙伴。

不知睡了多久，陈思年醒过来的时候，已经是深夜了。她的眼前浮现出安然的脸，他说："他们知道就是打工到死，我也进不了这里的学校，享受不到上等人的生活，喝不上地道的广东汤，实在是迫不得已喽。"很快，安然的声音便换成了得意："好在他们选人的眼光向来不错，没有失过手，不信，你去问安大山，遇到你之后，我们是打过赌的。"

晚上九点，陈思年抄了近路拐进蔡屋围，她爬上了自家对面的天台。有几次她忘记了手上的吊带，扯疼了自己，她没有想到安然的出手是那么的重。

天台上面有阿妈种了多年的炮仗花，金黄色的一片，开满了半个阳台。她静静地去观看这重新团聚的一家人。安大山的前妻也老了，走路不再像以往那样轻盈。此刻，他们苦尽甘来，愉快地说着家乡话，显得格外亲切。安然坐在他们的旁边，样子乖巧，甚至有些害羞，他假装没有看见父母故意搭在一起的手。陈思年记起在电视上看到过的风俗，男女手上系着红绳儿，一定是家里有了喜事。那颜色分外刺眼，如同胜利的信号。女人坐到安大山不远处，偶尔起身到厨房，为她生命中两个最亲的人盛饭加汤。身边是他们打好的行李，吃完了这顿饭，他们将会离开深圳回到老家。安然告诉过她，原来的计划里还有两个目标，绝对能够令安然一家不用劳作，就能获得良好的生活。他清楚，这是父母送给他成长的福利。怪只怪，陈思年反应慢，人又太过善良，让他们犹豫很久，才拖到了现在。

蔡屋围上空的蓝还在，有时会射到阳台上，陈思年打开手机，翻了很久也没有找到说话的人，她不禁抬头望向一个窗口，阿妈曾经睡在那个地方，直到离世。陈思年是这个世界上阿妈唯一放不下的亲人。陈思年记得阿妈临走前，突然从昏迷中醒过来，她一次次用手指向监控器，上面的红布落满了灰土。她红着眼睛发出尖叫，企图喊醒被催眠的女儿。在那部落满灰尘的机器里，藏着出租屋的所有秘密，包括每次陈思年出门，这个女人都会来到这个家，为她的丈夫和孩子洗衣、做饭。他们无视阿妈的存在，在阿妈的面前走来走去，甚至是亲热，以此来折磨这个道破天机的老人。

据香港史料记载，早些年的蔡屋围住有吃苦耐劳的家族，后被一松岗帮工侵占并归己所有，从此蔡屋围易姓。陈思年看到这则掌故的时候，已经是 2016 年的夏天，蔡屋围的街上出现了身穿制服的工作人员，他们正反复测量、核准，并进行数据分析。他们的计划将安排在晚上，方式是静音爆破，采用的将是世界上最高端的技术。到时候，除了这个历史上的地名，也许一夜之间，脏乱的蔡屋围将会消失，除了史料，没有人可以记得它的来龙去脉，取而代之的将是一条高尚的街区，与旁边的深南大道、京基一百遥相呼应。

陈思年熟练地拨了号，对着话筒，她还想找回当年那份潇洒，她准备对阿妈说说这些外省人，真是了不起，贫穷不仅没有妨碍他们，反倒成了武器，甚至连个小孩子都知道把野心深藏多年，还会创造各种机会让父母团聚，我们本地人哪里是他们的对手啊！

除了远处的汽车声，蔡屋围这一刻开始安静了，四周野草丛生，有各种虫子在叫。

过了很久，陈思年听见拖着哭腔的自己，她的声音细弱无助，此刻，她只想藏进阿妈的怀里，重新回到小时候。

岗　厦

1

事情发生得很快，四天不到，石雨春一家的命运就发生了改变。

"岗厦14号在哪儿，如果你能找到，也让我见识见识。"当时他站在离父亲一米远的地方。说话的是个年轻女孩，脸上带着不屑。她站起身给自己倒了杯水，喝了一口说："我还以为自己是岗厦人呢，可哪有这么便宜的事。"

父亲似乎矮了些，讨好的表情还没有褪尽，晾在脸的原处。几页皱巴巴的信纸被甩到台面。其中的一页轻轻地弹起，差点落在地上。那是当年岗厦村的回信。前一封是告知要找的人搬走了，去向不明。后面的则是个公函，意思是您的来信收悉，无法联系到相关人，最后一行是欢迎海外及港澳同乡回来投资。

石雨春没等父亲，快速转了身，走出拆迁办大厅。光辉房产中介的门牌刺了他的眼睛。石雨春从眯起的眼缝里看到，正有人从座位上站身，向他微笑，准备出来拦住他说话。他加快了脚步，离开了这一大片金色。他不想让人见到。更关键的是不想他们知道眼下结果。为了争取到赔偿的代理权，三番五次找他，还送了一幅大芬村油画和一个生日蛋糕。又走出几米时，见到新贴出的告示。旁边是几个人说话，还有人拿着计算器算账。红纸上是签约拆迁户的姓名，物业面积和赔偿面积，或金额。担心有人跟他打招呼，石雨春低下头，快走了几步。这时，熟悉的音乐和讲解声在身后响起，在您的大力支持下，岗厦将被改造成为中央配套功能区，成为深圳特区又一创举。想到这片城中村很快将变成高楼大厦，与他们一家再无关系，父亲从此没了话题，没了寄托，还有他和弟弟渴望的奇迹，将永远不能出现，石雨春鼻子酸了。他不知围着岗厦街走了多久，才意识到脚已经疼了。

之前他就对父亲所谓的老房子赔偿半信半疑，还说过打击的话，可现在想法不同了。如果不是因为穷，在东北两个儿子都没工作，没出路，父亲不会动这根筋，打这份歪主意。电视里说，深圳要办大运会，岗厦村拆迁，许多居民一夜间成了亿万富翁，连一些海外的华侨也回来，认祖归宗。父亲说过他这辈子都在等这一天。搞到当年材料，就能拿到一大笔钱。石雨春觉得父亲样子鬼鬼祟祟，聪明人一眼便能看出破绽。

看着街上来来往往的人，石雨春突然觉得自己必须懂事，真正地承担起长子的责任，不能再按着父亲的思路，想事做事了，否则人生就被彻底耽误了。

很快石雨春就听见了不远处的声音，是父亲把放在口袋里用于庆祝的酒，喝了半瓶，没出办事大厅他就已经醉了。是保安把他赶了出来并拖到了大街上。他抚着岗厦的那棵百年老树站起身，踉跄着走到了满是油渍的大排档前，对着吃饭的人高声说："去过东北吗？天又高又蓝，四季分明，白菜是白菜，猪肉是猪肉，不会像这里热得要死，雪也不下，青菜怎么做都不好吃。"说话的时候，汗在他的脸上蹚出两条小沟，沾了些灰土。石雨春见了，吓出一身冷汗。他快速闪进人流，准备早一点逃回家中。

平时石雨春宁愿跑到楼顶发呆，也不想回家。所谓的家，在文化大厦后面的岗厦村。除了没有离开的本地人，这条街住满了租房客，包括开出租的攸县人，四川帮，关中汉子，各种手艺人，修鞋、补衣服、买水果的小贩和摩托仔们。还有一些做那种事的女人，她们像是刚醒过来的精灵，闪着发亮的眼睛，活跃在午夜街头。石雨春父子的出租屋便在其中。每月四百，不包水电费、卫生费。在关内，除了清水河一带，这里的房价应该最便宜。石雨春不喜欢回到这里有原因。平时少话的三个男人，挤在同个房里很是尴尬。光了大半个身子，会发现彼此的丑。先是父亲见了弟弟蓝色的文身和两根被打断的手指，想叹气又不敢叹的样子，心里很烦。过去弟弟长得还算英俊，手指因打架断了之后，像是变了个人，脾气暴躁，就连相貌也发生了变化。弟弟经常死盯着石雨春的大腿和胸部，让他不自在。时间久了，自然会生出事端。好在石雨春什么事都忍着，不发作。平时他就有点怕弟弟，主要是弟弟阴郁的神情。本来石雨春还有个地方可以睡觉，只是这两天，弟弟像是发现了什么，也可能是对房子的事有预感，烦躁不安。石雨春有些怕，只好回来住了，就是白天也不太敢去那个地方，毕竟隔壁住的是阿文，他不想给她带去麻烦。

原本是间仓库，用于放些节日时用的灯笼和彩旗。石雨春收拾整理过，放了一张能睡觉的铁床。一墙之隔是间大房子，里面有三张双层铁架床和几部电话。平时关紧了门，看不出具体做什么。第一次被那种声音吵醒的时候，以为在做梦，再后来才听清是女人的声音。那个下午异常安静。窗外伸进一长一短两根树梢。阳光洒在地上和一盆花上，让他有了美的享受，似乎也有了深圳人的感觉。后来听见了隔壁的声音，开始像哭，然后是笑，哭和笑掺在一起似乎有韵律，一声两声，身体迅速有了反应，瞬间变得无比雄壮。在这种声音里，他放纵了自己。

阿文是这间声讯台的领班。

那一天，没有太阳，连云彩似乎也离人很近。这样的时间里，他认识了阿文。他使劲说笑话，想让她笑。尽管阿文不笑的时候也很美。这是他一贯的做法，即使是心里在哭，嘴上也能讲出笑话来。他还能模仿赵本山、范伟、赵丽蓉说话。他拿自己都没办法。"你这是没有安全感。"胡玉则这样评价石磊。他听了，半天说不出话。长这么大，还没有人这样了解自己。

当然在家里他不会这样。他只会愁眉苦脸，或沉默不语，一句笑话都说不出来。他不愿意见到父亲那双深陷的眼睛，总偷偷看他，似乎有话要讲。被他盯过的脸，如同被马蜂蜇过，发紧，甚至痛。有几次石雨春甚至发了火说："你不能看电视啊。"他指着正播放减肥器的电视机继续说，"总是看我干什么，我脸上又没长钱。"

"我没看啊。"父亲闪开眼睛的同时急着辩解，脸还红了，后来还是没有改变。"全是变态佬！"他在心里骂了一句。对于这个家，石雨春一点办法也没有。

见到阿文当晚，他显得闷闷不乐。反倒胡玉则心情很好，主动给石雨春按摩后背。即使这样，还是觉得胡玉则的声音有些做作和刺耳。激情后，眉头留下两条皱纹，直到出了门，都还没有消失，包括那些小动作也显得与年龄不符。

心里有了阿文之后，他变得小心谨慎。胡玉则的眼睛无处不在。除了担心阿文受到牵连，他更害怕丢掉眼下这份好工作。

快进家门时，胡玉则的电话便打了过来。

不想接。他猜想这个女人又空虚了，需要慰藉，或者知道了房子的事想安慰他。他不需要安慰，也不想和任何人说话。为了结束这段关系，早在几个月前就减少了与胡玉则的见面次数。结束担惊受怕的生活后，内心里，他对生活做了安排，大大方方追求阿文，然后在阳光下恋爱，享受属于自己的深圳生活。他甚至有预感，再不行动就来不及了。总之，他的内心因为阿文有了很大的变化。

先是内心变化。他开始变得现实，包括不再扮酷，多数时间不再去梦想一夜间变成富人。他还能到街上拣些便宜货，比如快收早市的肠粉和前一晚的面包。两块钱买三份，全家的午餐也有了。运气好，还能碰上有肉或有蛋的。

再次是外表的变化，他的装扮已恢复正常，不再像电视里的香港人、深圳人，把自己搞得有别于常人。

他觉得与深圳已接上了地气，不再陌生和客气。

石雨春想到深圳发展，除了老房子，还有一个理由，那便是，他不喜欢东北。东北已经没什么可以留恋的。现在谁不向外跑啊。海南、云南，威海、深圳，广西，哪好向哪去，哪远去哪，中途也不停下。父亲厂里的烟筒被吊车拉倒、拆掉之后，他的小城像是没了坐标，让他找不准方向。他觉得自己投生错了，应该生在富庶的深圳，而不是已经萧条落寞的东北。在东北，用他的话来说是猪狗不如，活得窝囊，抬不起头。他越是不喜欢东北，便越想成为深圳人。当然，他指的是有户口、有房子，落地生根的那种，而不是和他一样漂着的打工仔。这样想的时候，连脚上也迈出了深圳人的韵律。见到本地人，竟有种说不出的亲和说不出的喜欢。从心里喊出一句："你好，我是深圳人。"对方瞪着他，扭了头，跟同伴骂了他一句："七兴！"

他听了，也不生气，而是友好地笑笑，在心里喜滋滋地补上一句："我想同你们好啊。"他用的是深圳普通话。听见自己短促的句子回荡在空中，石雨春内心非常愉快。想事做事，也有了感觉。

为了让自己像个深圳人，有一阵子石雨春想把名改了，弄成阿石什么的，南方味十足。他觉得即使深圳的农村也好过东北。后来打听过，有难度，只好在口头上改了。"你们叫我阿春吧。"

改了之后，说话做事也渐渐找到感觉，就连人家的冷眼和排斥也会觉得好，是讲文明。过去他多么自卑啊。父亲做不了深圳人，自己却可以经过努力变成深圳女婿。这样一来，父亲与深圳还是能够有某种联系。有了这样的计划之后，他不断学习白话、客家话，除了跟本地人沟通，还有一个目的就是稀释自己口音中的土味。为此他把电视上学来的江浙话、四川话、湖南话也放进来，只要摆脱卷舌、大碴子味就行。除了粤语、客家语那种韵味让他着迷。他喜欢深圳人那种无所谓的神情和生活习惯，比如喝早茶、吃夜宵。

石雨春根本就不把自己当东北人，装束和言谈举止上便能看出来。从小他硬着舌头学深圳话，最后也说得有模有样。进艺校后学了不少粤语歌，用电视上深圳人的服饰来打扮自己，看见街上来旅游的深圳人也特别亲，总想上去攀谈几句。有一次还差点被两个温州人骗了，只因对方说他们是从深圳来的。不少人看不惯他的做派，不愿意跟他玩，认为他不务正业，行为怪异、爱装，尤其是模仿电视上的香港人和深圳人装束、语调。街上有几个小流氓看不上他，不喜欢他这样出风头，总想找理由打他一顿。弟弟知道了，自然要和人家对打。他这么做并非为了支持石雨春。为了证明讨厌石雨春的表现，他不仅很少和石雨春说话，也不跟别人说，更不要说与人打交道。

对于石雨春的打扮，父亲倒是很开明。瞥了一眼儿子那张秀气的脸和脖子上的项链，开脱道："就是有点娘娘腔，不算大事，身子还是男的。坏就坏在小时候他妈妈给他穿花衣服、梳小辫害的。他这么折腾，只是想扮成我们深圳人。"父亲长得瘦小枯干，没有精神，只有说到深圳的时候，才像是缓过神，话多得没完没了。他总是对人说："早晚得回去。老子的大屋还在深圳呢，那种房子结实，能住几辈子。"父亲这种话多了，谁都不再相信，包括儿子。正是父亲这张嘴，兄弟俩才让街坊邻居看不起。"那你咋还不去发财啊，待在这儿干啥，也没人想留你。"

父亲红了脸答："快了快了。"本来他不算爱说话的人，可是，只要一说到深圳和老房子，他就像变了个人，滔滔不绝，从早晨到晚上，从日出到日落。除了这个，他什么也不知道，也不关心。石雨春不同，他不仅喜欢说话，还能把深圳的事说得头头是道，连深圳的人也被他弄得一愣一愣的。

有人觉得石雨春活得这么拧巴，与他这个做老子的虚荣有关。十岁之前，父亲总是拉住他和弟弟讲深圳故事，每次说到香蕉、马拉高、烧鹅、肠粉三个人的肚子同时响亮地叫起来。父亲最常念的是："我是深圳人，街上有个集体饭堂，里面十多个四方形的小窗户，外面是一排刚吐嫩芽的小树，吃饭的时候，能看见三面红旗在飘扬。"除了这，还经常说道："我妈拿番薯去上沙换大米、花生油，有时候还要帮人磨成粉。我爷爷穿绸缎马褂，腰里还别着盒子枪。好日子没过几天，天就变了。老子只能逃跑，不跑就得死。谁也想不到，老子因祸得福了。那可是最好的年代。东北让我成了工人阶级，有了户口、老婆和儿子。"他总说自己是个地道的岗厦人。土改的时候大家一起逃港，有的人死了，有的人被抓了，最后结果是都没了命。他在海里游了一半，被浪冲回岸上，躲了一夜后跑到广州，再爬上货车到的天津。在码头、车站都干过。去了东北还是担心被人追赶，就连名也改了。半年不到就做了修路工人，也有人逗他："你瞎跑什么啊，要不然你都成亿万富翁了。"这个时候他会变了脸说："那年月，谁不跑啊，个个都像蚂蚁一样，连命都保不住了。被打死的文金胜你认识吗？"听的人一边笑一边摇头，好像父亲是从古墓里出来的人。

石雨春听腻了。青春期的时候，做梦也会见到自己拿着枪，四处追杀一个吹牛的男人。醒来时，见到父亲半睁着眼自言自语，口水流到枕头上。多数时间，他认为父亲是在编瞎话骗人，就是为了让别人关注自己，给他介绍一个老婆。他从来没有见过什么人来找他。邻居会拿这家人举例，千万别学他们，三个男的没个正常人，不务正业，游手好闲，好女孩绝不能嫁给他们。

最初，父亲提到深圳时，还讲不清住过哪个区哪个街，非常笼统、含糊，只是说，老家那个地方离海最近，站在土堆上就可以看见海上的渔船。直到电视台播了岗厦拆迁的新闻，才发生了改变。也有不怀好意的凑上来，说："电视上说的深圳是你那地方吗？再晚了，钱可就拿不到了，还不快回去啊！"

石雨春看见父亲的脸红一阵白一阵，嘴张到一半又合上，说不出话，非常可疑，与法治栏目里那些骗子差不多。说话的人摇着头走了，到了后半夜，父亲摇醒石雨春，说："就是岗厦，岗厦14号没错，全想起来了。"石雨春眼皮抬了下，又睡着了。父亲瞳孔睁得奇大，笑声也瘆人。猜想父亲又打歪主意了。对父亲来说，这么做已经不是第一次。撞大运，见者有份的思想他从来都有。没权没势的人，做梦都想着发财。他理解父亲用心，不是为自己。毕竟兄弟二人都到了成家立业，娶老婆的年纪，可连个影都还没有呢。

东北不能待了，再待下去，石家就要断子绝孙了。父亲在一个深夜，对着石雨春说，仿佛天已降大任于他。

所有的事情都预示了石雨春终有一天会来到深圳，为父亲也为自己找条出路。堂皇的理由是找回老屋拿回赔偿。对于石雨春来说，真正的原因是他讨厌东北而喜欢这个新地方，即使没有赔偿这档子事，他也想来，通过努力变成一个深圳人。

石雨春提前了半年到深圳探路。作为家中长子，他的计划是三年闯出一片天地，然后接父亲和弟弟到深圳享福。连自己也没想到，他不仅找到了活，而且还非常体面。如果没有父亲和弟弟这个负担的话，这个收入也够他用。弟弟在家里惹了事，对方不依不饶，非要赔钱，还不到半年，父亲和弟弟只好到深圳与石雨春会合了。

对于处理结果和父亲的表现，石雨春早有准备。这些年，他从没有放弃过对父亲的怀疑。他猜父亲即使是广东人也未必是深圳人，是深圳人也未必是岗厦人。尽管父亲的话他能背下来。有什么用呢，再去对人说那些，只能是笑话了。这次没有成功拿到赔偿，父亲又想回东北了。

只用很短的时间，他就把这件事想明白了。如果回去，没脸见人是其次，能不能吃上饭都是回事。想做苦力也找不到地方。即使死，也要死在外面。石雨春认为人要有志。人走了便是泼出去的水，蒸发了，再也回不到原地。想明白之后的石雨春一身轻松。

从办事大厅回来，石雨春不仅没有责备父亲，还买了一瓶酒和半只烤鸭。想与父亲喝两杯，是种表态，也算是一种解脱。大意是，即使没有老屋子，没有财产，父亲仍然是父亲，儿子还是儿子，别把亲情想俗了。作为儿子不怪这个老子，要怪只怪他们又穷又没活路，才想出的下策。一切都过去了，没有对与错。他想好了怎么说，用一种小品的语言，轻快、幽默地把话说完，让这一段历史画上句号。不靠天，不靠地，不靠祖宗宅基地。他要用山东快板的方式表达，借助自己的双手，让一切重新开始，顺便也说说自己的事。每次想到可怜的阿文，就会心痛不已，甚至会有泪水。连自己都奇怪，从小到大，他还没有这样心疼过别人。也许之前受的苦太多了，人已经变得麻木。只有一墙之隔却不能说话，除了担心被胡玉则知道，更担心伤害阿文的自尊心，毕竟她干的不是一个体面的工作。在深圳，每个人都有不愿说的事，不能公开的秘密。即便对方手上很有权，也未必愿意帮助任何人。石雨春的父亲早已经成了一个上访户。

"不要随便问人家的工作。"父亲在胡玉则丈夫面前表现过亲热，对方并没有理他。他跟父亲说，事到如今，不要提房子的事，都要改变话题，自己会配合他把戏演到底。

父亲并不领情，喝了一口酒说："你本来就是演戏的。"石雨春听了，没有生气，甚至有点高兴父亲这么讲。演戏就是文艺工作者，而不是大街上走的那些打工仔、打工妹，整个人软塌塌的，没什么气质。

2

石雨春不是演员，他只是个教跳舞的人。多数时间在文化大楼二楼的晒台上班。每周二、周四晚上课。周五是舞会时间。音响、灯光，还有四周的椅子和散场时的卫生都由他负责。除了教跳舞和健身操，他偶尔也做点杂活。比如，节假日搞活动时布置会场之类。除此之外，还演过小品里不用说话的角色。比如，站岗的保安、敬老院擦玻璃的义工。他在下面可以随便开玩笑、说笑话，只是一到了台上，便连话也不会讲了，更不要说动作。文化站长笑着说："一看就是老实人，说不了假话。"

他拍了拍石雨春的肩，上楼了，脸上带着笑。谁都看得出站长喜欢石雨春。舞会通常在晚上七点半开始，十点半结束。偶尔也会接受邀请到企业办短训班，赚些外快。有时还能拿几件厂里的衣服、鞋或是小项链之类的东西。比起岗厦那些起早贪黑的小贩和民工，他觉得自己活得轻松、潇洒。有了这样的优越，就会情不自禁对人说到祖上也在这儿，是电视台叫他回来的。正是这些话，工作的时候，让他占了不少便宜。人家会把他看作潜力股，站长也认为他不是一般的打工仔，不能随便欺负，甚至过年过节发福利也会给他一份。只有夜深人静的时候，他才会害怕。之前，他讨厌父亲的行径，可不知不觉，已经和父亲一样骗人了，真是对不起站长，还有其他人。再想想，又觉得这样做也没有大错，也是不得已。如果一家人在东北过得好，过得舒服，何必如此。谁生来就想骗人呢？这时，他便心安理得了。有时父亲与别人说到房子的时候，他还会去帮两句腔。再后来连心虚也没了。一招一式，父子二人配合默契。闲暇的时候，还会到楼下阅览室翻翻杂志，或是欣赏自己的两个宝物。那是去韶关采风背回来的彩色石头。因为这事，文化站长对他有些刮目相看，认为石雨春就是不同。石雨春也这么看自己。比如，在艺校时，他喜欢画画，其中的一幅被美术班女生见了，说了两次有点意思。至于什么意思，石雨春并不明白，毕竟他的专业只是跳舞。说到跳舞，石雨春还是小有名气的。附近单位那些会跳的，还有正学的，知道他在，都会跟过来，跟着再玩一下。这种时候，会喊他石老师、石老师。即便那些有些身份的女性，也想请他跳一曲。这个时候，石雨春会挑上两支可以展示身材的曲子上场，例如慢三、探戈。灯火间，石雨春感觉自己是个王子。看起来，深圳是来对了，要知道，凭着自己的相貌和中专学历，在东北根本找不到活儿，更不要说讨老婆。想到这儿，他的步子变得无比轻盈，两只手如同燕子的翅膀端得很高。

胡玉则便是在学跳舞期间认识的。随后是请吃饭。这么做是因为赔偿这件事有求于她。想着是自己请，就点了几个贵的。倒是胡玉则只点了豆苗和客家酿豆腐两个便宜菜。吃饭的时候，胡玉则问石雨春的父亲身体好不好，家里几口人，习惯不习惯深圳的气候之类。对石雨春求她的事一句也没提。石雨春索性也就不说。他认为胡玉则一定看过资料，知道他的底细，只是人家修养好，给他留点面子，不去点破，也没有和别人透露。不然的话，自己早该被炒了。想到这儿，心里便空落落的，后悔不该在明白人面前演戏。吃完饭，天有些黑了，两个人告了别，说了再见。胡玉则向步行街的方向走，石雨春则留在了文化大厦楼下的花坛边上。胡玉则慢慢走远，人影也越来越小。那时的天开始凉了，他看到胡玉则的溜肩向身体里缩了缩。回到房里，还记得胡玉则那薄薄的嘴唇和淡淡的哀愁。她好像不开心呵，她丈夫长得什么样呢。这些问题在心里想了很久，一直到再见面。

当时，石雨春拿了饭盒准备下楼下的食堂吃饭，见到胡玉则和一个男人在院子里打羽毛球。胡玉则也看到了他。出于礼貌，石雨春只好停下。胡玉则打了十几个球，才停下来喊他："石老师！"然后指了身边的人说，"这是我老公，你父亲那个材料在他那儿。"胡玉则的丈夫张朝南也是东北人，负责岗厦拆迁。据那些跳舞的人说，赔不赔，赔多少都是他说了算。

由于丈夫的特殊身份，很多人跟她套近乎，胡玉则便有强烈的优越感。说话时总是看自己的手指，那上面有个闪着银光的钻石。或许是老屋子的事，让她抓住了石雨春的把柄，胡玉则学跳舞期间，石雨春说话做事都有些心虚。她说话很不客气，最后把石老师也省了。开始时，打电话前还要问问，方便吗，后面也变得无所顾忌。有一次，石雨春身边围了几个人看他做动作。当时正跳伦巴，转了几圈，脸上有了汗，看见胡玉则，就有些不自在。他觉得胡玉则根本没有听课，而是不屑。不知什么时候，胡玉则走开了。嘴角的轻视却一直在石雨春脑子里，他后面的讲课有些心不在焉。跳得也松松垮垮，失去了感觉，很快便收了场。那一次胡玉则本来还要多说几句，想想又咽了回去，觉得石雨春只是有点自恋，也不算大毛病。起初，她不把石雨春当男性看。石雨春也胡姐、胡姐地叫着，彼此都没什么想法。直到胡玉则和张朝南生气后，喝了酒，想找个人说话，约了出来，最后竟糊里糊涂上了床，她才敢把话说出来。

"你样子太夸张了，跳个舞用得着下腰吗，胯扭得像个女人。"她指的是石雨春动作。"这种地方，跳舞是假，男女找个理由认识才是真的，不要太当回事。"听了这话，正穿着灯笼裤，绷着身体练功的石雨春脸"腾"地一下红到脖子根，肥大的胸肌顿时塌了下去，眉眼无处安放，挑起的嘴角也松弛下来。

针对老屋赔偿，胡玉则说过，岗厦村的高价赔偿让很多人患上了臆想症，打歪主意的人太多太多了。他们把自己的故事编得有模有样，哭哭泣泣，痛说家史，没点眼力，会被他们骗了。她说拆迁政策把全国的骗子都招来了。石雨春很不自在，觉得胡玉则是针对他讲的。

石雨春听了她现在这样介绍，又想起之前的话，脸红了，不知道应该握手，还是说谢谢。

张朝南也有些不好意思，主动伸了手，连说了两次抱歉："太多历史遗留问题，还没来得及看。"虽然只是匆匆搭了下，石雨春便觉得对方手很潮、很湿，同时还注意到他个子不高，脸色苍白。尽管如此，石雨春对他印象不错。

正因为这，石雨春喜欢听胡玉则讲起她丈夫。平时不会提，只有生气的时候，她才会说很多。都是些隐私，石雨春听了也有些不好意思，毕竟都是男人。包括张朝南不让老乡找他，更不允许集团的人与他讲家乡话。有个他小时候的伙伴，来找他安排工作。他板着面孔，最后那个人也不敢放肆，甚至连话都不敢说。他回避谈论东北的任何事，天天苦练粤语。说到这，胡玉则看了石雨春一眼说："就是羡慕深圳人有钱，不然为啥不学东北话、河南话呢。"

石雨春接话："本地人也有穷的。"他指的是那些岗厦本地人，前几年通过中介把老房子卖给了外省人，马上就投资做了生意。金融风暴一来，又变成了穷光蛋。现在他们与父亲一样，总是游荡在岗厦街上。

胡玉则听了，很生气。她是知道石雨春也在学习粤语才故意这么说，撇了撇嘴，冷笑道："这话轮不到你说，在这里，最没钱的人也比你富。"

看见石雨春低下头，胡玉则接着说："我知道你想什么，你喜欢深圳，喜欢钱，想找个本地妹，要一份分红，或是享受人家老屋的赔偿，结婚的时候手臂上挂了这么长的金链，有房子有车作陪嫁。"她一口气说了很多，停了一下又接着说，"想不到吧，连他也做这个梦呢，他想做本地人，当地主，还以为别人不知道。"石雨春听人说过，胡玉则曾经自杀过，事情闹得很大。"张朝南刚来的时候，也动过这心思，想装本地人。可惜一张嘴，就知道他是哪儿来的。还怪我揭穿，他那张脸，写着东北二字呢。"她这么说，石雨春还很高兴，觉得胡玉则是在变相夸他。

很显然，胡玉则不喜欢深圳，不喜欢深圳的一切。经常有人问她来了那么久，怎么还不会粤语。

"不喜欢，也不想听那些鸟语。"胡玉则皱了眉头说，"这个城市最多的是钱，最少的是人情。朋友不像朋友，夫妻不像夫妻，各自怀了鬼心思。"石雨春能听得出她是说自己的家庭。深圳夺走了丈夫的心。丈夫说话做事都在模仿本地人，工作中为岗厦人说话，在赔偿的事情上尤为明显，显得过分热情。具体到生活中，喜欢喝老火汤吃酿苦瓜、酿豆腐，饭前要拿热水烫一下碗筷和杯子。

"不是喜欢汤，是喜欢人吧。"胡玉则冷冷地说。

"东北菜就是一大锅，太粗糙。"胡玉则只听丈夫张朝南说过一句，心便冷了。张朝南曾经多么喜欢她做的菜啊，夸奖她把菜做得像工艺品，舍不得动筷子。深圳男女比例一比七，让她这个辞职做了全职太太的女人不再踏实。也就是那晚，她发了信息给石雨春："真孤独啊，在这个无雪的冬天里。"她跑到岗厦村，把身体交给了石雨春。

除此之外，胡玉则还讨厌石雨春有事没事跷起兰花指。她说喜欢夜晚的石雨春，觉得他侧面斯文、柔和，像个文化人，看不出是跳舞的，甚至比那些有钱有势的人也不会差到哪。正是这样的夜晚，她咧开薄薄的小嘴，撒着娇对石雨春说："放心呵，人不亲水还亲呢，不帮你，难道让我帮条狗吗？"说这话的时候，深南大道的彩灯把她的脸映出一些晃动的斑点。她光着雪白的身子，下地找衣服，踩到了他的靴子，那一刻她并不觉得它是那么刺眼。当初在她眼里他是脏和怪异的打扮。石雨春刚来时，找不到感觉，认为时髦的衣服竟被胡玉则说得一文不值。后来也是胡玉则改变了他的想法，她说："深圳不是你的，也不是本地人的，你看他们不也总是找不到北吗？除了收租，还会做什么呢。"

石雨春听了，很兴奋，认为总结得非常对。他确实见到那些衣着陈旧的本地人，天天坐在街上，根本没胆量走上深南大道，似乎怕强光刺伤了他们的双眼。

胡玉则说话时，两手交叉于胸前，脖子和下巴显得很有形。

石雨春第一次见了，觉得她不像富婆。他眼里的富婆就是地主婆，满脸横肉。胡玉则不仅不像地主婆，倒像京剧里的花旦。算不上富婆，可胡玉则并不缺钱。每次吃饭都是她买单，起初石雨春还不愿意，觉得没面子，不像男人。到后来，就不管这些了，心想反正她丈夫有的是银子，不花白不花，都是别人的血汗钱，也有他这个外来工那份，吃了用了，不过是花自己的钱，没什么理亏的。再后来胡玉则给他东西，衣服或港币，有时还会是一个很值钱的小家电，他也就心安理得地接了。送那辆八成新夏利车这天，是他们相识纪念日，石雨春既高兴又难过。站在岗厦的街头，他显得忸怩："总是用你的。"

胡玉则只是笑了笑没接话，石雨春却明白了自己的身份。从这天开始，石雨春不再敢和女人开玩笑，包括跳舞时不敢与人抱得太近，不敢明目张胆改变习惯，包括说话和为人处世。对于胡玉则的话，石雨春没有生气。为了父亲和弟弟，后来的每一次，他都当成积蓄。不断攀升的房价，让石雨春心里更加没底，除了跳舞，在深圳，石雨春什么也做不了。他知道，只要攒够钱，首付一间小房子，安放父亲和弟弟，就什么都不怕了，哪怕后面是去做苦力也行。某种意义上说，胡玉则他们才是他真正的亲人，甚至是再生父母，只有他们才可能帮助他，让他们有房住。而真正的家反倒成了婴儿，需要他一口口地去哺乳。他明白，自己这种年纪，做小白脸显然已经太老，承蒙胡玉则不计较他除了跳舞，什么都不会。

3

电话响了又断了。第二次是在五分钟后。音乐回荡很久，如同一个执着的怨妇。石雨春犹豫了一下，还是接了。不过，他对着话筒说现在有事，等忙完了再打回去。对方似乎不太情愿，石雨春把电话对着吵闹处，让声音冲进话筒。过了一会儿，胡玉则那边也放了。

那张不甘心的脸在石雨春的脑子里旋了一会儿，迟迟不肯散去。想起胡玉则细瘦的脖子，有些塌陷的腮，石雨春觉得自己厌倦了。就连胡玉则经常用来抒情的话，也觉得矫情。"没冬天怎么了，那不是更好吗，省煤，省柴，还不用穿棉袄了，那玩意穿在身上，像个大狗熊。"这是在认识阿文之后的想法。

如果真说出来，胡玉则一定会生气，骂他没良心，不得好死。当初，他内心曾经充满了感谢。不用花钱就接触了女人的身体。有了阿文之后，他开始觉得胡玉则像妈妈或者长辈，当然这话也不能说出口，甚至连称呼姐姐都不行。

认识阿文之前，石雨春并不知道自己喜欢什么样的女孩。直到见了才明白，是那种有味道、有神秘感的。当年在艺校，个个都拍拖，他却看不见喜欢的，当然别人也看不上他，认为他娘娘腔。他眼里那些女孩子确实很漂亮，可骂起人来却是满嘴的脏话狠话，像胡玉则。石雨春觉得岗厦女孩阿文，那种异域风情，是东北人所没有的。

身体不是问题，有了爱情才是大事。这是他最近听到的歌。他把鼻子里的轻哼转成一首粤语歌开头。里面的粤语歌词切合他的心。听他唱深圳歌，谁也猜不到他是东北人。就连胡玉则每次听完，都觉得陌生，说话也会客气些，甚至觉得之前那些亲热也都不算数。这样的时候，石雨春会在心里笑，他觉得这些年的心机没有白费，让他与东北人拉开了距离。只有通过做爱，说到赔偿，胡玉则才又恢复冷静和看不起，变回掌握别人生死大权的女王。她拿了只红酒杯，在昏暗的出租屋里踱步。每次看着她这样浪费时间，石雨春眼前便浮现出父亲和弟弟在街头等着从家里出来的样子。越是这样，石雨春越是心里有恨，越是巴结胡玉则。只有她口袋里的钱，才能改变他和家人的命运。

他觉得胡玉则说话干净利索，嘴上说讨厌深圳，可骨子里比谁都爱深圳。丈夫冷落她之后，她变成另外一个人，每次酒后都把石雨春当成发泄工具，绝不会让自己的钱白白花出去。有时人还在石雨春身上，就已经打电话给别人。有时是哭，有时与人调情，并不理会石雨春的感受。

他虚弱地躺在床上，一声声尖叫响在耳畔，像是要刺破这窄小的出租屋。石雨春曾经热血沸腾，无比勇敢。后来看到胡玉则那张扭曲，甚至狰狞的脸，令他动弹不得。她咒骂的人是丈夫和深圳。"你装深圳人？"她也质问石雨春。

尽管脸上还是嬉笑，他的内心却有了反抗："我装深圳人怎么了，我为什么不能是深圳人。深圳又不是你们家的。他们那种大方，不纠缠，多好啊。"内心里与胡玉则渐行渐远。每每在公共场所见到那些东北老乡，从不主动去认识，只会冷眼审视他们说话和喝酒的方式，直到那边厢已经开始了划拳，石雨春才彻底扬长而去。再也受不了那种表达方式。他头也不回，走得从容，走得稳重，内心充满了喜悦，甚至眼角有点点泪花，为自己的觉悟欣喜。他想，自己这么做意义重大。要尽早在内心和外在成为深圳人，为了全家，也为了她。他在心里一遍一遍念着阿文的名字。

曾经提出换个地方，到东莞或珠海。胡玉则让他别急，说情况也许会有变化呢，石雨春不甘心，觉得被耽误了时间，什么大事还都没有办成。

她捧了石雨春的头说："他们都在用你的钱，利用你的善良，没人心疼你。给的那些钱，去办个户口吧，你不是一直都想成为真正的深圳人吗。有了户口，机会就多了，可以做个雇员或职员，这些就是有户口限制的。到那时，赔偿有没有也都无所谓了。"

反倒是石雨春过意不去，觉得赔偿这件事本来就没什么把握，让他心虚。他安慰道："可能也有难度，也不是你丈夫一个人说了算，毕竟也在打工，不容易。"

胡玉则黑了脸："什么难，你以为我们是什么人，我们可是开荒牛，没有我们，哪有深圳。刚来的时候，这还是一片荒地呢。是我们把这里变成了高楼大厦，包括国贸大厦，你看吧，这小小的岗厦，很快就会被我们夷为平地。"

石雨春心里想，到头来，还是打丈夫这张牌，同样是靠人吃饭，凭什么看不起人呢。"我是说他人挺好，也在养着家。"他指的是张朝南。

"好什么，他已经不断投降了，可人家还是不认他，把他当猴耍，放话说要收拾他。"胡玉则，眼神变得尖利，厉声道，"你还是个男人吗？花着他的钱，搞着他老婆，现在又替他讲情了，你装什么正人君子啊！"

"是另有了打算吧。"胡玉则气白了脸说，抓了石雨春的手，放到嘴上，用大力咬了一口，瞪着眼说："你我还不知道吗，就是和张朝南一样动了坏心思。"

石雨春感觉对方的嘴，像是两片红色刀片，叠在一起，令他的血凝固成了冰。胡玉则用力甩掉了身上的被单，光了身子下床去拿椅子上的衣服。衣服刚穿好，便向前移半步，抓过石雨春放在茶几上的烟，抽出一支，点了火，狠吸了一口，才把脸转过来，把余下的烟扔到脚下，碾灭，做出拎包要出门的样子。石雨春上前半步，抢下包，放在身后，拉起她的胳膊，说："是我错，是我错，其实我也看不起自己，我这是作孽。"

本来是句讨好的话，却惹了胡玉则更加生气，眼神犀利得像把尖刀，对着石雨春的脸："你还真把自己当小白脸了，好好照照镜子，有你这么酸、这么没趣的男人吗？除了会跟着音乐蹦跶几下，做几个夸张动作，除了身体，你还有什么？"

石雨春已经说不出话，似乎样子已被外人看了去。他用眼睛瞄了瞄浅蓝色的木门，上面挂着房东的相片。石雨春拿了件衣服把它全部遮住。

4

父亲躺了一天一夜。起身时，说话和神情都变了，不再提一句老屋。他用牙签挑着菠萝块吃，说，"回东北吧，咱东北多好啊。"他开始拿东北做下酒菜，喝得无比高时，还有些哽咽，说了许多东北的好。直到看见弟弟冷冷的眼神，才收回感伤，低了头不敢说话。吹嘘东北时他害怕弟弟听见。弟弟的性格越发古怪。最近喜欢微笑，这样的笑很瘆人。之后还会拿了手边东西摔掉，或是掀翻正吃的饭菜。常常几天不见人影。父亲就说："可能去做生意发财了，也许你弟弟是这块料呢。"事实证明了父亲的话。那天中午，弟弟从天桥下面被城管的人带走了，地上摆放的破铜钱和假古董。

像以往一样，石雨春爬上楼顶。在这里他可以看见整个岗厦。凌乱、破旧的岗厦，像是前世就来过。尤其是海风拂动的时候，他的心就会有一些惆怅。他常常幻想那片闪着粼光的岸边有个准备出发的小船，那里坐着等他的阿文。

越是喜欢阿文，便越看不起自己，越发感到与胡玉则在一起是难受而不是欢愉。他恨自己嘴软、手软。虽然只说过一次话，便知道阿文能接受他。每天看着那些做测量的人，在街上走来走去就越发焦虑。石雨春下了决心，处理好胡玉则的事情，包括退了车，便向阿文正式提出交朋友。

眼皮又在跳，持续了十几天，鼓点般，让他不得安宁，就睡着了，也会被敲醒，头被牵动着疼痛，甚至耳朵也出现了轰鸣。连工地上的打桩机，也会发出尖细的噪声。即便如此，他仍然没有想到有一些事情正向他逼近。

好久没有来过了，这次刚刚走进那个秘密的空间，父亲和弟弟便来了。又是向他要钱，少时几十，多时几百。之前父亲在街上游荡了一天，躺在废墟上面睡着了。醒来时两眼茫然，完全想不起自己在哪。他说过，如果找到了那间老屋，哪怕变成老鼠窝，也要搬进去，再也不会离开。弟弟眼里闪着亮光，脸上出现了比平时还要可怕的苍白，像是喝了某种止咳水，有些神志不清。他习惯了弟弟的表情。苦闷无望的生活把他变成了一个赌徒。不下雨的日子里，总能见到他光着上身打牌的身影。他总是选在胡玉则到来之前。有时干脆跑到石雨春临时睡觉的地方来。石雨春害怕他发现了什么，每次都快快给了他。

石雨春背了脸说："我不是提款机。"他觉得这一次他们不是为了钱，而是有别的目的。

猜想弟弟正察看他表情，分析他的下一步动作。不然的话，他浅黄的眼珠不会动也不动，如同灌了水银。

父亲说："去找胡玉则吧。"

决定和胡玉则分手，他试探过父亲和弟弟说："我想带个人回到家里。"正是这一句让父亲有了警觉。如果离开胡玉则，所有的计划都将毁掉，包括这几年的付出和等待。胡玉则答应过他，很快会给他一笔买房的钱。为了这笔钱，父亲和弟弟不同意石雨春节外生枝。

父亲似乎早有准备："打听过了，也是个穷光蛋，她阿爸和继母早就逃港了，把她扔在这边，现在连阿婆也去了阴间，不要她了。就连那间破房子，当晚就被两个阿叔给占了。"石雨春被弟弟的话惊出一身冷汗。他忘不了被一阵怪异声音吵醒的那个早晨，与阿文相依为命的阿婆去世，村里老人帮着操办丧事的同时，阿文早年逃港的爷爷和父亲为了争夺老屋，与两个叔叔大打出手。阿文只读过职业学校，得到一份活儿很难。当晚便带着行李回到那间大房子。想到阿文满脸泪水的样子。石雨春喝醉了，躲在楼顶看见阿文很迟才离开这座大楼。想象中，他从楼顶飘到了地面，跟在阿文的身后，拉了她，说："一起走吧，我们有手有脚，别再想着继承祖业，一起远走高飞吧。"

也正是那次，被躲在暗处的人收尽了眼里。回家的路上，石雨春的左脸被两个陌生人踩在脚下划伤。

父亲的脸有些发青，说："姓胡那娘们答应帮你，怎么就变了呢？她没钱了吗？"阳光有些刺眼，光影中是弟弟那不见底的笑。

弟弟翻转了两次手掌。他的手如鹰爪，细长、露骨，指甲边缘突然向下弯曲，青筋如同镶嵌在外部。目光则在地面上移动，有时会慢慢移到壁画上面。那是几株红棉，画得极其抽象，如同沾了血的棉花。每次他笑过，都能让他体会到寒冷。在这阴雨连绵的冬天，肌肉感到了不适。父亲盯着一个箱子问："你看，这么高级的东西都用上了，眼下这个女人也能买得起吗？"是胡玉则托人送来的除湿机。石雨春一直推迟见面时间，理由是练舞时扭伤过腰，下雨天就会痛。

父亲和弟弟总是把这些东西拿出去换了钱。

"别再跟我提要求了。别再赌，我们不是富人。"也许外面太大的噪声，让他的说话比平时都要大胆。

弟弟仍然没有开口，微笑着站起身，慢慢走过来。一只手放在箱子上，另一只手从口袋里取出一瓶香水，闻了闻说："要是治失眠就好了，睡着了，才能看见大把的钱，总是用不完，我在梦里笑啊笑，把自己都笑醒了。"那是石雨春买了想送给阿文的，被他偷了去。

"有些钱不是我们能要的，不干净，也要不到。"他指的是赔偿的事。

"你不是一直都在要这种钱吗？"弟弟微笑着说。

巴掌不知怎么扇过去的，弟弟的嘴角流出了血。这是他第一次动手打人。

"你痛吗？可是我觉得这一点也不够，街上那些流氓为什么不打死你呢。为了让这个家体面，我付出了多少，有谁明白，三十岁了，却连老婆还没有。"说这些话的时候，他还不知道那是最后一次见到弟弟。

"你不讨老婆是为了胡玉则。"父亲嘟囔了一句，帮弟弟说话，"你不会向那个女人要吗？"

原来谁都不领情。如果没有认识阿文，他或许可以爱上胡玉则，也可能和她有感情。在他们眼里胡玉则只是摇钱树，对于这个家，她曾有过财力上的支持，父亲病的时候，是她出的药费。他觉得自己和胡玉则同样可怜、可悲。石雨春发着狠说："你以为我想着她吗？我想的是她丈夫。说白了，我更爱她的丈夫。除了他们，在这个城市里我们什么也没有。"

"那女人玩弄你，榨干你身体，把你大事耽误了，不然，你儿子都上学了，还是怪那娘们。"父亲拖着哭腔说。

刚刚还想到阿文的痛，现在就轮到了自己。

父亲看儿子沉默，又接着说："要不，这个周末我们出去，你让胡玉则再过来一次吧。"石雨春似乎听见了不远处有人偷笑。

本来没想过揭穿。

石雨春掏出一沓钱，拿在手里，直到父亲弯着背来取的时候，他才紧紧地捏住。

父亲没想到儿子会如此。石雨春红了眼睛盯着父亲说："你告诉我，你是岗厦人吗？"见到父亲惊慌的样子，他又继续说，"对，你不是，本来我们一家有手有脚可以过得很好，很体面，却因为你从来都不安分。在东北骗骗也就算了。到了深圳，同样又招摇撞骗，真想走这条路，我们何必走这么远啊？"

"在这儿，你跟那女的好，东北的亲戚朋友才不会知道。"父亲说。

"你有亲戚和朋友吗？对，一个都没有，深圳确实富，他们太有钱了，可是，他们再好，也与你无关！"

"对、对，还要继续利用她。"父亲有些结巴了。

"不，我不会这么活了！"石雨春狂叫了一声，冲进尘土飞扬的岗厦街头。

5

出事当天，听说张朝南比任何时候都要瘦小，连预感都没有。张朝南便被公司开除了。他手上压了几宗拆迁案被修改过，有人举报他有占为己有的意图。

与胡玉则最后的见面是在假日酒店。两个人躺在大床上，没有说话，外面是凤凰大厦的广告灯，每隔五分钟就会把整条街照亮。石雨春见到她脸上的雀斑，像是蒙上的一层纱网。她满脸的无助。他想起当初，她眼里的哀愁。石雨春相信，如果愿意，这个女人还有财富属于自己了。

为胡玉则擦眼泪时，却惹她悲怆。她抚在石雨春的胸前大哭："对不起，是我该死，他派了人去外调，收集资料，半年前已经证明你父亲是岗厦人，还想着帮你们争取些赔偿。是我担心你好了，不再理我。你不该总想着她。"

夜漫长得让人害怕。面对一个完全服从的身体，石雨春缩得更加细小。在胡玉则躲进被子哭泣之时，穿好了衣服，拉开门，走了出去。

身后是胡玉则的咒骂和哭声："你不是东北人，更不是深圳人，连半个张朝南都赶不上，至少他还没有花过女人的钱，谁都清楚，你是一个阴阳人！"随后是杯子撞击地面和玻璃飞溅的声音。

石雨春走到满是竹子和红花的草地上，对着深蓝色的天空大喊了两次，那里曾是他和阿文第一次见面的地方。他觉得已经有了勇气。

问过父亲几次："喜欢这里吗？"

"太喜欢了！"通过香港宗亲会，岗厦的身份被承认了。还找回两个失散多年的亲戚。尽管没有得到一分钱的赔偿，父亲还是兴奋异常。影响调查进展是父亲造成的，只因他一直坚持老屋的地名是岗厦14号，才让事情多了些周折。而这个地名，连最详细的资料都没有记载过。当年他只是一个住在偏刑子里的保姆的儿子，而非大户人家的少爷。

二手房，十九平方米，房子位于关外的麻布村，产权书上清楚地写了父亲的大名。事情办得迅速。是用身体换来的深圳，站在光辉房产公司玻璃门前，石雨春想起了这句。

父亲把一张旧照片放进相框，搓着手说："叶落归根了。可惜你妈走得太早，算上每个月寄来的退休金，只要不是天天大鱼大肉，也能活得不错啦。"石雨春暗示父亲说："等真正拿到钥匙，也可以卖掉，到东莞、樟木头换间大的。租出去一半，生活费也有了。"

"那是那是。"父亲乐得合不拢嘴，他并没有听出弦外之音。按了指模的手舍不得洗，总是晾给人看。夜里，他听见父亲在梦里笑出了声。

天已经大亮。燃放爆竹的声音从大门的两侧传来，是岗厦大门左右两侧的商城开业。地铁一号线也即将动工。开发岗厦的吊车和推土机已进驻岗厦待命。负责宣传，处理上访的工作组两天前已全部撤离。"温州城发廊""沙县小吃"的招牌斜挂在墙上，里面的东西早已搬空。

整个街上只有最后的几家人，正在生火煮饭，他们准备吃了最后的一餐，到祠堂给祖宗敬上最后一炷香，便收东西离开了。

乘坐的火车正开到一片开阔的地方。青山绿水，小麦长得正好，像风光片里的景色。恍惚中石雨春回到了东北的小城。老屋子还在，不远处一个个高耸的烟筒也没有被推倒，一缕缕白烟在天上飘着，很美，很美。梦里，他见到了弟弟，他还是那么年轻，似乎在对他说什么，脸被阳光照着，发出好看的光，像小时候那样，一直对着他微笑。似乎见到了一扇黑漆的大门，上面像是一个熟悉的门牌号，岗厦14号。石雨春流出了眼泪，想要跑过去，身子却软得根本动不了。直到被一种声音彻底惊醒，才知道刚才是做梦了。手机在响，父亲拖着哭音在电话的另一头："仔仔啊，别扔下我！我们这样跑来跑去，太累了！你要去哪里！"

手机的音量高了几度之后，很快变成忙音。石雨春伸了头向外看，到处是秋天的景象。天已经凉了。脑子里还想着父亲、弟弟、胡玉则、张朝南，就听见下铺靠窗的男人在搭话。问他是不是南边的人。颧骨、额头和口音都很像。不久前，父亲也说石雨春越长越像那些已经离世的岗厦亲人。

心口疼了下。深圳话，总也记不住的岗厦土话，像只温柔的小手从头发到脸颊一直摸到心口，全部涌来，热热的，充满了他的身体。他只好去看最上铺了，连手也想要伸过去，此刻，他想拉住点什么才安全。那里正熟睡着他的阿文。

车身剧烈震荡了两次，终于停下。到了一个大站。一批人拥进车厢，夹着北风。人群中有人传递热腾腾的盒饭。石雨春看到自己正从上铺跳下，还没有来得及站稳，气味便与他们融在了一起，再也没有阻隔。

石雨春并不知道自己要去哪儿，所以，他暂时无法回答父亲。

喝点咖啡抱抱熊

卢平平的摩托车左拐右拐开进停车场，找了空位停下来，正准备锁车，便接到了李金凤的电话。李金凤火急火燎地说："哎呀，法佬提前回来了，想给我个惊喜，结果成了这个样子。法佬骗他老婆说明天回来，现在我和沙鱼佬在一起，被堵在法佬的房里了。"

没错，李金凤嘴里说的是两个男人，一个法佬，一个沙鱼佬。

卢平平听得一头雾水，法佬不是出差了吗？法佬是姓法呢，还是在法院上班她不太清楚，李金凤总是这么称呼对方。卢平平猜测这应该是被那个神秘男人叮咛过了，所以每次她提到法佬，都显得神秘莫测，就像一个身穿阿拉伯服装的蒙面男人。

而另一个沙鱼佬，卢平平也是听李金凤说过的。沙鱼佬人长得高大、斯文、一本正经。

据她说，过去此人在福永一带打过鱼，赶上改革开放，渔民被招了工，他这个中专生不仅被招了工还转正当了干部。此人爱好单一，喜欢怀念自己打鱼时光，具体表现在回到房里除了看电视，就是杀鱼，然后按照各种不同的鱼，采取煎炸蒸煲，目的是给李金凤补身子。

此刻，李金凤在电话里催着说："你快点过来救我，马上马上啊，我等着。"李金凤又说了一遍，今天她带着沙鱼佬跑到法佬的房子里幽会，本以为法佬出差没那么快回来，不料他提早回来了，把卢平平和沙鱼佬堵在门口了。

"那你刚才说，法佬骗他老婆说明天回来，又是什么意思呢？难道，法佬还有老婆？"卢平平站在大街上吼道。

李金凤说："哎呀，对、对、对，他当然有老婆，不然四十几岁的男人还没老婆，一个老处男给你你会要啊，他向我发过誓，说过早晚会离，一定要跟我在一起。他和她早已经不做那个事了，他老婆睡前总是敷面膜能吓死人……还有呀，那女人睡觉说梦话磨牙，还是个 O 形腿。"

李金凤说得飞快，卢平平听得凌乱，说："你能不能慢点说呀。"

李金凤说："哎呀，不说了，你快点到吧，还是那个地方，别记错了。"

尽管李金凤说得慌里慌张，没有逻辑，但卢平平还是听懂了。李金凤想让她去救场。类似的事情，这已经是第二次。卢平平弯下身子，一边开锁一边说："亲爱的，你能不能守点本分呀。"她心里已经烦得要命，法佬老婆的形象在自己眼前浮现出来。卢平平在心里骂：真不知这个男人什么样子，太不厚道，风流就风流呗，还要这样说枕边人。

李金凤在电话那头说："守个屁本分啊，什么世道了呀你看看，有人活到九十九，还有人出生不久就直奔向下一个投胎处了。我们谁也不知谁的明天，活一天快活一天好嘛，别急，等有时间，我给你上一堂人生大课，算作付给你的跑腿费。"

卢平平发现李金凤此刻没有了娇滴滴的声音，声音粗得要命，甚至一口河南口音都暴露了，卢平平问："到了以后，我怎么说呢？难道说沙鱼佬是我的男朋友？"

"亲爱的，你真是我的德艺双馨的救命恩人啊。"随后，她又换回平常声音："对、对、对，你就说自己是沙鱼佬的女朋友，是一起过来做饭吃的。到了以后，你又想出去买点东西，把我和沙鱼佬扔在了房里。"

卢平平说："你说这是什么事吧，我怎么越听越觉得乱。"

"姐姐、姐姐，这年头越乱越好，不然我们怎能乱中取胜呢。"李金凤在那边撒娇了。

卢平平在电话这边装出生气的样子："那好吧，救你一命，胜过作孽多次，我还得到庙里惭愧求菩萨别惩罚我，所以求你以后别再让我说谎了。"

说完话，她重新戴上挡太阳的布帽子，重新坐上摩托车。

接到电话之前，卢平平在路上已经计划好买条鲫鱼，顺便再捎上几根香菜。冰箱里还有两块豆腐，晚上可以煲个味道鲜美的鲫鱼汤。最近卢平平常常要加班，只有到了周六周日才有时间煲汤，做几个拿手的广东菜。平时，她愿意在饭菜上面有个布局，比如荤素如何搭配，还经常变换桌布，插各种时令的鲜花。虽然老公工作忙，不怎么在意这些生活细节，卢平平依然兴趣不减，她希望家里人对她挑不出毛病。

卢平平的正式身份是街道经济发展总公司考过了雇员证、但没有得到正式录用的临聘人员。同时进来的几个人，都已经转了正，只有卢平平还吊在半空，经理说卢平平需要一个考察，通过了，才能调入。总之，经理曾经皱着眉头说她的能力实在是太差了。卢平平心里不满，时间也太长了吧，到底要考察什么呢，卢平平总是不得要领。卢平平怀疑这是经理故意刁难她。她感觉自己快中年了，还不尽快给她一个答案，哪怕让她死了心也好，总之耽误不起了。卢平平的心里经常七上八下，不得安宁。当然，在这种公司，没犯错误她也不可能被辞退。只是这么被吊在空中，人过得很不踏实。

卢平平和李金凤认识是在一个培训班上。上了几天课后，两人发现是同一个公司的。因为身份是临时聘用的原因，除了自己的部门同事，卢平平和其他人员很少接触。再加上她从不坐电梯，她的办公室在五楼，她总是顺着楼梯提前走，或去市场，或去幼儿园接孩子。久而久之，她不知道怎么跟公司其他人员打招呼。她发现这个公司表面没什么，其实早就划分了帮派。有些人与你套近乎分明是来试话、打探，也有人趁经理不在，过来和她说悄悄话，希望她传出去，她可不能乱说，给自己惹祸。当然也有人完全无视她的存在，似乎她离开公司是迟早的事。所以在公司，卢平平也就和李金凤相处得比较好。

上次李金凤跑到卢平平办公室打电话，她说自己和法佬说话的时候需要有个安全之地，毕竟法佬的身份不同。她说自己部门那个老姑婆心理变态，看不得别人好，尤其是看不得别人幸福，而女上司倒是温柔得不行，不过全是装的。李金凤说好几次听见女上司在电话里骂老公，用的全是脏话、狠话，还说要去对方公司告，罪状是通奸、受贿、写匿名信诬告领导。她说话的时候忘记了李金凤的存在，过后又怕李金凤多嘴传出去，于是总给她穿小鞋。所以李金凤必须借卢平平的办公室，打暧昧电话，免得女上司抓把柄。这当然是在卢平平一个人守在办公室的时候。

李金凤和男人用电话吻别，啧啧声让人起鸡皮疙瘩，她从不顾忌卢平平的感受，说那些撒娇话的时候还向卢平平挤眉弄眼。卢平平装作没看见，她耳朵听着李金凤"发情"，手上做的是经理交给她的新活儿。经理总是源源不断地找些新的事情给卢平平。卢平平辛苦做完交上去后又没了下文。卢平平明白经理不满意她的能力。她最难受的是用什么招也打动不了经理的心，软的硬的这人都不吃，卢平平急得不行，再不正式调进来，她的年龄就大了，听说事业单位要马上拉闸，不再招收临聘工作人员。如果真这样，前面用尽心力考了几年的雇员证那就等于白考。卢平平有几个同学已经当了科长，而自己还在原地晃荡呢。

去年这个时候，卢平平经不过同学的劝说，半推半就加了微信。卢平平后悔把各种同学联系上，男生女生天天在上面炫和比，男生比职位，女生就比老公、孩子。而卢平平的哪一样都拿不出手。

为了显示一下存在感，她把自己煲汤的照片上传到朋友圈，结果令她失望，什么反应都没有，连当初对他有点意思的男生都没过来点赞。

偶尔她在微信群里使用一两句粤语，希望有人请她翻译一下，可等了半天也不见人捧个场，似乎她在不在深圳，根本不算个事，没人跟她打听什么。

过去还会有人对深圳有兴趣，比如对"找小姐"的事好奇，变着花样问卢平平。卢平平装作很烦，但还是说了不少。她说在南国影院和蔡屋围附近最多。有人一听来了精神，接着问，他们交易前都说什么。卢平平答，问需不需要陪，做不做生意之类，或者干脆问多少钱。不过眼下没人问这些了，什么事网上都能搞定，甚至同学了解得比她还多。甚至，微信群里有同学还调侃她。卢平平看了，心里暗笑，我怎么会去看飞机呢，飞机都坐了不知多少次，分明把我闯深圳看作出来见世面了。

现如今，连深圳毗邻香港这样的话题都没人讲了。甚至还拿香港最近发生的事评头论足。不知道为什么，有那么几次，卢平平的立场竟然跑到香港那边。总之，她在深圳这个事已经没人羡慕，甚至觉得人家倒是同情她的背井离乡了。有人装作不理解，那么老远，哎呀我可接受不了，看来看去，还是家乡好。卢平平很生气，说："那可不对，怎么讲还是深圳好，改革开放窗口，试验田，工作轻松，不费什么力气，钱也不少。"

微信群里突然安静了。

夜深人静的时候，卢平平突然觉得不对劲儿，说了半天，原来这些人是在试探一下她有没有做那行。难道不了解她吗，她卢平平就是饿死也不可能做那事的，什么眼力，如此不信任她的人品，还同学呢。她很生气，感觉受到了污辱，这分明是对她的人格的怀疑。但很快她便不气了，三十多岁的女人，还能被人误会，说明她还不算太老。她跑到镜子前，给自己喷上一点营养水，没敢用力拍，怕吵醒床上的老公孩子，只是轻轻按摩了几下，才重新躺回床上，整个人晕晕乎乎，有种说不出来的心情。

明白这点之后，卢平平大半夜跳出来说："关键是我父母也准备过来安家了。"卢平平心想，不是什么人都有能力接父母过来生活的，至少算是安定下来，有稳定的居所了。

"哎呀，你还让老人受这个苦啊，他们肯定不喜欢那么热的天气，一年四季身上黏糊糊的没个清爽的时候。"——卢平平嘴上不说，心里却很生气。这个女同学前些年还说羡慕深圳的生活，请卢平平帮忙联系个工作。她说想过来，家里死气沉沉过得像个植物人，几十年不变，话题不变，社会关系不变，再不出来就会憋死，人生没机会了。看起来，眼下这是植物人醒了，日子好过了，又加上看到深圳这些年不过如此，甚至有些方面还不如内地，才说这样的话。所以卢平平有些不愿意搭理以前认识的那些人，满足不了她的优越感，也帮不了她什么，交往有什么意思呢。

距离李金凤的豪宅需要十五分钟的路程，李金凤这次只用了十二分钟就赶到了。楼下是市场里放的各种流行歌曲，搅拌在一起，有点滑稽，却很押韵。卢平平觉得自己是踩着鼓点上的楼。看见男女主角的时候，两个男一号已经在客厅对骂过了，只是语言贫乏，他们一个站在门的左边，另一个站在右边，骂的内容无非是"你不要脸"，另一个说"你个衰仔不得好死"。两个人用的都是广东话，骂来骂去，就这两句。

卢平平气喘吁吁进门的时候，见李金凤眼里冒光，显然她等卢平平等得心快要跳出来。此时，卢平平想退回已经来不及了，竟然李金凤口中的沙鱼佬是自己的经理。对望的那一刻，卢平平大脑断片，手麻脚软，过了五秒之后，才定下心神。这时的卢平平想，他妈的你在我面前人五人六的，原来是这等货色呀！尽管如此，卢平平还是走到门口，拉住上司沙鱼佬的手说："下次不要让我再跑腿了，市场上根本没你说的那种药，你还是让朋友去香港带吧，上次那种挺好用的。"沙鱼佬的手像个大冰块，没有一点感觉，卢平平觉得这是只死人的手。她挽着这样的手，故意摇了两下，一脸甜蜜。

两个男人被同时打发走了之后，李金凤躺到床上，对着天花板踢着腿，大笑："太好玩、太他妈的刺激了！"

卢平平故意绷着脸，说："还敢笑？我都吓尿了。"

李金凤看见卢平平还站在地上，继续笑："怕什么呀，小事一桩嘛，别大惊小怪啦。这不算啥。快上来睡一觉吧，养养你那颗脆弱的玻璃做的小心脏。对了，我第一次看见你撒谎，样子可爱极了，脸也没红，步也没乱，非常沉静，像那么回事，别说你还真有潜力，前途是光明的，嗯，绝对可以培养使用。"李金凤模仿她的女上司说话。她说过女上司总是用这句话骗下面人干活儿。

"你还有心观察呀。"卢平平也被她逗笑了，说："不睡了，我得回去，家里还等着我做饭呢。眼下，我脑子里都是白菜豆腐之类。"

"假扮什么温良恭俭苦呀，这都几点了，回到家人家都吃完了，不仅没有感谢，还得怪你知道不。"随后，李金凤模仿着广东人的语气说："你个小怨妇，不好好在家做饭，带好孩子，收拾头家，又回宾兜了（去哪里的意思）呀，老实交代。"卢平平被李金凤蹩脚的广东话气笑了。随后，李金凤快速在手机上拨了个号，然后对着手机说了几句，不一会儿，就有人把外卖拿了进来，其中有个印着蓝花的瓷煲，里面是冒着气泡的羊肉。

李金凤拉开抽屉，拿出一张购物卡，对着卢平平说："给你带回去好好孝顺你那些家公家婆吧。你看你，像个受气的小媳妇。"随后，她指着另外一个纸袋说："这个才是我们要享受的大餐。"

摆在卢平平眼前的是比萨，她惊讶地叫："香啊亲！"

李金凤说："能吃不肥才是真美女呢，我得用美食考验一下你的小胃，估计你里面是咸菜和没有完全消化的劣质米饭。"

卢平平笑："夸自己不计血本，贬人不吝恶语啊。"

"告诉你，不能太苦了自己。你不让男人受累，他们就会闲出事来，他就会到别人家去干活儿，然后大把大把花钱，你懂不懂，他为你付出越多越会珍惜，别帮他省钱，省力气。原因是男人都太贱，根本配不起你的痴情。"说完，李金凤指着另外一间房对卢平平说："你跟我过来一下。"看到里面这间大屋，卢平平被震撼了，像个时装展厅，全是一些名贵衣服。她想起电影《小时代》，里面就有个女的有这么多衣服，原来这个世界上真有这样的人。

卢平平咽了咽口水，干巴巴地说："像是电影里的场景。"

李金凤说："随便挑，喜欢哪件都可以，全拿走也没问题，省得我自己拿到外面去丢，反正我可以买新的。"见卢平平不说话，李金凤又说："放心，都不是花我的钱，是法佬和沙鱼佬买的，他们家老婆省下的钱，全花我这儿了，告诉你吧，就是我不花，也得被别的女人劫了去。"

卢平平惊诧人表情，说："这两个男人品质这么差，那你还跟他们呀。"

李金凤说："嘿，说你老土还不信，这个你就不懂了吧，我这是让自己不后悔。年轻的时候没有坏过疯狂过，难道等我老了才坏才疯啊。告诉你吧，年轻时坏过疯过，将来在我儿孙面前，我的老年形象肯定慈祥和蔼，在外人面前，我的形象则是德高望重，懂不懂？"

"不懂！"卢平平笑着说，"有你哭的时候。"

卢平平想不起自己是怎么出的门。脑子里还停在李金凤的服装间，她看上了一件圆领的黑白相间的连衣裙。只是没有说出口，如果说了，那成什么，成了她向李金凤索要小费，交换，如果那样，李金凤会把她看低了，卢平平决定什么也不说，让李金凤知道，她卢平平不在乎这些，没把钱放在眼里。

下了楼，路过店铺的玻璃窗，卢平平看见上面映着灰头土脸的自己，不敢再看。镜子里的人与想象中的自己不同，绝不是平时以为的那种玉树临风。她脑子里的自己是李金凤那样的，年轻时尚、高级白领、潇洒、无所谓，可她嘴上却想要骂，什么美女呀，就是一个婊子，还被男人捧在手心里争来争去。此刻，卢平平心乱如麻，不知道此刻应该去菜市场还是回公司，于是卢平平拐进新安公园，她找了个长椅坐下。听着不远处汽车的声音，身子竟然疲劳得不行，不愿意站起来。中间有一些妇女走过，还有些鬼鬼祟祟的人，不断看她，绕着她走了几圈，最后发现卢平平没什么反应，快速离开了。卢平平是到了下班时间才回的公司。公司很安静，院子里还有一只鸟跳来跳去找吃的。有个来办事的司机，坐在驾驶位上睡着了，卢平平担心这个人会中暑，因为这人的头上，豆大的汗珠已经流下来。脑子里想着这些，卢平平走到了自己所在的楼层。她不敢用力，生怕自己的鞋跟把地板敲出声响，卢平平担心有人不高兴。经理曾经大事小事都看不上她，比如穿鞋的事，他曾经盯着卢平平的鞋，让她回去换一双，说她的鞋像马蹄子震得楼道很响，影响别人休息。

随后，她悄悄坐回自己的座位上，很久才敢抬头。她感觉好像房间的颜色、布局和过去有些不同，她使劲揉了一下眼睛，还是想不起来有什么变化。公司出奇的安静，卢平平在座位上发了会儿呆，连水也没敢去倒。她不明白整个楼里的人此刻都去了哪儿。整整一个下午，卢平平脑子里全是李金凤、沙鱼佬、法佬。

过了一会儿，她发现沙鱼佬办公室的门开了，平时那门都是虚掩着。沙鱼佬有意无意在门口站一会儿，平时他不会这个样子。除了交代工作，他们很少有机会接触。卢平平担心的是，自己知道了这件事情，会不会给自己带来什么麻烦，作为一个年龄不小的临时工，她牢牢恪守不该问的不问，不该说的不说，可眼下自己一下子知道了这么多，事情来得猝不及防，平时沙鱼佬和李金凤的关系根本看不出什么不正常，她怪自己的感觉太迟钝，怪不得经理说自己的能力跟不上呢。

卢平平坐在自己的位置上想了很久，还是理不出个头绪。她想起，她和李金凤躺在床上说话的时候，李金凤告诉她，沙鱼佬还为她买了房子，装修完毕，超豪华，说有时间可带她去参观学习，顺便品尝她煮的咖啡。卢平平瞬间想起上次去过的豪宅，那里浓烈的香味至今还记得。

卢平平说："是不是上次去的那里呀，我帮你救过场的。只是那次是骗他老婆。"

李金凤听到"救场"两个字笑了："用词准确！"

卢平平想起那次在李金凤的另一栋豪宅里午休，李金凤下身穿着暴露的裤袜坐在沙发里，让卢平平这个外人难堪，不忍直视。她手里抱着玩具熊，喝着咖啡，粉色的窗帘映得她的皮肤特别好看。也就是那次卢平平想和李金凤聊聊，劝她改邪归正，做个好女人。

"他那么多钱都不怕，我担心什么呀。"李金凤说，"我们应该享受好眼下的生活，作为女人你操心那么多干吗！将来的事谁也把握不了，干吗要苦想呢。"

卢平平很奇怪李金凤为什么连点羞耻心都没有。

"欧式装修，像个宫殿，太好了。"卢平平结束了自言自语，似乎才想起什么说："那法佬呢，难道他也没离呀？"卢平平脑子里闪出那个样子敦厚的中年男人。

"哎呀！你也太老土了吧，我说过要和他结婚吗？"

"那你会和他结婚吗？"卢平平指的是沙鱼佬。

"当然不会，没颜值、没品位，作风随便、没定力，最起码的专一品质都没有，怎么能做老公？"李金凤坚定地说。

说话的时候，李金凤为自己点了一支烟，吐出一口烟圈，然后对卢平平笑了，露出一口白牙。

从公司下班回家后，夜里卢平平躺在床上翻来覆去，天快亮的时候才睡着。卢平平梦见李金凤被带走了，具体什么事情不记得。公司的人事部门通知她办理手续，去接替对方的工作，最后又进了法院，她房子里的衣服都归卢平平了，她一件一件地试，累得头发晕，脚也发软。连李金凤那套房子也被没收，交给卢平平住了。要知道卢平平很喜欢那里。她在那个房子里准备接待所有的亲戚朋友，也包括说风凉话的同学，让他们不敢再小瞧她。

醒来的时候，天已经大亮了，看着表，卢平平被吓住了，沙鱼佬前一天对她交代过，说一起去税务局送个材料。她慌里慌张发动了摩托车之后，才给他打了电话，说摩托车死火打不着了，可能会迟点。赶到公司的时候，对方已经坐在车里等她。

一路上沙鱼佬非常平静，好像之前任何事情都没有发生过，他的眼睛一直看着前方，没有问她为什么迟到。车里放着流行歌曲，是邓紫棋的歌。卢平平心里想，他不可能这么潮，肯定是李金凤备的。卢平平看了眼此人的分头，他这气质也就是听个《十五的月亮》《望星空》，装什么嫩呢。两个人路上没话，各自想着心事，很快便到了目的地。想不到正碰上办事单位吃饭时间。不好打扰，两个人只好在车里等。显然这么做，是沙鱼佬要让她明白，这一切是因为她迟到造成的。

送了文件回来，下车前，沙鱼佬突然说公司确实想进人，但意见还是招个男同志，而不想要女的，尤其是家里有孩子的女同志。说完他定定地看着卢平平。言下之意是希望卢平平自谋生路，不要等公司主动提出炒人。卢平平没有想到沙鱼佬这么快就动手了。卢平平觉得自己真是倒霉透顶，看起来距离失业已经倒计时。她心里恨着，却又不知怎么答，只好听他继续说。沙鱼佬继续说，如果不愿意离开公司，倒还有一个选择，你可以到我们分公司去上班，那些个地方清闲，虽然都是些小部门，可是工作不忙，白天你可以回家去给孩子喂奶，做点家务。卢平平听了很生气，心里想，我什么时候说要给孩子喂奶了，我什么时候上班时间做家务了，我孩子都四岁了。

"你可以尽快熟悉一下那面的情况，早点进入角色，投入工作，对，那儿条件不错，还有班车。"沙鱼佬热情地介绍。

卢平平心里骂，是有班车，我难道要绕深圳一周才回家呀。再说我好好的，离家这么近，为什么要跑那么远的路呢。卢平平觉得自己看人并不准，原来此人长得相貌堂堂，内里却很阴损。卢平平原以为自己还有些女性优势，做事想事也比较周到，与上司关系肯定会处理好，却没想到自己把事给弄砸了。此刻，卢平平准备拐个弯打个岔，不能让对方再继续这个话题。卢平平说："经理，方案做好了，前两天就放您台面上了。"

沙鱼佬微笑着说："以后不用做了，交给新同事，放你两天假，考虑一下到新部门的事情。"

卢平平气得要死，连下车都忘记了，坐在车里发呆，等对方提示她，才想起来下车，连说两声真不好意思。

卢平平清楚沙鱼佬要对自己下手，源于自己知道了太多，换作谁都会"杀人灭口"的。只能怪自己命苦。卢平平恨完自己傻，又恨公司把自己耽误了。这对伪君子，让我冒着危险去给你们打掩护，结果你们倒是想害人。如果这样，可就别怪我不客气。

卢平平想了一晚上，第二天到公司特别早，她想与沙鱼佬谈谈，她要让对方知道这些料值钱。到这个时候，什么李金凤之流，既然他们合伙坑她，她卢平平也就不客气，她必须保自己了。整整一个白天卢平平都在想事，她变得有些恍惚，梦里那些事都还记得，包括窗台上那些花。当时是四月，各种花都开得艳丽。卢平平还挑了朵最好看的，掐了一下。

如果不是因为她把自己拖到这件事情里，沙鱼佬会这么对她吗？还有李金凤凭什么有那么多男人喜欢。卢平平被这个想法吓了一跳，她发现自己恨李金凤，原因是对方五官精致，说话调皮，笑的时候露出一对小虎牙。她脖子上戴的假项链是那么好看，把卢平平脖子上面金灿灿的真品显得特别俗气。只要不是开会，她跟任何男人说话一律不正经，刚刚在卢平平面前装腔作势的男人，在李金凤面前马上变成了一个爱说俏皮话的人了。男人把目光转到李金凤的脸上，完全不顾及卢平平的感受。想不出自己哪点有问题，卢平平把自己和李金凤作了一个比较。李金凤就是个鸡。跟了这个男人跟那个，全是有妇之夫，好吃懒做，油腔滑调还自以为是。想到这一句之后，卢平平吐出一口大气，她发现李金凤在自己心里的地位竟是这个样子。卢平平终于明白了，她为什么讨厌李金凤，李金凤不正经，却让男人喜欢，把卢平平的生活比得暗淡无光。她恨李金凤已经无须理由。如果不是因为她，卢平平会认为自己活得不错，工作好，嫁得好，人又在深圳。可眼下，这些都不能算作好了，在李金凤面前，自己就是一个窝囊的普通妇女。在深圳又怎么样，她理解了微信里那些熟人的话。

卢平平相貌不错，曾经有过不少人追求，可眼下，她却得不到李金凤的待遇。她对工作认真尽力，却总是落不下个好，不是被视而不见就是要被人替换。这样想的时候，卢平平突然悲从中来，她在心里盼望李金凤真的像在梦里那样出事，被带走，或者东窗事发，法佬的老婆杀到公司，然后去法院告了李金凤，或者是在沙鱼佬办公室，有人把他们捉了，连衣服都没有穿好，展示在光天化日之下。那个沙鱼佬你凭什么？我为你们做一个伪证，却落得如此下场，虽然李金凤用钱还了人情，购物卡、电影票、吃的用的应有尽有，可是卢平平还是心里生气，凭什么你们这么坏，为什么还受不到惩罚？卢平平浑身发抖，可是没办法。后来几次李金凤叫帮忙的时候，她还是屁颠屁颠去了。她需要看看这些人还怎么坏。可眼下不知道怎么办，她担心随时就被调离岗，她毕竟连个正式员工还没有聘上，饭碗不是铁的。卢平平这样安慰自己，好人好报，尽管没有李金凤那么风光，可是李金凤也没嫁出去呀，还是单着，虽然天天被男人围着，可是都没娶她呀。节假日男人们还得回到自己的家里去，把李金凤一个人扔在那套大房里，孤孤单单，这不就是代价吗？也许她这辈子也就这样了。李金凤你不可能把所有好事都占了吧。

刚回到办公室坐下，卢平平便开始琢磨为什么几个司机站在门口看她，似乎还在指指点点，像是在议论她。卢平平心里想，难道那件事开始发酵了吗？欲加之罪，何患无辞。这是要先给她编故事了吗？她没到这个公司之前已经有人提醒，要注意和领导之间的关系，同事之间看起来好的，未必好，看起来从不打交道的，却极有可能是死党。好在有这些提醒垫底，到了新公司之后，卢平平踏实许多，也觉得比过去成熟许多。比如不再会走路慌里慌张，有人一挑事，就想辩解，有沉不住气的毛病。得了教训之后，每次遇见有人气她，她总是压着，实在无法接话的时候，她会说还有点事等会儿再联系您。目的就是让自己想想，避开自己的头脑发热。

　　正想着，见李金凤拿着一个文件走进办公室。卢平平心里一惊。李金凤关了门说："你还有理想吗？"说完这些，她把手放在卢平平头上，问"怎么了"。卢平平本能地向后躲了一下。李金凤说："你不是生病了吧？脸色这么差。"

　　卢平平这才缓了过来，忙说："没有啊，可能路走急了。"

　　李金凤说："你真要调到分公司去了？"

　　卢平平没有说话。

　　李金凤说："嘿，这事跟管事的说说不就行了，男人好说话。"

　　卢平平说："怎么说呀！我不会，难道男的就会帮女的呀？我又不是美女。"

　　李金凤说："不美才有前途。你晚上到我这儿来，我帮你打电话。"

　　说着话，李金凤做起示范，她先是躺到办公室的沙发上，后拿起电话，对着话筒说："领导呀，你猜猜我是谁，什么？听不出？哎呀，你这个没良心的。"

　　李金凤对着卢平平挤了下眼睛，还做了个亲吻的动作："就这样，懂了吧。"她放下电话教育卢平平："注意脸面表情，不那么拘束行吗？"

　　卢平平冷着脸，说："随便吧。"

　　李金凤说："哎呀，能不能自觉一点呀，这种事，你还是要好好准备。"

　　"我又不想付出什么。"卢平平言下之意是，自己又不是谁的小三。

　　李金凤并不生气，继续循循善诱："你笨，你要学会逗他们。你如果再这么假正经下去，这辈子就完蛋了。"

　　卢平平猜出李金凤的意思，她心里气愤着，谁假正经了！

　　前一周，卢平平送文件的时候，进了沙鱼佬办公室。出来之前，沙鱼佬突然抢先一步冲到卢平平前面，锁上门，然后靠住了门，脸对着卢平平笑，然后，他抱住了惊慌失措的卢平平，接着，把一双大手伸进卢平平内衣里，在她的乳房上面轻叩了三下，像是敲门。卢平平拼命挣扎，又不敢喊出声。这沙鱼佬是李金凤的男人，如果被李金凤知道，自己再也说不清了。最后，她指着天花板上的烟感器说，你看！

沙鱼佬也紧张起来，松开卢平平，眼睛向上翻着，去找那个可疑物。卢平平赶紧捋好头发，整理了衣服，准备开门，可是她犹豫了，觉得再不行动，工作就不保了。眼下再不自救，只能失业，如果离婚，连孩子的抚养权也未必得到，就得滚回内地了。瞬间她变得通透，急转回身。

　　想不到沙鱼佬已经恢复从前的严肃模样，拉住卢平平，厉声道："在公司，你还对哪些人做过这些？"

　　卢平平吓得低下头不敢说话。

　　沙鱼佬说："我希望你以后要自重，公司不是娱乐场所，更不允许乱来你知道吗？"

　　卢平平慌不择路，用力拧开门，快速离开。她感觉这是李金凤在要她，原来这些是要合伙儿来羞辱她，目的就是让她离开这个公司。

　　卢平平痛苦了很多天。嫌我挡道，好！老娘偏要让你不痛快。虽然心里这么想，卢平平样子还是装得听话顺从。她心里生着闷气，甚至想好接下来怎么做，准备两块砖头，去到沙鱼佬的办公室砸他的场。平时他喜欢练习书法。空桌子不是没人用，而是故意摆的，现在不允许办公室超标，只好如此处理。宽大的桌面上放着文房四宝，经常把来办事的人的视线直接吸引过去。"不错呀，想不到啊！经理你可真是了不起啊"。沙鱼佬每次听了这些，连步子也越发轻快。想到这里，卢平平忍不住在心里放出两个字：虚伪！

她想好了，要在人多的时候，她拿着两块砖头冲进去跟他说话，问对方"自己做错了什么"，她要问对方是不是上次的事情害了她，她才会落到今天的下场。她要全程录下来，发到网上，大闹之后，她将扔下自己的辞职信，并对他们说，工资不要了。这个时候，如果沙鱼佬假惺惺过来拉他，让她不要冲动之类，卢平平就会给对方一个耳光，让他当众出丑。还有其他人也都要清算，撕下他们虚伪的嘴脸。如果那个下午，她没有在买菜的路上接到那个电话，所有的事情都不会发生。想到这里，她稍稍冷静了一下，她准备先找到李金凤，再做其他行动。她要把那个购物卡甩到对方脸上，虽然她有些不舍，要知道那可是她这辈子见到的最大面额的购物卡。当面质问，把最狠的话摔到对方脸上，然后扬长而去。卢平平在心里为自己这一系列潇洒的动作感动了，胸脯也挺了起来。

　　敲开李金凤家门的时候，发现李金凤连相貌也变了，端庄、贤淑。卢平平想好的话说不出口，仿佛对方早已告别原来那个世界。

　　卢平平不敢相信自己的眼睛。卢平平心里发紧，在心里骂着，一个不正经的女人，却过得比谁都幸福，这是什么世道呢。如果不是李金凤向她眨了下眼，说："恭喜过关呀，人事部门通知你了吧，下周即可办手续，你终于搭上了末班车，正式录用了！"

　　卢平平惊喜得呆了，说："谁帮的？告诉我呀。"卢平平低下了高昂的头，谄笑着。

"看不出来吗？我都在帮你呀。"李金凤抬起手，上面的钻戒晃花了卢平平的眼睛。

回来后，卢平平过了悲喜交加的一个夜晚，过了零点，还是睡不着。她翻来覆去了大半夜，一会儿看天花板，一会儿看着夜色笼罩的窗外。于是她给李金凤发了条微信，说自己失眠了。

天快亮的时候，才接到李金凤的回复：别纠结前面的故事，下集精彩才重要。

那年的花朵

距离年三十还有十天，兄妹两个人知道一件事情，今年的年夜饭，父亲将要留在家里吃。

以往这一天，是兄妹两个最开心的时刻，看见父亲在雪地里踩出一串脚印，他们彼此会交换一下眼神，一颗悬起的心放回原地，然后呼叫着开始准备过年了。而现在男孩子和妹妹对视的时候，看见了妹妹一脸的凌乱。

是那次母亲掀开上衣，露出胸前一片紫色印记，两个人才明白，父亲的确想要害死母亲，这个男人心的确如母亲说的那样，像狼一样狠，像蝎子一样毒。尤其男孩儿看到了伤痕旁边，整张脸红了起来。

母亲看见了儿子的变化，她说："就是这个家伙，一次次想打死我，尤其是在这样的地方下手，要知道这个地方对我的孩子是多么重要啊！"

母亲是街上的异类，她说话和做事与其他妇女完全不同。对女性只称谓女孩子，而不是这街上那些妇女们喊出的"丫头"。她喜欢人们称她为阿姨或姐姐，绝不是什么婶婶之类。

这一次，知道父亲将要在家里吃年夜饭，两个孩子都蒙住，这是一个大难题，不像过去遇到的那些，一下子就能让人想出办法，虽然他们自认为是两个有智慧的孩子。

在过去的日子里，检验他们智慧的事情有很多。例如，父亲每次抽烟，他们都会趁他不注意，在烟盒里面偷着抽出几支，放在被垛最底层。尽管再取出来时那些烟可能被压得已经成了菱形或者平行四边形，但是，这一点也不会影响孩子们的兴奋。有了这些烟，母亲会特别高兴，王伯伯也会比平时多在家里待一些时间。

王伯伯除了对他们兄妹好，也对母亲好。虽然这个王伯伯脸上有一些麻子，可是兄妹两个都喜欢他，只要他过来，母亲会比平时高兴很多，作为一个女人，母亲也会比平时漂亮很多。更重要的是，母亲竟然不用他们做家务，而是让他们到外面去随便玩儿，愿意玩到几点都行。你说这样的事情有哪个人不高兴呢？

如果没有王伯伯的劝说，母亲差一点就被父亲打死，这是他们很早就知道的事情，当然善良的母亲如果不对他们说，他们是不知道的。

距离年三十还有七天的紧要关头，他们还是没有想出要怎样来劝说父亲，让他像过去那样，安心去上夜班，而不要突发奇想留在家里过什么年。

一想起以往的那些三十夜，兄妹两个都有点神往。要知道那样的时候，他们差不多可以穿着新衣服在外面疯上整整的一夜，而不用操心。

说到操心，其实就是为父母拉架。

父母每次吵架都要损坏一些东西，有时候是立柜玻璃门，有时候是正冒着泡的玉米楂子粥的铁锅。他们要是大意了一次，家里就会是满地满墙的稀饭和玻璃，所以他们会比别人家里那些小孩子多一些成熟的气质。

这样一来两个人再也高兴不起来，尽管他们知道，今年一定还会有新衣服穿，一定有黄花鱼吃。看着母亲没事一样在忙碌，两个孩子的心只能抽得更紧。

再去看着父亲得意的表情，他们的心拧成了一团。

并不是母亲一个人对他们说过，父亲要在过年的时候对母亲下毒手，他们也亲耳听过父亲说出类似的话，他在一个深夜，对着满脸眼泪的母亲说，我警告你，你要是再和他好，就别想过去这个年!

要不是当时王伯伯也在场，虽然衣服的扣子没有系好，他们怀疑可怜的母亲已经死在父亲的斧头下了。

父亲的年夜饭一般都由妹妹准备。这包括黄花鱼一条，小鸡蘑菇两小勺、两片让人流口水的哈尔滨香肠及一块黑了皮的猪肚。

这就是他们一年到头盼望的东西，在兄妹俩目光的扶送下，四分之二的年夜饭就这样进入了父亲饭盒里。

不过这些东西要放在鼻子下猛吸数口的，直到全部的香气被吸干净，男孩才允许妹妹盖好。

一小瓶白酒通常是男孩子负责。他先是踮起脚从柜子里抬出大酒瓶子，把里面的酒倒进小酒壶里，然后用一个棉布做的小口袋包好，用一个皮筋系紧，与饭盒一起摆进人造革手提包里。一个人用手扶车，另一个则负责挂到车把上。

有了这样一些东西，基本上就齐了。这个时候，男孩竟然有点羡慕这个做父亲的人，虽然说吃完这些年饭之后，父亲就要趴在雪地里不停地检修一辆拉满货物的火车。

多好啊！一家人这样对他，并且提前几个小时候吃上这些诱人的食物。

倒酒的时候男孩偷偷地抿了一小口。不过他没有像其他人家孩子那样没见识，有一些咳嗽、脸红或者不安，他像什么也没发生一样沉静，虽然他还不到八周岁。

酒坠进五脏六腑的时候，他像个老酒徒那样，感到了踏实和舒服。

当然，这样的酒通常是什么东西也没加的。

毕竟是过年，这个分寸他懂，过年与平时是完全不一样的。

平时他是决不会这样心软。

平时会在半斤酒里加半斤水和少许的酒精。过年、过节的时候绝对就是一个例外，这是他的原则。父亲身上压着厚厚的雪，脚下是厚厚的冰，他认为要比平时对他好一点。

不过酒精这种东西，父亲自己也当着男孩的面兑过，他一边对着外面透进来的光线，一边小心地摇晃着：这个不能太多，过过瘾就行，如果多了，他就没了。

他好像在欣赏自己的一件艺术品。

越是想到那些愉快的时刻，他们越是心烦意乱。为什么好端端的，这一个晚上他不再上班了呢？是不是他真的已经下了决心啊？

年二十六，两个人经过商量，最后决定去跟父亲谈一谈，毕竟距离真正的过年还有几天，作为家庭中的主要成员，他们要去阻止和改变这场悲剧的发生。

妹妹为父亲洗完衣服后说，雷锋同志什么时候都是先想到同志，从来都是把自己的利益放在身后。这样的话是男孩一句一句教妹妹说的，这是他想了一夜的成果。

男孩让自己的做法更加戏剧化一些，当着父亲的面，把一块本属于自己的骨头扔给了狗，然后说，是啊！别人一定也想回到家里团圆，不能一天到晚的就是想着自己。

狗是父亲的心爱之物。

接着又说，你回家与老婆、孩子过年，让其他叔叔伯伯们在雪地里干活，这一点也不好。

父亲一直笑着，不说话。

哥哥下了最后的决心，要是你过年也去上班，我就给你打那种六毛五一斤的老白干。

其实他的意思就是一点水也不掺的那种，那种酒是最好喝的。

平时哥哥会在母亲买酒的钱里面省下一点，为自己和妹妹买一点东西，例如一块橡皮或几块芝麻糖什么的，当然还有一部分是为母亲买几支香烟。

商店里这样的烟和酒摆在一起。

每次男孩都不动声色把烟交给妹妹。让她把它们小心地压在被子下面。王伯伯来了，母亲就会扭着长长的水蛇腰，一只手扶着被垛，一只手伸到下面，摆出一个好看的姿势，最后摸索出几支。先是在桌子上蹾两到三下，然后再用手去捏，直到圆润，才点上火。再看着他用眼睛瞟一眼母亲的头发。当然这也是母亲最高兴的时候。要知道那个时候家家可都是抽烟丝的，包括灰泥街最有威望和社会地位的列车服务员王伯伯。

母亲的快乐是王伯伯给的，不然的话，母亲要一天到晚叹着大气，这样的叹息让人无法入睡，当然偶尔她那白玉一样的牙里也会蹦出几句咒语，这样的时候，母亲的手里一定是有一把正在切着菜的刀。从女人嘴里发出的咒语绝对不是好玩的，它们发着寒光回旋在两个房间里，捕捉着每一个碍了她眼的事物和人。

所以酒和烟的关系，被男孩在完全没有人指点的情况下，无师自通。

他知道母亲是喜欢他这样做法的，虽然她从来没有明确表扬过他。

没有批评难道不就是表扬吗？

男孩子认为在这样的事情上自己是需要一些心领神会的。想到这些，他的嘴角抿得更紧，他确定自己以上对父亲说的话并没有什么过分，是顾全大局的。

看见父亲还是没有反应，而只是笑眯眯地看着他们说话的小嘴，男孩有点生气，他认为这个男人的态度很明显是欺负人。

你真的不想去值班吗？男孩冷冷地问。他发现声音不像自己的。

他需要打开窗户说亮话。

父亲竟然还在笑，这样的笑更让男孩生气。自己处心积虑，才想了这样的一些话，可是对方并不接招。

男孩想，你笑什么呢？有什么好笑的？

父亲说，不值了，今年不值了！

这不是明明气人吗。好在母亲并没有听见这些话。

男孩说，那别人怎么办，你就让人家受累吗？

说完这一句话，他很为自己高兴，因为他的话说得多么富有哲理啊。

父亲说，不用了，再也不用了，过年啦，我太累了，他们说让我也休一年，你们两个长这么大，我还没陪着过一次年呢。

尽管他说得很轻松，但是男孩还是马上意识到，父亲显然是没有提到母亲，这也就是证明了他要害死母亲是不容商量的。

父亲这样说的时候，眼睛盯着男孩的眼睛。

男孩被他盯得心慌。

这时候做父亲的竟然把一双粗糙的大手伸过来，就在男孩连躲还来不及的时候。

那是一对粗糙的怪物，停滞不前，在男孩脸上，他差一点就要割破了男孩的细皮，男孩明白了，这是父亲对他的警告。让他不要多管闲事，否则也要有麻烦。

一年中父亲有大半年的时间在另一个地方上班。那是一个火车客运站，很少回来。父亲要带着自行车再坐上货车，才能到达。回来的时候都是很客气。男孩最不习惯的就是向他叫爸，每一次他都是含糊一下。

男孩突然发现父亲的眼睛竟然是有颜色的，像狼一样发着暗红色的光，里面还有一些花纹。过去他从来没有注意过。

男孩子更加害怕，他想起了母亲说的话，母亲说父亲不是一个人。

这样的眼睛动物才会有，那么父亲真的就是一个动物了。

这样想着，他的身子一动不动，他要学会见机行事，而绝对不能硬来，尤其是对付这样的人。

男孩儿注意到，他们两个人的脸只隔了几厘米，按理说谁都会明白这是两个男人间的挑战。

男人却一直不下手，男孩知道他故意放慢了时间，这样的折磨才是最狠的。

有那么一瞬间，男孩突然产生了幻觉，他看见男人的脸逼了过来。

农历二十七，两个孩子明白父亲在家里过年已是板上钉钉。

决不能再采取前面劝说之类的措施。他们一致认为必须马上找到王伯伯。只要王伯伯在，他们知道这个架就吵不起来，父亲甚至于还会非常客气地把王伯伯送出大门口。

平时王伯伯来，狼狗叫个不停，甚至对着灰暗的天空发出哭泣的声音，那样的声音会招来许多邻居的观看和路人的观望。

他决定让妹妹去找王伯伯。而他必须留在家里观察父亲的风吹草动。

患了小儿麻痹的小四是王伯伯最小的儿子。他是在看小画书的时候见到妹妹的。他正躺在炕上，一个细长的脑袋后面是绣花的白枕巾。作为一个胸无大志的妹妹看见了人家手上的小画书，就暂时忘记了此行目的，她贪婪地看着小四。

小四起初有些不耐烦，他说，你帮我个忙，给炉子加点煤。

好！我就去，四哥啊！两锹够了没有？妹妹讨好地问。

随便！小四咕噜了一声。

全身被小四摸索完毕，妹妹手里的小画书还没有看完。她躺在炕上有些不好意思地说，就好了！就好了！

没有办法，小四的手不得已才回到了妹妹的身下。

哥哥是从王伯伯家房后透气小窗那里把正在昏睡的王伯伯叫醒的。之前他狠狠地骂了妹妹，身上散发着怪味的她，显然什么也没做成，不知为什么还把棉裤弄得很脏，一块黑一块红的。他认为妹妹就是不能办好任何一件事情的女人。

王伯伯起初还是没睡醒的样子，睁着一双一点光泽也没有的眼睛，弯着身子，正套上一条肥大的棉裤。男孩不再绕弯子，而是说出了将要发生的大事：父亲将在年三十的时候对母亲下手。

当然他也说出了此行的目的，他希望王伯伯这个外人，在这样的晚上，能像平时那样来到家里，让他们的父亲像往常一样，吃饭，讲客气话，然后送王伯伯出门，等等。说完这句话，男孩摊开一直放在身后的手。手呈现出紫色，有十多支变形的烟卷，已经变形。

眼睛终于会转了，想不到的是，王伯伯的脸在眼睛会转之前一下子变得惨白。这一次他什么也没说，只是用一只哆嗦的大手关上了窗户。还没有缓过神来，眼前就突然只剩下一个碎花布窗帘。

从王伯伯家走回自己家里，其实只需五分钟，男孩却走了很久，很久。因为他看见每家的人都在院子和厨房之间忙碌着。从大缸里把酸菜捞出来，半个猪身子放进屋里缓上，从小棚子里拿回一盆冻柿子和一条半人高的大马哈冻鱼。他们这样做是大着嗓门的，表情是夸张的、失态的，分明是想让路人隔着木杖看见这种铺张。

当然还有一些脸上冻得红红的小孩子，一只手拿着一两只"二踢脚"鞭炮，另一只手拿着偷出来的香烟，在街上招摇和显摆。

认为男孩这些动作很明显是对着他们一家来的，不然，他们为什么用那样的眼睛来看他。也有一些大人，尤其是女人们，穿着脏得有些发油光的小棉袄，一边吐着瓜子壳，一边用眼睛四下交流着，分明知道他们家将要发生的重大变故。

这些事情在男孩的眼前和脑子里挥之不去，他用自己的棉鞋狠狠踢着一堆一堆的积雪，有那么一块飞起来狠狠撞到了他的额头上，眼睛也被刺到，可是他一点也不感到疼痛，这些有什么所谓呢！在这样一个时刻。

走到漆黑的窄门前，他停下。一路上都能闻到各家门里飘出肉的香气，只有他的家没有，他们家里有的只是无边的寂静。

这样的静让他想起前年，他与灰泥街上的大宝在一起玩捉人的游戏。

实在不知躲到哪儿，他竟然跑回了自己家里。当发现是自己的家，他有点后悔，因为他担心母亲见到，又会捉住他去干家务活。他蹑手蹑脚穿过院子。这时狗也不知去了哪儿，一点动静也没有，要不是双层窗户上挂着厚厚的冰花，他会选择在那个地方向里面看一眼，至少了解一些情况，再决定是不是躲进屋子里。可是没办法，他只有用脖子上面的钥匙打开了房门。可是一踏进灶间，就听见里屋发出一声母亲的呻吟。

紧接着是一个男人低低的笑，直到听出是王伯伯的声音，这才让他放下心，因为王伯伯是不会去伤害任何人的。再说如果不是王伯伯，他也没有机会与其他的小朋友一起跑出去疯狂。

母亲头痛的病一定犯了。这个王伯伯就是来治病的，平时他总是带着一个小药盒子过来。

有时是妹妹去找，有时是王伯伯自己过来。

这样的时候，母亲躺在床上，头上贴上一条白色的毛巾，王伯伯来了，就把药盒子打开，然后把那些东西全部摊开。这个时候他和妹妹就可以跑出门。

有一次妹妹就问王伯伯，你说我的眼睛也能扎这个吗？她指着药盒子里的银针。

王伯伯认真地看了一下妹妹问，你的眼睛怎么了？

妹妹说，不知道为什么总是很肿。

王伯伯认真地看了一下妹妹，然后说，是有点肿，你一定是睡前哭了吧。

没有啊？不过我就是想把这个肿消了，然后可以像其他同学那样。

要不，你先用盐敷一下试试？王伯伯心不在焉地说。

其实男孩子并不认为妹妹的眼睛真的很肿，不过就是单眼皮而已。一天到晚喜欢臭美的妹妹其实是想让王伯伯为自己弄出双眼皮，可是她又不好意思说。在妹妹看来王伯伯是无所不能的，因为治好了母亲的叹气和咒语。

男孩倒是觉得妹妹很势力。王伯伯真的有这么神奇吗？男孩表现出了自己的怀疑，在他看来，并不是他治好了母亲的头痛就还能包治百病。

咒语通常是夜间发出。孩子们睡得正香的时候，母亲并不点亮灯火，她只是枯坐窗边，低低地发出自己的声音，说的是什么没有人知道。总之，在男孩儿的印象里，母亲很少睡觉，她用大部分时间来清洗东西和发出外国咒语。之所以叫外国咒语是因为其中的大部分词语是他们听不懂的。

是不是看外国电影太多呢。母亲非常喜欢苏联电影，就连她的头型都是那种，有时她会对着镜子模仿电影里女主角的说话。

第一次他害怕了，害怕的时候他想念父亲。这是第一次想他。如果父亲回来，就不会有这样的事情发生。可是父亲很少回来。父亲回来的时候，都是带着许多猪肉、大葱，还有一种可以生火用的镰子。

记忆中父亲没有抱过他，他们之间也好像没有什么称呼。

想起王伯伯在窗口的样子，男孩儿有一种直觉，他认为王伯伯再也不会来他们家里。他们家里什么也没有给过王伯伯，尤其是父亲一点也不领情，还好像人家欠了他们家的债务一样，这就显得一点也不会做人。要是会做人，你至少要表示一下感谢，而决不是当着人家的面去摔东西，有一次还拿着一个笨重的铁锹到院子里去打那只无辜的狗。

想起王伯伯的脸，男孩差不多开始绝望。为什么这个时候没有一个人可以明白他的内心？也包括妹妹，竟然一天到晚不知深浅摆弄父亲给她买的红绸子。

直到他站在妹妹面前，一脸沉重，眼睛狠狠地瞪着，才让这个喜欢打扮的女孩子想起了什么，装模作样地叹了一口气。

怎么办呢？外面已经有零星的鞭炮声。那是邻居家里小孩子们偷偷拿出来放的。这样的时候，各个家里的大人们也都睁一只眼、闭一只眼，任小孩子们去胡作非为了。

他们没有用语言进行过认真交流，但是彼此的意思都明白。

母亲每一次扭着长腰去被子下面找烟，就是他们最得意的时候。有一次男孩自己想数一数被子下面到底有多少烟，却摸出另外一种东西，那是一个街上很多小孩子用来玩的白色汽球。那样的东西男孩儿也喜欢，但是他放了回去。

一连几天男孩端起吃饭的碗，都是心不在焉，他忘记了夹菜，也忘记了向嘴里送饭。要是在平时，他会与妹妹去抢菜里的好肉，而现在他没有一点食欲。看见妹妹吃得津津有味，他突然觉得男人和女人其实是有区别的。于是他得出一个结论：女人是没用的。包括母亲，在这样的时候，她竟然还像什么事情也没有一样，虽然前一天晚上，这个女人一夜没有合眼。这些当然没有瞒过男孩的眼睛。

最前面的几口，男孩大口大口吃进了嘴里，甚至还发出了声响，目的是不让人家发现他的心神不定。可是饭菜在嘴里就是咽不下去。斜着眼睛看了一下父亲，几年不见，他的头顶上出现了许多白发。一只摊开在膝上的大手显得粗糙，指甲里面存贮了很多年的泥垢。

他从来没有给过自己一点儿零用钱，不像母亲，会偷着给他一些硬币。递过来打酒的钱从来也不认真清点，她很信任这个孩子。当然男孩也是一个值得信任的人，也并不认为自己去弄点酒精什么的兑上去就是一种错误，这些酒精也是父亲自己拿回来的。是因为家里没有生火用的镰子，那时就只能用这个去点燃潮湿的柴火。有时男孩也把汽油和着酒精放在煤里，那样的火焰就更加漂亮。在这片火里，男孩看见过电视里面《西游记》中的一些情景。他手上端着锅一点也不觉得累，直到火光差不多要烤到了自己的眉毛和衣服，他才放好手上的铁锅，让它盖住越来越旺盛的雄雄烈火。

其实他不是没有想过找母亲确认，可是他作为一个即将成人的男孩子，他知道这样做无疑太过啰唆。

妹妹一开始就是浑身发抖，两个瓶子的口不能对上，不少酒精被她洒在了地上。男孩瞪着他的妹妹，可是他也不能去帮她了，因为他自己的手也抖得厉害。

不知为什么，这个时候他竟然很奇怪地想起了父亲的一些事情。比如有一年，他半夜醒来，发现一个男人正在看自己的脸。这就是很久没有见到的父亲。

可是当时太困了，最后还是又沉沉地睡过去。

他们两个终于把酒精兑好。要是有一点香料就好了，让这个酒一进口的时候显得不那么涩。男孩子突然这样想。

当然这些是没有的，男孩先是把瓶子的盖拧紧，然后又把这个沉甸甸的东西放在小棚子最里面的地方。之所以放在这里，一是因为担心老鼠过来找吃的，打烂了它。还有的就是那只狗，它也许会顺着酒味找过来，因为它的主人就是一身的酒气。这只狗喜欢这样的气味。不过，他们这样瞎折腾的时候，那只奇怪的狗竟然叫了几次，这样的叫，让男孩心惊肉跳。他觉得狗的声音像是一个人在号啕大哭。

男孩低低地对着它，你这样叫是什么意思啊？我又不是要怎么样他。我不过是让他喝醉一点，这样的话，他就不会还想着做坏事。男孩子一边想一边顺手从小棚子里拿出了一只冻柿子。

没想到妹妹一直盯着，你还有心思吃这个，她露出了明显的鄙视。

男孩没说话，他不知要说什么，有谁知道他此刻的心呢？他心里想：现在就是吃那种让人流口水的秋刀鱼，他也不会有任何的感觉了。因为他的喉咙正堵得慌。

他是正在和一群小孩子放鞭炮时，被强行拉回家里的，酒精的事情他的确早已经忘得干干净净。

就是到后来，男孩也只是觉得父亲不过是睡着了，与平时没有什么不同，脸庞红润，像是涂了母亲经常用的胭脂。

其实当时菜还并没有完全做好，父亲就忍不住了。

他先是盘着腿，然后像是累了一样把头靠在被垛上，最后才是完全地躺下，他嘴上还是咬着最后吃进去的两根绿色的蒜苔。

眼睛突然什么也看不见了，像奶油一样的东西才从嘴角流出来。

大人们来抬走父亲之前，收拾了父亲身上的东西，从他的口袋里发现了一个异常漂亮的弹弓，这是给家中唯一男孩准备的礼物。

大人们没有把这个东西放在男孩的手上，他们神情凝重地放在桌子上，眼睛却一致向男孩的脸上看过来，包括那两个带着大盖帽的公安人员。

对于这个漂亮的弹弓，父亲从头到尾没有露过一句，他一直要等到三十晚上。

这回知道了吧。他多么爱藏心事啊，多么有心机。母亲指着男孩，对着那些带大盖帽的人说，太像他的父亲。

母亲扑在一个女邻居怀里哭泣，嘴里念念有词：她和丈夫的相爱程度，这条街上的人是没办法比的，比那些苏联电影里面的男女还要好许多许多倍。

天 鹅 堡

睡不着的时候，常小娜想给那个女人打个电话，让她陪着自己失眠，凭什么像没事人一样。常小娜总是回想那句话，她故意说得意味深长，分明有挑衅意味。

爱丽丝说喝开水与咖啡的人智力不同。常小娜想，这个婊子怎么一点面子也不给，说得大方自然，好像实事便是如此。

倒是梁家轩不解其意，认为缺少理论依据。

爱丽丝不说话，只是笑，过了一会儿，意味深长地说，我相信你有机会看到。

常小娜坐在角落里，告诫自己冷静、放松，不要因为一时冲动破坏全局，从来她都是一个有计划的人。常小娜捏紧拳头，努力让身子沉稳下来，绝不能轻举妄动。如果不是想要用体面的方式赢，她会选择撕咬和抓头发，那是她最想做，也最擅长的。她想这么做手都等痒了。不仅如此，她设计了多种羞辱那女人的方案。例如，把这两个人的照片晒了，寄到女人的公司，女人正在台上做季度报告，收到此照片的场面，肯定很有意思。或是直接交到女人丈夫的手里，女人正撒完娇，准备用餐的时候，听见一声揭穿她面具的门铃，那便是常小娜的催命符，她要让这女人身败名裂，失去一切。还可以约爱丽丝去上岛，听着钢琴曲，一只手用小勺去拨动杯里的咖啡，另一只手，摆弄着手上的名包或刚刚电好的鬈发，面露微笑，声音轻软，剥洋葱般，每句，直捣对方心窝，最后，让她见到最刺激的一片。那女人痛哭流涕，请求常小娜放过自己，发誓远离天鹅堡，不再出现在她面前，常小娜只轻蔑地看对方一眼，便在众人羡慕的目光中，转身离去，高跟鞋踏在光可鉴人的大理石上，是轻打键盘的声音。背后有人啧啧称羡，称赞她干得漂亮，不愧是天鹅堡的主人。

在过去的岁月，她没少用这个办法解决问题，而且无往不胜。一路走来，她怕过谁呀，在她的世界里，什么时候都是她常小娜决定着胜负。从农村到学校再到工厂，最后来到了别人做梦都不敢想的天鹅堡——深圳最昂贵的别墅。

当然，眼下，她不会冲动，不会轻易暴露自己的出身。她不想只赢一人，只赢一次，她要胜了所有轻慢过她的人。胜者为王，她不仅住进了天鹅堡，还要配得起这个地方，成为真正的主人，而不是像现在，连句话都插不上。

钢琴是梁家轩小时候买的，据说价钱不菲，是个古董。钢琴为他赢得了地位和名誉，因此，家里的客人比较多。这些人多数是海归，不仅创办了网站，还加入了义工联，参与各种活动。开会地点常常放在咖啡厅、画廊或高尔夫会所，有些时候，也会在梁家轩的家里。他们在书房、客厅、阳台间走动，手里晃动着红酒或咖啡杯，午后的阳光洒在每个人脸上，泛着金光。

客人几乎都会乐器。有人从四岁学起，有的从六岁，最晚的一位是高考后，等待发榜时才学，为的是可以进学生会。后来出国留学，弹琴为他挣了零花钱。坐在房间的一角，常小娜听着每个人讲述，炫耀他们的高智商和无处不在的优越。她觉得这钢琴发出的声音无影无形，无凭无据，单调、无趣，却时刻渗透着傲慢和无礼，画地为牢，只要音乐响起，空气便不再流通，常小娜被隔在了世界之外。这架钢琴让她恨得手痒，做梦都想把它砸成废铁。然后从窗口一块一块扔下去，成为一种景观。

常小娜用爱丽丝称呼那个不要脸的女人，因为这个女人喜欢这首曲子，前面看的是美剧，很吸引人。他们不断感叹美国人的想象力。角落中，常小娜观察了爱丽丝，她坐在沙发里，像是困了，到后来，瘦小的脑袋靠在扶手上。常小娜开灯，为客人的杯里加点水，后来想起，每个人似乎都说过谢谢，欠了身子，有一个还帮忙扶住壶盖，只有爱丽丝没说话，眼睛盯着屏幕。过了很久，常小娜还记得爱丽丝眼里那种跳来跳去的蓝光。外面的月亮很大，有一半悬在窗口。爱丽丝的装扮随意，她留着齐耳短发，眼睛明亮，牙齿很白。除去小提琴，爱丽丝擅长的也是钢琴。每次演奏，她都愿意闭上双眼，一副陶醉的样子。

两个人的眼睛在镜子中间汇合了。

爱丽丝停下演奏，看着常小娜的眼睛说："你不想来一首吗？"这是她第一次和常小娜说话。

常小娜脸红了，不敢再看爱丽丝，她慌里慌张跑回自己的房里，大脑出现了空白。

像是一场梦，她终于找到这个人。

他说去珠海时，实际上是去了青岛，相同之处是两个城市都有海。除了西藏、腾冲，约会地大多在海边。大梅沙、大鹏半岛、三亚。票据与行程，全部可以对得上。书房里总有一个随时出门的拖箱，它是爱丽丝发情的时间表。常小娜跟在他的身后，掌控了爱丽丝的住址，包括她丈夫的相貌。为了能赢，她需要想得周全。她知道，寄照片、咖啡厅解决不了这种事。她不能再等，哪怕一分钟都不行。

事情在常小娜心里放了很久，之所以按兵不动，是她不想输。她需要把一切尽收眼底，然后，一剑封喉。只有这样，胜利才可能属于自己。那么，之前受的苦、委屈，自己装的傻，羞辱和嘲笑都不算什么。她把两个人的合影、登机牌，出双入对的各种录像，包括一个笔记本放进文件袋，封好，藏在柜子的深处。等到潘伟国出门之后，她会拿出来，根据梁家轩前晚的态度不断修改、补充，重新调整行动的时间和地点。用丽代表爱丽丝，用娜代表自己，她想着对方的样子，对着镜子练习如何谈判。脑子里经常浮现人证、物证面前，梁家轩的腿在发抖，女人跪在地上，请求饶恕的情景。自己要做什么呢？要他们写下从此不再来往的保证，分别给他们一记耳光，声音必须响亮，而自己扬长而去，听见梁家轩在后面不断喊她名字，并承认错了，而她只负责仰天大笑。痛快之余，想到丈夫被她审问，最终灰溜溜地被打败，常小娜心里有些痛。她为自己的心软而生气。"你知道螳螂捕蝉，黄雀在后吗？"常小娜为自己能想到这么富有寓意的一句而高兴，她准备那时刻用上。有了这句，什么都不说就赢了。被她称为爱丽丝的女人总是那么傲慢，这群所谓的精英总是那么能装，那么无礼。她要给他们有力的一击，让他们懂得装腔作势的下场，夺走她心爱之物必然要付出代价。想到这儿，常小娜脸上有了凛然的表情。

她盼望那一刻早些到来。

整整一个白天，她显得失控，忘记吃饭、睡觉，忘记了化妆，她不断在阳台和客厅之间走动。有时脑子成了一锅粥，有时清冽得像冰。她叮嘱自己说话要有条理，口气比任何时候都强硬。

想法是一天天有的，勇气来自那次。当时，她从超市回来，打开门，那个老总正和女律师拥抱。见到常小娜，老总的脸瞬时变了色，很快便调整回来，他轻松地把一缕头发放回脑后，并向常小娜挤了下眼睛。之前，他主持过慈善晚会，常小娜记得他泪流满面，为台下的打工仔们朗读过许多动人的诗句。女人是话剧社的主角，擅长反差很大的角色，《暗恋桃花源》《雷雨》是她的保留节目。她显得慌乱，整理好衣服后，竟对常小娜笑了。之前，她从来没有看过常小娜，从这件事情上看，她便知道了这些人的内心，害怕事情败露，影响自己经营多年的形象。而这之前，他们从来没有正眼看过常小娜。

我不是保姆，而是这里的女主人。常小娜在心里纠正了无数次。

想象中的梁家轩故作镇静，说："一定有误会，听我解释，请给我两分钟……"这一次，还没有看完提纲，常小娜便管不住自己，你们不是怕影响，怕负面新闻吗？你能想象我从这儿跳下去会怎样吗？"她为自己设计的台词而兴奋，这是一个潇洒的动作。

如果不是保姆喊她下楼喝鸡汤，她会一直想下去。拿起筷子，她怪自己选了跳楼这项，因为身体竟有了感觉，仿佛变成一片树叶，飘浮在半空中。就这样，她在半空中给哥哥发了信息："我对不起家，如果这次没回来，我会留下钱给你，记得不要都花光了，也给我的孩子留下一点。"她做了最坏的准备，想象他们打她，再对她下狠手的情景。之前，她对父亲和哥哥说出这种可能性，他们像是没有听见，再也不是那个听她指挥的家里人。写到最后一句，眼睛湿润了，她不愿意回去找他们，也不愿求助，看见常小娜受欺负，不安慰也就算了，竟说出我们要知恩图报，哪怕下辈子做牛做马也要报答。父亲像个晒干的苦瓜，感恩的泪水流进皱折里。他们进了梁家轩的家族企业，领到高工资，各自有了好生活。常小娜是家里的女皇、支柱，他们除了恭敬，什么都不会，她早已失去了诉苦的资格。

从天鹅堡到白石洲，是常小娜喜欢的事情。那条小街，那是她工作过的地方，也是她的止痛药。行动之前，常小娜去了一次。

只要到了这里，她便觉得自己像条鱼，游在这熟悉的河里，自由自在。她先是爬上天桥，穿过一条马路，进入了小街，见到了熟悉的湛江鸡煲、湘江大碗菜、四川火锅、东北饺子店。脚下是油渍过的街道，密密麻麻挤着桌椅，一群光着上身的男人和染了浅色头发的女孩，围在一张张台前，大口喝着啤酒，吃着田螺和辣子鸡。转眼便进了服装街。那些面孔，常小娜看了亲切，他们想什么，做什么，花多少钱买东西，将来怎么打算，常小娜都清楚，她喜欢被这群人拥着、挤着。来到一个算命亭子前，常小娜停下脚，看着两个女孩进去照相。常小娜猜测是其中一个过生日，女孩子兴奋得有些霸气，正跟自己撒着娇。旁边摊子上摆的是各种手机，与大商场一模一样，只是价钱差了几十倍，常小娜伸长脖子看。每回来到这条街，她都把自己扮成打工妹。有几次，她和其他人站在一起看招工广告。有个清秀的男孩过来问她在哪个厂，想不想去龙岗，那边厂多。常小娜说太远了，先在这边找找看。有时拈了摊位上瓜子尝尝，或提了件样式新潮、质量一般的 T 恤对着镜子比试。夜色降临，天空现出了常小娜喜欢的粉色，近处的灯火开始点亮。档主走过来说，进去试一下吧。常小娜看着帘子后面出来的女孩，摇了摇头，说不用，比比就行，我的脸色不好看，比较挑颜色。她说得像煞有介事，而又没有伤害谁。再后来，她爬上天桥，目的是从高处眺望自己的家，远远地，她似乎听到了琴声。她喜欢从这个角度向天鹅堡的方向看。那是几年前，自己向往的地方。也是常小娜到了深圳之后，为自己确定的方向。为此，她花费过一番心思。比如，她曾经看上过一个踢足球的男孩，男孩住在天鹅堡。有一次，她跟在男孩身后，快到的时候，天上下起了雨，很快有人撑着伞冲出来，跑进了这片豪华的小区。常小娜一个人被抛在了大雨里，不知应该去哪里。她无数次想象邂逅的情景，男孩说，一起吧，不如到我们天鹅堡，喝杯咖啡。再后来，她想到在天鹅堡租间房，到时候，机会自然会多。她一直找不到合租的人，打听过，租一套小间都需要七千。

如今她是那里的女主人。只要想到这些，她会安心一些日子。

此刻，常小娜最后要做一件事——上床。这曾经是他们的舞台，在这豪华的台上，她为自己规划过未来。为此，常小娜舍不得挥霍自己，不能浪费，她需要自己时刻饱满、充盈着。

为了使自己看起来红润，她泡了热水澡，还穿上件性感的睡衣。她希望这是个特殊夜晚，梁家轩会注意到她今晚的不同。给他最后一次机会，否则未免绝情。

想到这儿，常小娜决定用特别的方式刺激他，让对方迷乱，像当初那次煽情的晚会，略施小计，便让梁家轩动心，恋上了超凡脱俗的自己。当然，结婚后，他得出了相反的结论。

和过去一样，梁家轩用被子包住了自己。如果不出意外，十分钟不用，粽子将发出均匀的呼吸，接下来是寂静长夜。常小娜绝对听不到那些磨牙梦话打呼噜，她从心里发出感叹，他们还真是高级和优雅，看起来，金钱真能把人变得高贵。当然，那种生活，她并不羡慕。比如，那种所谓的高级沙龙不过是自恋并伪善的群体，根本没有任何神秘。她庆幸自己很会掩饰，让鄙视藏得很深，从头到尾，没有被发现。

因为喝过酒，常小娜胆子大了。脱光之后，她滑进了梁家轩的被子，迅速把结实的乳房和小腹贴住梁家轩。

如同遭遇了电击，梁家轩身体瞬间变得僵硬。显然，他发现了常小娜的不同，温柔包裹着别的东西。他突地跃到地上，把僵硬的后背对准常小娜，接下来，他抱起被子，准备逃跑。

好在常小娜早有准备，她从后面搂住对方，脸贴在梁家轩的背上。因为闻到了另个女人的味道，常小娜身体抖动了，导致了梁家轩向前移出大半步，他的双手腾出来，变成器械。

为了让自己不碰到常小娜，他用指尖拈住了她腕上的玉镯。这是在许多人的见证之下，梁家轩亲手为她带上的。首饰来自缅甸，让她出过风头。每次回公司，都有人拉过她的手观赏，感叹常小娜命好，这也是她们一辈子的梦想。那时的常小娜并没有把这些放在眼里，嘲笑这些暴发户的行头，作为公司的白领，攀上有钱人，凭着过人的智商住进天鹅堡，她已驶上一条优质生活的快车道。

手镯变成两戴，落在地上，声音清脆、明快。终于，常小娜松开了手，瘫在地上。梁家轩穿好衣服，拉开了门。

常小娜觉得自己快疯了，看着空旷的客厅，喊："爱丽丝，我人生本来计划得很好，却被你摧毁了，你们不是可以谈得来吗？黑灯之后，用眼神交流，辩论的时候，扮演对立的双方，弹琴时，难道不是为了显示你们高级的身份吗？请记住，我不会放过你们。"她在白纸上写出爱丽丝三个字，用手拈着，大步走进厨房，打亮白炽灯，把纸放于案板之上，手起刀落，用横切的方式，猛烈扎向爱丽丝名字的中间，那是心脏部位。只用了一分钟，她便见到一个肉身的四肢乱踢乱蹬、血花四溅的景象。如果知道他们的名字，她要把所有人都放在菜刀下，那一个个熟悉的面庞，一个个所谓的精英。

整个夜晚，她变得杀气腾腾，脑子里总是血和女人的脖子。再不行动，她觉得自己会窒息，会疯掉。

早晨曾经是她一天中最美好的时刻。外面现出了浅灰色，使房里的一切都变得清晰可见。大床上空空荡荡、西式衣柜半敞着，露出梁家轩快速离开而扯掉的衣服。

像个习惯了做计划的人士那样，常小娜早早下床，走出房间，来到天台。她用五分钟的时间欣赏了迷人的南方天空。很长一段时间里，她喜欢在那里抽烟。两年前，她学会了这个。最近一个时期，她有些迷恋自己的造型。

就这样一动不动，她看见正慢慢变浅的天和橘色的云朵，还是分不清早晨和黄昏有什么区别。有一次，站到椅子上，只向下看了一眼，头便晕眩了。

出门前，常小娜犹豫着要不要穿上梁家轩买的衣服，拎上他带回来的各种名牌提包。想到有件衣服被爱丽丝参谋过，便生了自己的气，还记得站在梁家轩身后说过谢谢。如果穿上那些衣服，说明还是离不开这个家，仍然需要依附。可穿上原来那些，又会在气势上输掉。她在柜子和床之间走走停停，弄得筋疲力尽，有几次竟然躺到了床上，喘着粗气，一只手臂，还挂着裙子。出门前，她故意躲开镜子，她知道自己的气色已经被选衣服这件事搞坏了，她不想看见自己，那会让她失去信心。

出门时见到保安，他笑着和常小娜搭讪，问她去哪里，是回家吗。常小娜笑了下，没等对方反应，便跑出来。跟计划的似乎有些出入，不知哪里出现问题，她怪自己有些失态，连头发也有些凌乱。常小娜不能理解，一个小保安，凭什么和她说话，她的家不就在这里吗？难道发现她的异常。

小区外面的天，其实还是一片漆黑。找到的士之前，她搭过一小段摩托，那是拉客的外地人。空气凝成火热的固体，撞在脸上有些痛，似乎脸上被镀了一层锡。那是多年前，进过的车间，虽然时间很短，却是她最想忘记的事情。她抓紧了扶手，另一只手护住了胸前的袋子。汽车开进地下通道时，她想，一定不能发生意外，否则太便宜他们，所有的努力也就白费了。想到爱丽丝将成为她手下败将，她舒服许多。必要时，他们将同归于尽，反正这权力很快就在自己手上了。

上午十点，梁家轩和爱丽丝从大堂走出。时间是常小娜算好的。本来可以把他们堵在房里，可她不想那么做，一是会把自己显得像个泼妇，太过低档，尽管那是她最拿手的事情。另一个原因是常小娜孤身一人。她害怕他们狗急跳墙把她杀了，扔进大海。据说大鹏湾死过不少人，常小娜从不相信所谓的自杀。

见到常小娜的那一刻，梁家轩脸变成灰色。爱丽丝也愣住了，显然是个意外。与常小娜预期的一样，梁家轩忘记了说话，只露出一排整齐的白牙，脸上堆着她从没见过的讨好和恐慌。

常小娜从口袋里向外拿证据时，身体出现了抖动，她怪自己动作太慢，原来的设计是"啪"的一声巨响，证据被她摔在台面上，他们吓得魂飞魄散，连路上的人也忍不住回头，最后，围满了好奇的观众。

与预料的略有不同，好像什么都没有发生那样，爱丽丝笑着来到常小娜身边。常小娜想到了对策，她用力甩开对方，脖子梗到一侧，她故意拉开距离，让眼睛望向蔚蓝色的海面，她要求自己再镇定些，再镇定些。

"怎么不早点过来呢？你看这儿多美啊。"爱丽丝笑着，今天，她带了一对琥珀色的美瞳。

常小娜回过头，用尽全身力气，说："我又不是过来看风景。"

爱丽丝不仅没有预料中的狼狈，人也恢复了。她没有看常小娜，而是转身对着梁家轩说："走吧，别浪费时间，还要开会呢。"

常小娜急了，说："不能走。"这句话仿佛不是从身体里发出，而是某个舞台的音响把自己的心震得发慌。

爱丽丝拿出手机，拨了号，递给常小娜，笑道："还有事，是不是想一起看海景，你应该需要他的电话吧。"

常小娜退后一步，她看见了一个正在拨出的号码，紧张起来："谁？"

"我丈夫。"爱丽丝答得轻松。

常小娜糊涂了："什么意思。"

"他可以帮助你，只要一个电话就可以，帮你回到过去，包括你的孩子。我相信，那种生活你肯定非常非常怀念，你明白我的意思。"爱丽丝表情严肃。

海和天出现了无限接近的蓝，空气中连一丝风也没有，酒店被镀上了一层浅浅的金光，近处是不知名的树，故意植成随意的形状。叶子落下，远处有汽车行驶的声音，海岸上面有渔民在走动。酒店门前，走过几个穿泳衣的人，他们愉快地甩动着头上的水珠。云层后面出现了闪电，正越来越近，大雨来临前的陆地似乎高出海面许多。一瞬间，常小娜有些恍惚，似乎忘记自己身在何处。

越来越近的雷声。她想不起计划里还有什么，她准备了近四年。此刻，她看见自己的身体变成一只旋转木偶，转了两圈，最后，停在爱丽丝的面前。

常小娜的声音变得虚弱。她装作轻松："不用联系了，我猜他会理解，如果还是不信，我可以做证，证明你们是清白的。"

"哦，我们真的清白吗？"爱丽丝挑衅地看着常小娜。

常小娜的脖子露出青筋，过了半晌，又陷回身体。像是变了一个人，她的脸颊涨得通红，很是怪异，接着，她突然对爱丽丝挤眉弄眼了："哈，清白，那玩意重要吗？"

倒是爱丽丝有了片刻的发愣，她的一只脚显出了不自然，提起来，放平。

不远处的雨击在地上，发出华丽的响声，树下蜻蜓围在一起，成了一个黑团。一场大雨似乎就要到来。

"我渴了。"爱丽丝挪动身子，让自己有了一个合适的角度。她的眼睛对着梁家轩。

常小娜想不起，自己是怎么跑进大堂并端出那杯水的。

这一刻爱丽丝已恢复完好，看着常小娜的背影和端水的样子，她轻轻弹落衣服上的花瓣，微笑了。随后，抬手叫停一辆的士，身为公司高层，她不允许自己无故缺席任何会议。拉开车门，似乎才想到什么，她对梁家轩做了一个手势，并附了句英文。

常小娜猜测对方可能是匆忙出门，忘记带钱，她把手伸进包里，摸索出两张粉嫩而可爱的人民币，准备交给爱丽丝。她故意让梁家轩看到，以显示大度和不在乎。只是手还举在空中，汽车便已带着爱丽丝特有的香气飞远了。

常小娜至今也想不出，那份文件袋怎么会落在爱丽丝手里。最后的印象里，爱丽丝似乎向梁家轩眨了下眼睛。

从简谱开始学起，尽管很难，从头到尾，常小娜早就开始学习，她已经会弹曲子，包括那首《致爱丽丝》。高耸的发髻，光洁的面庞，连表情都想好了。有很多次，他们弹奏的时候，她的手已经痒了，忍不住要冲上去，推开他们，自己来表演，可她忍着。在漫长的等待中，她不露马脚，不动声色，连打扮也没有暴露出自己的野心。她会比梁家轩期待的还要高贵，还要配得起天鹅堡。她需要准备得再充分些，下手方能出其不意，直到把他们打败，完全，彻底。

然而，眼下这一刻，常小娜突然感到委屈，她很想扑进什么人的怀里。

像是看过一场无聊的演出，梁家轩有些不耐烦，他无所顾忌地伸了一个懒腰，掐灭手中香烟，向左侧前方迈出了几步，优雅地抛出一个弧线后，细长的手指伸向口袋，轻轻动了下按键，不远处的宝马，便清脆地回应了。阳光下，他昂着头，嘴角露出一丝不易察觉的微笑，向着那个耀眼的方向走去，把常小娜留在了大海的这一边。

花开富贵

　　之前，王研霞不知道萍山有些名气，尽管她在那里生活过十七年。

　　她是读完一封家信后，开始收拾东西的。几年来，王研霞和弟弟一直保持着邮件联系。尽管都有了手机，家里还安了电话，可她喜欢这种方式。写信的时候，她愿意把背景搞成深蓝色，夜晚那种，一轮月亮和几颗小星星挂在上面。这样的时候，王研霞会想那个家，甚至延迟一点时间离开办公室，想象着弟弟描绘的那种温馨。

　　出发之前，王研霞对着天棚发过一会儿呆，为窗台上的花浇了水，从柜子里拣出几件换洗的衣服，放进红色拉杆旅行箱里，才锁了门。她悄悄出了厂，转了一个小弯，来到街上。街上没有车，很是清静。天上有许多许多排列均匀的云彩，随着王研霞的脚步前进和起伏。风有点凉，进了她的脖子。平时她不会这么早起来，即便是失眠。

王研霞走到了人行道的中间，担心行人稀少，不安全，忍不住用手捂紧了腰上方的挎包。

走了一会儿，天已经大亮，偶尔有香港的大货车呼啸而过。

火车开动以后，王研霞闭上眼睛想，自己是个不守信用的人。她曾经说过狠话，这一生都不回去。为此她在深圳平湖镇这家玩具厂待了十年。

睡了一路。其间，做了梦，梦里的事很清晰，王研霞在梦里还提醒自己记住这些情景，醒来又全忘了。她认为自己是个爱忘事的人。

她是被对面床的眼睛盯醒的。一个留着八字胡的男人，脸上的肉有些松，垂下来，一双布满血丝的大眼睛也受了影响，显得凶恶，他在打量她。王研霞忍不住打了一个激灵。

她不喜欢这种相貌，一眼便可以看出对方的出处，无疑是矿上的。即使不再贫穷，可身上特有的那种气质已刻在脸上，包括长在肉里的煤渍。

王研霞看着眼前的陌生人和黑色的窗外，她有些后悔没有打电话通知家里接自己。

王研霞爬上火车，火车开了十二个小时，到了深圳，她是在平湖火车站下的车。那时她不知道怕。这一走就是十年，没有回去过。最后到了这家港资玩具厂做女工。二十七岁这一年，王研霞已经是一个成熟的女主管了，收入不低，待遇很好，有独立的宿舍，平时可以在房里做饭，不用排队洗澡，偶尔还能到香港去逛逛，买些化妆品、衣服。比起其他人，王研霞认为自己的命真是很好。没有经历跳槽、太多的加班，就到了这一步。当然，这与老总有关。谁都知道老总欣赏她，说她不仅做事认真，忧郁的样子也异常迷人。

连王研霞自己也没想到，第六年的时候，她竟然想家了。弟弟在信里说过，萍山变得特别美，街上再也不泥泞。她想那样的家。

走在宽阔的马路上，王研霞戴着耳机，脑子里浮现出一幅画面。父亲叼着一个棕色烟袋，坐在方形的竹椅上，样子憨厚。不远处是刚刚研过的墨，散着香气，一株紫色花盆的君子兰在近处。地上走动的是母亲，系着一个浅绿色围裙，拿着淘米用的小瓢，把水均匀地洒在几个花盆里。而弟弟呢，则是对着一堆收音机、钟表零件冥想，一会儿动动大的，一会儿用放大镜看看那个小的，阳光透过窗户，先照在地上，再射到每个人的脸上或身上。

除了这些，王研霞还在惦记另一个人——杨影秋。记忆中她站在走廊的尽头，等着王研霞去解决她的入团问题。眼神是那么恳切，那个中午，她在王研霞饭盒里放了一条黄花鱼，那可是好东西。只有到了过年的时候才能见到。她的喉咙湿润了。王研霞怀疑这是杨影秋母亲的主意。她母亲是煤矿子弟校的校工。杨影秋有一个姐姐，成绩不好，尽管非常用功，可在王研霞的眼里，那种努力与真正的学习南辕北辙。姐姐总说去鲁迅美术学院读书，据说那个学校在沈阳。她经常过一阵子就回来，只是最后一次离开后，再也没有人见过她。

不知不觉，王研霞成了剩女。先后接触过几个男孩，都没有结果，原因都在她自己。她知道自己的心，内心里，她希望家乡那边有个男人把她拉回去。尽管那只是一个被城市包围的小小煤矿。当年她离家出走，只是赌气，并不是真的想离开，更没有在异乡安家的愿望，气早就消了，早该回去。可是，这些年，从来没人提过，包括弟弟，不断向她描绘家乡已经变得如何如何美了，偶尔，他还会代父母向她问好，似乎忘记王研霞家在萍山这件事。

很快王研霞闻到餐车传来的味道，她的肚子有些饿了，她拿出准备好的香肠和面包时，看见了对面铺上的一个人。

此人衣服干净，五官精致，手指细长，更主要是没有留胡子。这样的形象在火车上更是稀有。王研霞看见对方吃东西的时候，闭着嘴，鼓动的腮帮子和微微努起的唇，像是韩国电视剧大长今的丈夫，她觉得舒服，刚刚受到惊吓的心一下子踏实了。这是整个车厢里唯一让王研霞觉得顺眼的人。

显然对方也注意到了她。这时他的食物已经吃完，正从包里拿出保温杯和一小包铁观音，准备泡茶了。

尽管隔着两排，王研霞能感到对方也在看她。

她把脸看向窗外，看着外面的风景。路过了一个小站时，火车没有停，只是慢下来。站台灯火通明，王研霞看黄色的小房子门前趴着一条狗。一个穿着红色毛衣、头戴大盖帽的老年男人，站在离火车很近的地方。他的手里拿着一个榔头。

不知过去了多久，男人终于坐到了对面。两个人的左侧是呼啸而过的火车，随后又变成了一片漆黑。她在玻璃上看见许多旅客回到各自的铺上去了，也看见了他一侧的脸。

"过这边旅游吗？"对方帮王研霞倒了杯水，看了眼身后正向上爬铺的旅客说。

连声音都是自己喜欢的。王研霞惊喜地接过来，像是担心错过，她有些语无伦次，说道："是啊，这一带很美，我有十年没过见到这样的景色。"答完这一句，吓了一跳，连她自己也不明白为什么要这么说。

"十年啊！"对方惊讶，"很小的时候来过吧，现在全变了，你应该好好看看。"

王研霞笑了，没说话。

男人停顿了一下，笑着说："相对于南方，萍山是另外一种面貌，包括人的精神。"王研霞惊了一下，怎么想到她从南方来。

过了一会儿，王研霞听到会车声，她熟悉这声音。有限的铁轨只负责运煤。有时几个孩子会拉住车的把手，把自己吊在上面，随着火车一直到井口，或由井口出发，一直到固定的卸车地方才跳下。停下时随着一声闸门的巨响，萍山上空升起了蘑菇云。自己的父亲、哥哥弟弟便有了活干，他们负责装卸。井下的活由附近的农村人包了。

男人说："如果冬天来，还可以看到这里的雪，伊琳那边的雪很美，小火车、冰爬犁、正宗的山蘑菇和纯朴好客的当地人。"他说的伊琳是个地名。

"下次要选冬天来。"王研霞答。

男人接着自己的话感慨："善良、民风纯正、为人厚道，不像沿海地区的人那样，眼里只有钱和奢侈品。"

像是为了佐证自己的说法，也为了寻找话题，后面的时间里，他讲了两个小故事：有个田螺姑娘，每天趁年轻的农民种地的时候，跑到家里为他洗衣做饭，然后再回到田里。另一个则是仙女到了萍山，看见景色和人都很优美，舍不得离开，变成珍珠留在了湖里，所以这里的湖水特别美丽。这两个故事，王研霞小的时候听过，只是谁也没有他讲得这么好。他把一切都涂上了色彩。有那么几秒钟，王研霞相信这些都是真的。

像是担心什么，男人的话题跳跃很大。王研霞会失望："这里追求的不是钱和高楼大厦，而是知识，比如我的母校。"男人突然把话题转到了这里。

"那是一个四面环山的地方，真正的世外桃源。"也许是王研霞眼里有发亮的东西，他显得有些激动，"二中，是我的母校，每年，我都会找一天时间，开车去看看。当年上学可是很辛苦，坐六路车，再倒十一路，下了车还要走上十分钟。中间经过花鸟鱼市，许多老人悠闲地走在街上。男生女生背着书包，也这么走着。想想那是一幅多么美好的画面啊。尽管那些孩子的父母不能像现在这样，用小车接送孩子。现在的孩子衣食无忧，什么都不缺，可是那种在蓝天白云下行走的画面没有了。

六路车，十一路车，这个路线图在她梦里也能背出来。眼前的男人竟是自己的校友。

眼前出现一片光亮，是会车时间，她看见了对面车厢里的人。他们对着王研霞比画，高声叫喊，这面的旅客也沉不住气了，向对方挤眉弄眼。王研霞看见眼前的男人依旧安静，像是陷入了回忆。

很快，窗外又变成黑暗。

"我真是怀念那种夕阳西下，我们放学回家的情景。"男人感叹。

"是个不错的地方。"王研霞干巴巴地答，心已经乱跳，自己都觉出了脸部的生动，脑子出现了学校被山水包围的画面，一群十四五岁的孩子迎着太阳走在大路上。在后面的聊天中，那所普通的学校，被他描绘得像梦境。当年，王研霞的成绩好，有过不少人追求，包括高年级的，看着这个男人，王研霞的心里生出了温柔和感伤。

王研霞重新把脸对着窗外，一双腿轻微地抖动，甚至连牙齿也会。她开始变得沉默，甚至是冷漠。

"是不是冷了？"好像男人也感觉到了，他说，"我那里还有条毛毯。"

"不用不用。"王研霞客气地笑了下，回到床位上，重新躺下，身体像是一块铁，不再动，她想不起当年的勇气从哪里来，如此残酷地对待父母兄弟，离开这片美好的土地，包括差一点就错过眼前这样的同龄人，自己真是太无情了。

她喜欢这种礼貌干净节制的男人。两个人是站起来等下车的时候，互留的电话。像是心虚，她不敢问对方的名字。

"有人接吗，要不要送？"对方问。

王研霞说："有车来接。"这时，她明白，必须得说了，否则便来不及，"快回吧，老婆孩子一定等急了。"她装出轻松。

听了这话，正向前走的男人停下脚步，定定地看着王研霞的脸说："是啊，真希望早一天有呢。"最后男人用低沉对着她，"安排好，就给我电话。"她觉得像是命令。

王研霞的心快要跳出来，全身发抖，脸扭向了窗外，不敢再开口，她担心声音会把她出卖了。像是与谁赌气般，她用力把行李拖下车，疾走了起来。在候车室绕了一圈，才离开男人的视线。她扶住路边的椅背，向后看了看，放下心。

她喜欢这男人，梦想的也是这样的男人。她知道，这男人也喜欢自己。可是撒了谎，说是过来旅游，她只能在今后的交往中解释了。她想给他留下不随便的形象。她可不想跟谁一夜情，那会毁掉一切。正因为如此，她更要快点到家，让他们分享这一切，同时需要商量，接下去怎么办。这可是家人的义务，他们赖不掉。想到这里，她快乐得有些眩晕。

不知走了多久，马路开始变窄。

房子像是水里的倒影，全部变了形，仿佛正在摇动，四周是煤和灰烬。王研霞明白到了，她重新回到熟悉的街上。

街上已经有人走动，是出来倒垃圾的老年妇女。她们的衣服陈旧，一张脸涂着灰色，头发遮住了眼睛，梦游般，彼此连招呼也不打。

远处走来的是两个穿露脐装、染黄发的女孩，像是刚从网吧或歌舞厅回来，打着哈欠，有个嘴上叼着烟，走路摇摇晃晃，好像随时会摔倒，显然太困了。

整条街上没有人注意王研霞。

尽管家家的门都很像，她还是很快找到了自己的那一间。透过门缝，王研霞先是看见一个带着白帽子的瘦高女人，在厨房和院子间走动，嘴唇不停在动，好像在咒骂什么。很快，她发现外面跟平时不同。随后，女人放慢了步子，接下来，她站住脚，伸长脖子说话，她好像在告诉里面，外面有情况。

本来想喊一句妈，却没有叫出声，只轻轻叫了声开门。一阵寂静过后，她听见穿衣服和东西掉在地上的声音。

母亲的眼睛从王研霞的头发一直看到鞋，然后笑了说："饿了吧？等会儿就给你煮饭。"父亲还是原来的样子，穿了一条秋裤，连前面的扣子都不懂得系，裤管弯曲着，像个罗圈腿。他站起来，又站得不直，似乎想摆出训人架势，那是他的习惯动作，只是很快，便想起了什么，胡须动了动，鼓起的腮帮子很快瘪了回去。

母亲拉过王研霞，背对着父亲说："怎么不想着买酒呢？"她的嘴向一个空酒瓶努着，"起码的礼貌还是应该有吧，尽管不是亲生的，可是他辛苦把你养大，你上学就花了他不少钱。"王研霞是买了酒的，只是刚刚在跑的时候，撞烂了。从车站出来，经过广场，那里有和当年一样的疯子、乞丐，他们不停地奔走，或突然蹲下。那些眼神和微笑很吓人。王研霞尽量避开，她顺着马路向西，跑上天桥，从左侧下来，拐上一条小路，才不用跑了。

本来她可以走一条近路，可王研霞不想这么做，她害怕那围墙的豁口修复了。

王研霞抖动着手里的袋子，尴尬地笑了。那里还散发着酒的香气。

王研霞不敢去看父亲。当年他骂过王研霞，不做事，只会用家里的钱，天生是个卖身的货。

弟弟手忙脚乱了一阵才出来。他长高了很多，额头早已超过了碗柜。当年，总是踮起脚去那里找寻食物。此刻他的上唇发着青光，眼皮低垂。最后亮相的是一个肥胖的女孩，她从小屋的门里挤出来，对着王研霞笑了下，眼睛又去看弟弟了。弟弟对着地面说了句："走吧。"显然是说给这胖女孩听的。

女的扭怩着出了门，跨出门的前一刻，回头向王研霞笑了，王研霞看见这女孩的牙很白。

她笑着对弟弟说："是女朋友吧？"

没有人接王研霞的话。

显然谁都没有想到王研霞突然回来，尤其是弟弟。他显得比任何人都不自在。过去，他在一封封信里描述萍山和这个家。萍山矿已经变得现代，街道干净，绿化好。说到家的时候，他说，父母再也不吵了，与邻居和睦相处。他经常到就近的一所大学里听课，或是约朋友打球。

看见这样的信，王研霞便会放下手里事，到商场为弟弟买一身运动服。除了这些，这几年，王研霞开始向家里寄钱，有时两个月一次，有时一个月。除了钱，王研霞还会买些港台式样的衣服给他，王研霞努力想象家里的变化，弟弟穿了新衣服的模样。

此刻，弟弟把眼皮上的一缕头发提到后面，眼里露出了一丝恼怒。他的眼白多了些。小时候，王研霞曾经背过他，雨天的时候，街上总有许多沟沟渠渠，一不留神就会陷进泥里。

王研霞出走的那一晚，弟弟还小，看着母亲骂王研霞自私，不懂事，眼里只有自己。那时候的萍山煤矿，已经有小萍、小波，小萍们退了学，跑去歌舞厅赚男人小费了。

父亲问过她："你不就是想学她们吗？"哥哥犹豫着要不要去煤矿，那里有个得了抚恤金的寡妇想招他入赘。

王研霞在班里的学习成绩最好，连历史老师都说，这是百年一遇的好苗子。她觉得父亲的话让她受到了污辱。"放心吧，我不会像其他人那样，一定会考上大学。"

"谁信？"父亲撇着嘴。

"我真的不会。"王研霞以为父亲只是想把厢房让出来给哥哥，平时她占了那里复习功课。他们希望哥哥早一点娶上媳妇，算命的说过，二十岁还没有结婚，哥哥会打一辈子光棍。王研霞父母都是矿上的，哥哥是，弟弟是，矿上人个个知道自己的命。

"口气这么大，是不是有男人在后面撑腰了？"王研霞不知道。那时父亲正在气头上，他不愿意哥哥找寡妇，尽管对方答应不用哥哥花一分钱。父亲不愿意，他认为那样做很没面子。

王研霞站在房子中间，说："我不是，永远都不会做那种事，除非让我死。"

父亲愣了一下，接下来，他夺过了母亲手里的煤铲，在王研霞的额头上留下了纪念。那是十年前，王研霞十七岁。王研霞就是那个晚上离开了家。

她一直不明白，父亲为什么不喜欢这样的表白，她一直为想出这样的话而激动。

此刻，王研霞看出了弟弟的恼怒，如同魔术戏法被揭穿。那件她亲手买的蓝 T 恤正歪挂在门的把手上，另一条则穿在了父亲身上，早已变了形，肩膀处破了一个洞。王研霞还记得弟弟在信里的惊喜，那是一个名牌。

弟弟显出了气急败坏，用鼻子哼了一下，算是跟王研霞打招呼，然后，拿起一个盆子，从水龙头里接了点水，走到院子，去洗脸了。他把水弄得哗哗响。

王研霞的身子发着冷，似乎闯进了别人的领土。为什么之前都忘了，直到见了这一刻，才全部想起，原来一切都没变。包括候车室里冒着寒光的长椅和上面疲倦的旅客，连面孔都似曾相识。门口是留言板，各种纸条在风中吹动，甚至连上面的话都没有变。

老李，我在原地等你。

兄弟，你的货已交给他们。

当年，王研霞经常顺着近路，爬过围墙，再走十分钟到这里玩，看到也偷偷截留过。她觉得那些东西很神秘。她一遍遍想过，那些失去了纸条的人，站在风中，不知去哪儿的情景。那些年，跑到车站，是为逃开家里的吵闹和没完没了的钉扣子。一件衣服两分钱，她的手磨出了水泡。

见到母亲灰着脸站在米柜边上，眼睛看着父亲，准备下米煮饭了。王研霞笑着摆了一下手，说："过来办事，路过，就是回来看看，外边还有同事等着呢。"

几乎是逃出了门，被一粒粒小石子硌痛了脚，她跑到了街上。路上看见有人笑，她吓了一跳。竟然是那个哑巴，她认出了王研霞。

她后悔自己回了一个笑。哑巴在她的身后哇哇大叫。十年没有见过，她一定是想跟王研霞说话。这时她想起袋子里为父母兄弟准备的礼物，还有红包，都没来得及拿出来。

在街上走了近一个小时，王研霞决定联系杨影秋。早在半年前，她就找到了电话。

当年杨影秋是个不起眼的女生，坐在第一排，上课喜欢照镜子，偷着抹粉，很少学习。电话一下子便通了。对方喂了两声，王研霞停下了，正想着该不该说话，眼泪竟先流了出来。她恨自己的不争气。

当年王研霞做班干部，很多人她都看不起，尤其那些学习不好、喜欢打扮的女孩子，她觉得这些人没有出息，长大后，除了找男人，还是找男人，没有前途。尽管父母非常宠爱这些女孩们，无论多么穷的家，也要让她们吃好穿好。不知为什么，杨影秋突然不愿吃好穿好和打扮了，她想入团，样子迫切。因为两家住得近，来找过王研霞几次，请她帮忙，还保证说，入了团就好好学习，不会让王研霞丢脸。王研霞听了，觉得好笑，心里说，平时你怎么不好好学呢。她不想搭理，觉得这女孩脏，不正经，又有个被人嘲笑的姐姐。那个姐姐总是说要读书、读书，最后，还是走了那条路。王研霞心里嘲笑，嘴上却说："你等着吧。"

"好啊。"杨影秋欢快地答着，跑回了教室。这么多年，王研霞都记得这一句话。

本想两个人的见面可以从容些，不知道接下来该去哪里。她不想站在大街上，在她的记忆里，杨影秋任何时候都在等着她。

"我是王研霞。"她对着电话。

对方听完王研霞的名字，马上叫起来："你不是回来了吧？"

"回来几天了。"王研霞故作平静。

"怎么不早告诉我呢？"她像是忘记了当年的事情，离开萍山后王研霞和任何人没有联系。

王研霞说："我也是出差。"

"噢，噢。"对方有些不好意思，"你现在在哪儿，我去找你吧，你也可以来我这儿住，我一直都住在外面。"外面指的就是煤矿以外的市区。

王研霞想了想说："你说个地方吧，在哪儿接头？"

"行，听你的。"那边的杨影秋欢快地答道。

王研霞提前了一个小时到萍山百货门前。为了不让对方发现自己早到，王研霞跑进商场转了一圈，王研霞很熟悉这里，这是萍山第一个有电梯的地方。有时候饿了，还会去买个面包。王研霞太喜欢了。她不愿意看见除了煤还是煤的地方。如果考不上大学，她的理想就是到这种地方上班，干净、体面、名声好。

那个时候，王研霞经过每个柜台，打量着那些女孩。她羡慕这些人的工作，还有她们的容貌。她记得有个姓李的女孩，生得漂亮，人们都叫她李美丽。每天都有男人排队来约她，可是她谁也不理，一副高傲的样子。

现在都老了。那时候，王研霞站着柜台边上，看这些漂亮的女孩说话、做事。现在的她们再不像过去那样爱打扮了。有的甚至还落了牙，脸和牙都是黄黄的。当年的李美丽有了双下巴，这一刻，正跟一个送快递的小伙子打情骂俏。

出来的时候，王研霞看见了一辆跑车和正准备打电话的杨影秋。

杨影秋像是换了个人，白了，漂亮了，连身材也苗条许多，不再是那个傻乎乎的女孩。

看见王研霞，她显得开心，远远地笑。走到近前时，她把王研霞的行李放在车上。似乎忘记了王研霞当年的傲慢和嘲笑，她用一双细腻的手拉住王研霞这双做过女工的手，看了一眼，没说什么。

"想吃家乡菜吗，或者俄罗斯大餐？"杨影秋一边开车一边说。

吃过饭，王研霞被带到了一个 K 房里。到处都是年轻的女孩，她们坐在四周的沙发里。她猜到这是杨影秋工作的地方，她不说，王研霞也不问。巨幅油画下面坐着几个男人，看起来有些身份。杨影秋跟他们说了几句话，便跑过来跟王研霞坐在一起。

王研霞不知道应该说什么，其实当年也很少交流，放学回家的时候，都要躲着杨影秋。她不喜欢这种脏女孩。杨影秋没有问王研霞做什么工作之类，甚至连深圳这个名都没有提，只是说南方很热吧。正如没有人问起杨影秋的姐姐。

王研霞说："是啊，一年四季看不到雪。"

杨影秋笑了笑，没有说话。

王研霞被一个肥肥的男人请起来跳舞。

杨影秋远远地看着王研霞笑。跳到一半的时候，她发现杨影秋不见了。很快对方就去了隔壁房子。一起回来的时候，杨影秋换了身绿色的裙子，她向王研霞介绍身边的男人说，他是外面的。男人很高兴，喝了一口红酒说："原来是同学啊。嗯，长得也很像，一样漂亮，怪不得萍山名声在外呢。"这人不怀好意地笑了。紧接着，他顿了一下说："刚刚她求我拆迁你们那片房子，还说早拆早好，当然，拆不拆，就我一句话。"

"是啊，你是个大善人，行行好吧。"杨影秋跟男人撒着娇。

男人突然变得一脸正色："可是，我在想，为什么要拆呢？放在那儿有什么不好，萍山就应该是那个样，我这个人喜欢怀旧，放在那吧，给我们忆苦思甜。"说完，男人眨了眨眼，意味深长地说，"你们那儿不缺钱，我知道。"

出门前，王研霞对杨影秋说："结婚还是要谨慎些，我看他只会捉弄人。"

"放心，人家不会跟我们矿上女孩结婚，再说，我只要这个，其他都是假的。"她做了一个钞票的手势。

王研霞看着对方的眼睛，沉默了片刻，想换个话题，说："可惜没看到雪，真想啊，那边没有冬天。"她发现自己声音里竟然有乞求，她似乎盼着有人说句挽留的话。

杨影秋说："有什么好看的，化了就是一堆黑垃圾，还不如我们矿上的煤干净。"

"当年家里给过我机会，是我不争气，想好好学习已经来不及了，我还以为入团也是种证明。不过，现在很好，父亲再也不用卸煤，做起了小买卖，有时间还能打打牌，哥哥弟弟都讨上了老婆。我不难过，无非是唱唱歌跳跳舞喝点酒，遇上合眼的再顺便谈个恋爱。想想看，什么损失也没有，你看，萍山百货那些不甘心的女孩，不也老了，不甘心又能怎样？"

最后，她看了眼王研霞道："劝孩子退学，让父母没办法说出口。不需要劝和暗示，我什么都懂。"

在路上跑了一个小时，看到电力招待所的时候，她发现自己的脚已经软了。

王研霞把手机上所有的号码都看过一遍，最后，停在了"火车男人"四个字上。

开好房才打的电话，又在前台买了瓶白酒并让服务员打开。还没进到门口，王研霞便喝了几口，身子迅速躁动了。她取掉了身上多余的衣服。

不知道过了多久，王研霞以为自己在做梦，听到了敲门声。

"哪位？"王研霞穿好衣服把脸贴住了门。

那人急切的声音："是我。"

看见王研霞连看他的眼神也变了，对方显得有些不自在。

王研霞给男人也倒了一大杯，连自己也没有想到，她竟然坐到对方腿上，男人身子一颤，他不知道之前发生了什么。

也许是紧张的缘故，男人的声音变了："你都好吗？"

王研霞把脸对着男人，笑道："你真应该做这里的形象大使。"

"呵，这里的好，我连十分之一都没有说到。"男人正努力保持镇定。

"是吗？这里的女孩呢，听说很孝顺，也很有名气。"王研霞说。

"当然。"男人似乎有些警惕，只是很快便装出轻松，"其实我也喜欢你这种南方女孩。"

又过了一会儿，王研霞感到男人的脸贴过来，她被那种好闻的体香熏得晕头转向。

"真有那么好吗？"王研霞说。

"是啊，可惜你也会离开，对我来说，简直像是天边。"男人说。

"画上的田螺姑娘吗？"王研霞笑着问，"她不是留在这个地方了吗？"她摸到了男人的身体。

"如果你在这里有多好啊。"或许酒精开始起了作用，男人的身体有了变化，开始解王研霞的扣子。

她迎着他："你愿意留我吗？"

"真想留，可惜我没这样的魅力，你也不会为我放弃那些好地方。"

"你不是说萍山好吗，你信不信，我是萍山的。"她不愿再骗，想给对方一个惊喜。

男人看了她一眼，说："你真会开玩笑。"

"如果是呢？"王研霞觉得自己正发生变化，甚至是焦虑。

"哈，那我就是外星人了。"男人笑着。

王研霞说："楼下是爱民路，左边有条江，天桥那边有个菜市场。"

男人笑着："你知道的不少。是不是还知道这个城市北边有座山，东边是个车站，西边准备建一个汽车城，南边将开发成国际旅游景区。你还打算去哪，我可是个好导游。"

好像酒精在胃里烧着了，王研霞变得亢奋："有没旅游区我不知道，十年前那个地方叫光明市场，烧饼很好吃，不过我很少吃得到，因为我离开太早。多数时候，我只能吃玉米和白面掺在一块做的馒头。当年，我用父亲的自行车，可以拉回四十斤粮食你信吗？车站后面是售煤处，我的父母都在那里向火车上装运。走过一架铁架桥，再往前走，坐六路，再倒十一路，下了车还要走十分钟是七中，并不是你说的二中，中间经过的根本不是花鸟市场，而是一个火葬场，然后才到这个城市里最差的学校。在这所子弟学校，打架、早恋天天发生，任何时候都没有出现过你说每年都有人考上清华北大，倒是有几个初中生，勾结流氓团伙，十一年前害死了物理老师……这所学校，没有几个是读完的。考上大学有什么用？花家里的钱，结果还是找不到工作。再回到矿上时，他们会看不起家里，还有的，到了外面，永远不再回来。这些教训，萍山人哪家不知道？与其他地方不同，家家盼着生女儿，盼着女儿大，她们是家里的希望。"

王研霞看见男人的脸色变成了灰色，她似乎发现自己出了问题，紧张地问："我是不是讲错了？"

"没错，你的记性确实好。"男人声音短促、慌乱，一只手移到了下面，摸索着扣子，另一只手拎起了被子上面的皮衣。

男人走向门口的时候，王研霞已经绝望，她仰着一张脸，喝掉最后一点酒，对着男人的方向说："快点回，记得带我看风景，你说过这里的美哪也比不上。"

男人飞快地跑掉了。王研霞明白，男人将带着一身冷汗，一路小跑，逃离她这个道破真相的女人。她不明白，自己为何流着泪还要调侃他。其实她明白，男人用心良苦，担心她失望才编出那些美丽的往事。

王研霞走到窗前，看见男人站在马路的对面，如同失了魂一样，正茫然地望向这栋大楼。她觉得此人是小煤矿的文艺青年，在某个瞬间，出现幻觉，飞了起来，逃离了煤矿，跟写信时的弟弟一样，令人心酸、心痛。

再次回到候车室，王研霞随着人流经过漫长的天桥，走进车厢。这距离她踏入萍山车站的时间已过去了七个小时。

十年前，自己擅自离家。此行，算是正式告别。

回到厂里的时候，门外多了两棵圣诞树，这是厂里做的。除了树，还有各种玩具，都将被装上货柜车，通过罗湖口岸，去香港，再运到欧洲。

似乎没人知道王研霞回了一趟家。门口的保安还向平时那样打招呼。王研霞笑着点头，说："天冷了，多穿些啊！"进了门，王研霞便打开电脑给弟弟写信，语气跟过去一样，她说自己这两天睡得很沉，还做了一场梦，梦里见到了家乡的雪。

做完这些，她的身体开始暖和起来。

万家广场

谁也没有想到，这是他们最后一次逛万家商场。

刚刚下过少见的暴雨，周边几个城市正在救灾，深圳却重新恢复了闷热。没有空气，只有旋转、混沌的热浪。扑过来，让人胸闷。最后，竟然使得喘气也显得有些吃力。

腿刚跨出收银台，一个穿蓝色制服的保安员就横在了邓家慧的眼前。微笑还没有发出，手臂就被生硬地卡住。她明显感觉到身体在这一刻突然矮下，痛也瞬间揪住她脸部神经，眉毛抽动。

愣了只一秒，就明白了原因。她一直追赶他，以致慌乱中没有付款就把商品带出门。

忍着痛对眼前的保安说："请你放开！"

装着小围巾、奶嘴的婴儿小礼包在邓家慧眼里似乎拐了一个不大不小的弯，才从她的手中落下。邓家慧心头一颤，恍惚中见到一个婴儿身子，正大头朝下顺着自家窗台重重摔向地面。直到保安把她挑选的一条粉色短裤也摊在眼前，她才缓过神，想挡，却挡不住。最后她用力去剥对方的手。粉色却扬起，映在眼前。

　　"太过分了！"邓家慧喊出了声。刺耳的声音连自己都不敢相信。平时在他的面前，她从来都是温文尔雅。

　　那保安说："我过分吗？你这一声很像演戏的，可这不是舞台。是不是还想让我再把你送到家门口啊？我看你是欠打了！"

　　显然受不了这种腔调，邓家慧放慢语速，一字一顿："你是谁？就凭你一个保安还敢打人，我到底犯了什么罪？再说，要是我犯罪，也轮不到你们这些人来处理。你是不是太狂妄？"

　　邓家慧的尊严一直写在脸上，这些年来从来没有人冒犯过她，包括他，虽然她没有了工作。

　　出这种事，邓家慧担心会有人认出来。可是不到五分钟，邓家慧就改变了想法，认出来或许还是一件好事，只要熟人见到她，局面马上就会改变。可是过往的人很多，却没有人愿意向这里多看一眼。再说，没有了工作以后，在这个城市里，她已经没了熟人。

　　为什么没有人看热闹呢？为什么没有人来说一两句公道话呢？而且一定要说这样的话才对得起她的身份：这个女性看起来像是一个读过书的人，绝对不会做这种事，我敢向全世界保证。在想象中她被对方的话感动了。

如果来主持公正，会是男人还是女人呢？

如果有，邓家慧要去拥抱这个人，就是这样的大庭广众，就是这样的众目睽睽，不管对方是男还是女。

邓家慧一边想，一边向四处张望。当时离收银台还有几步远，她又跑回去抓上两条新鲜的牛奶，准备明天一早用它来煮麦片。为了肚子里的孩子，她准备对自己好一些。也许就是这一刻他们走散的。

她在等他，知道他一会儿就会过来，只有他回来，才会结束眼下的尴尬。他一直走在她的前面，好像接了一个电话就不见了……此刻满脑子都是他的脸和他曾经的笑。是啊，好像他离开的时候还对她笑过。这个时候为什么想起他的笑呢？他又为什么要笑呢？有多久他没有笑过了，他总是很深沉。

保安听见这样的话并不生气，他傲慢地环顾四周，然后回过头，涎着笑脸对邓家慧说："我是什么人不重要，关键是你现在的身份。其实我早就盯着你呢。看你还带一副眼镜，现在的贼就是你种，大摇大摆，装出有文化有身份。"

对方这副嘴脸，邓家慧还是忍不住想起层次这个话题。她知道他永远也不会说出这样的话，他永远是那样富有涵养。

话还没说完，高大的保安伸出手，扯下邓家慧最新款无框眼镜，用拇指和食指钩在跷起的手指上，并让它旋转。

邓家慧细长的眼睛一下子裸露在众人面前。眼前的一切变得模糊，皱纹显出来。当初他就是被这双眼睛迷住的。

"我告诉你，我是和丈夫一起出来的，刚刚还走在一起，平时都是他去买单。"她很想再补上一句话，"我很少去管这样的事，我从来不管钱，因为，他从来没有让我为这些事操心。"

看着保安嘴角上的不屑，她压住了话。很显然对方是一个不懂感情之人，当然也就不值得她费太多口舌。

果然保安说："谁看见过你说的这个什么丈夫。如果有，人又在哪儿？"

"放心，他很快就会过来。"邓家慧当然胸有成竹。只有他才能证明她的身份，也只有他才会挺身而出，来保护她。

"不是让我等一年吧？"保安员讽刺着还是不肯服输的邓家慧。

听保安这样说，她更加生气了，说："这些东西加起来也不值一百块钱，我为什么要偷呢？这根本就不值得我这种身份的人去动这个念头。你应该明白这纯属是一个误会。"

保安带着笑："你还有什么身份吗？一个偷了东西的人还在这里跟我讲身份。误会？你的意思是还真有人回过头来找你？跟你说吧，即使你有同伙，人家也早就跑掉了。"

邓家慧愣住了，要知道这辈子，最不想听见这样的话。的确，她早就没了工作。没有人知道她的曾经。那时，她出入过太多的重要场合。在这个城市，三十岁就获得这样荣誉的人没有几个。可是，为了爱情，她放弃了这一切，成了一个幸福的家庭主妇。

"当然他会来找我，要是那也算同伙的话，他就是我的同伙，我这一生的同伙，到时候，他自然会证明我的身份和清白。"不知为什么，说完这句，她心里有了伤感。当然那更是久远的话题。

此刻她的眼睛只想找他们的车，而不愿再看保安。

汽车也是他们幸福、富足的见证。没事的时候，她都会去擦拭。当然也就是在那个时候，发现了车头那个小小的玩具。为了让他也高兴，她压住心乱，装出高兴，吻了一下那灰色小熊。

这样的动作让他有些不自然，他把脸扭向了一侧，去看窗外。她知道，他一定害羞了。她一直喜欢害羞的男人。

如果不是这样内向、害羞，今晚他一定会明白邓家慧的暗示。她曾有意停在婴儿床的旁边。从二楼到三楼，满眼都是那种粉色。这样的颜色会映得她的皮肤很嫩。这是女孩的颜色。生出来不管是男孩还是女孩，她都想给他用上这种颜色，这符合她的心情。她悄悄挑选了一些婴儿用品。就是想让他惊喜。因为太久太久，他们都没有惊喜了。

她期望他走过来，抚摸着她的头发。也许他还会说，其实你还是个小孩子，是我的小公主。

想象着他的抚摸、呵护，她差一点要崩溃，差一点就要把这个秘密说出来。正是那一次酒醉，才有了他们的孩子。她知道，如果清醒，他们不会在一个床上。

准备好了那一句，放在嘴边。孩子的事情不会让你操心。只有这样，才能回报永恒不变的爱情。

永恒，她喜欢这个词。这个词被她放在了结婚照上。尽管这不是属于这个时代的词汇。

　　他的身材是邓家慧喜欢的那种，高大英俊。虽然他工作的地方可以接触到许多年轻的女性，可是他从来都视而不见。

　　有一次邓家慧还取笑他："看得出她们很喜欢你，比如你办公室那个负责人事的女孩。还有……她继续，当然，这个女孩子有些多话，你不会真的喜欢，不过你一定最喜欢那个有些忧郁的女助理。"

　　显然玩笑过了头。他的脸色在变。

　　自己的话过分了。显然她没有忘记那次晚餐。新买的桌布、鲜花。她踩上高高的椅子去安装那个淡紫色的窗帘。几小时前她在发廊做了一个晚宴的发型。为了这样一个时刻，她准备了很久。

　　最后一个进门的才是那个女助理，梳了一头的长长的卷发。这曾经是一个让人显老的发式，可是到了 2006 年夏天，在既无"非典"也无洪水的炎夏里人们开始过上了悠闲的生活，并且严重地喜欢上这一个过时很久，却有着小资情愫的发型。显然，女助理有着男人喜欢的浪漫。

　　邓家慧对着那黑白分明的眼睛和她一对小虎牙看过之后，突然就感到了身体上的无力，不过她确信自己绝对是被太重的头发压迫所致。

　　菜上来之前，邓家慧又去卧室补了一个淡妆。

　　似乎把她当成了保姆，没有人等她，连谢谢也没说，他们就吃上了，甚至有些像儿童一样狼吞虎咽。

心里恼怒，笑容里却有些讨好。所有的人看见她微笑了吗，让笑一直挂在脸上，直到腮有些酸，才放下。她就是要让对方感受到自己的修养。

《好人一生平安》，是女助理替他点好的。女助理唱的是《半分钟都不要等》，萧亚轩的新歌，她感到陌生。

直到她昂着头去稳固自己隆重的发型，才听到回荡在大厅里的舒曼，这曾经让她沉迷了二十几年的音乐，却是女助理深情演奏。

有了爱情和婚姻，她再也没有动过这些乐器。在她看来，他们每天都在演出王子和公主的故事。他把她当成了公主，从大学开始就这样，时代在变，这个地位却一直没有变。她觉得。

他们曾经手拉手说话。用"亲爱的"称呼彼此。记得说到过某位女歌星，他说，女歌星一点也不可怜，你看她多会享受啊，年轻的男人才能让她的艺术生命延长再延长。

尽管嘴上替女歌星辩护，可她知道，他的想法总是与别人不一样。他一直是这样，酷得让她着迷，不然也不会迷恋他这么多年。大学到现在，他还是不喜欢那种多话的男人。有时她想，要是他也肉麻一些，会是什么样子？

千万不要这样，那样太腻了，她一定不知怎么应对。她想。

他们是同学，结婚已经很久。其间已经有一些同学离婚了，有的同学再婚。世界已经发生太多的变化，可他们的甜蜜还是那么让人羡慕。虽然他不喜欢表达，却总是用行动证明爱情。

在万家广场附近，他购置了大房子，是她最喜欢的结构。大到有了这样的房子之后，他们一个人可以住一层。

工作太忙太累，他不再喜欢做爱，可是她时时都能感受到他浓浓的爱意。比如，生日的一束鲜花和烛光西餐、结婚纪念日的钻石手表。什么事情他都合着她的心思。他明白她的心，这个世界还有谁更明白她呢？

此刻，万家广场门前，不能脱身的邓家慧想，见到了这一幕，他会不会对保安动手呢？他生气的样子很吓人，尤其是亲爱的妻子受到侵犯时。

谁能证明你没偷东西？你手里拿着商品没有付钱就跑出来，难道这还不能说明你就是个贼吗？保安再次挑起手中的粉色，故意近距离地看着那一片嫩红。

邓家慧气得说不出话。除了他，谁可以有这个资格！那个时候连男同事打电话到家里，他脸色都很难看。也许，在他眼里，她永远只属于他一个人，身体更是如此。当然，那个时候，她还没有辞职，正教着初三毕业班。

身体突然发软。邓家慧对着保安说："让我坐一下，我很想坐一下，我是真的累，甚至于还有些困。"

保安说："我还想躺几天呢。真是好笑，到了这个时候，你还说累，不提醒我还好，那我现在告诉你，你给我多站一会儿！"此刻保安用脚踢着邓家慧的腿。

邓家慧声音明显变得微弱，她开始讨饶："我还是希望，你懂得尊重人。"

保安说:"你这种贼还教我怎么做人啊?再说,你的行为,你还算是人吗?"

邓家慧此刻不想说话。她再次把眼睛望向远处。

她想他,比任何时候都想。他一直懂她的眼神。他们是默契的。尽管他们已经很久很久不再做爱。可是,她的内心无时无刻不是想他的。有时她会在半夜起来把手伸进他的被子,去抚摸他。这样的时候,邓家慧会比任何时候都更加柔情似水。

看得出她对着保安犹豫了一下,终于下了决心,说:"我不会做出这样的事情。我用我的人格担保!"

"人格?哈、哈,还人格呢。"保安员正和另几个年轻的面孔嬉笑。

这两个字是邓家慧也不想使用的,在这个时代,使用这两个字很怪诞的,尤其是眼下。

邓家慧的话招来几个保安员的哄笑。声音由里到外,散开,越来越大,越来越模糊。有一刻邓家慧出现了幻觉。

邓家慧额上有汗水渗出,一滴一滴落到地面上。

保安说:"要是你认为自己有身份,你可以拿出身份证或是工作证让我们看看啊!"

邓家慧沉默了。为了他的事业,她没了工作证。本来有一个手机的,天天守在家里,用不上,早就停了。平时只要他在身边,她什么都不带。就是要让他明白,他是她的身份证,也是她生命中的一切。

"你在哪儿?"邓家慧在内心叫喊了一次。看见她的神态,保安对着另外一些保安做鬼脸。

现在她在怪他，为什么走得那么快。难道不知道她手上有商品吗？不带钱出门，都是他这些年为她养成的习惯。这些年，家庭经济的压力在他身上。现在想起，邓家慧心里开始难受。平时他总是把一切都做好……作为女人，也许她真是做得还是不够好。

邓家慧此刻比任何时候都想快一点回到他身边，她认为自己需要补偿。

她想，还是要对保安做一些必要的解释才行。她带着多年训练出来的微笑说："真正的小偷是不会这样大摇大摆的，我忘记付钱，的确平时都是丈夫帮我做好这一切的。"

保安员松开邓家慧的衣袖。他用手中的电棍敲打着自己的另一只手，看着邓家慧脸说："你是说，平时你什么也不干，你不用动手、动脑，一切都是别人给你做完？"

"的确如此。"邓家慧此刻拖着哭音。脑子被他占满。是啊，自己曾经是那样的幸福。

保安说："我看你很会骗人，是不是一定要看完录像才承认？"

邓家慧愣一下，脸换上笑，她说："实在对不起，绝对绝对是个误会，要不，我把这些东西放在这里，去找他，再回来交钱。现在他一定也在找我。如果你还不相信，你可以和我一起去。"

"你是不是想要我啊。如果你带我去的地方有一个流氓抢劫团伙，我的小命也就贡献了，请你不要再玩花招了，离开这个地方，谁还能证明你刚才所做的一切。你要知道，在这样一个地方，我什么人没见过，什么事没遇过啊？"

"我真的没偷，我可以……可以发誓。"这回邓家慧有点害怕，她知道对方这些话并不是开玩笑。

"你没偷？哈，那是我偷啦？是我看错人？你不是想来个倒打一耙吧？告诉你，一看你，我就知道你不是一个什么好货。你穿成这个样子不就是故意的吗？"

她低下头，看到自己一双平底凉鞋。为方便在商场行走，还有对怀孕身体的保护，出门前她特意换上了这样的鞋。这身衣服是一年前他们在这个商场里挑选的情侣装，一直也没机会穿。是她临出门时求他也穿上的。她一直想把相亲相爱的样子让别人也看到。不知为什么，他今晚显得有些心不在焉，不然的话，他会发现她今晚的不同。

终于到了这一刻，保安员突然用手指顶着她的脑门，向刚走来的保安说："是一个贼！"

是突然的失控，连她自己也没想到。邓家慧向着保安员的身体突然猛撞过去。

保安员显然很有经验，一下子就躲开了。

邓家慧躺在地上。躺在地上的邓家慧有些气喘，她一边爬起来一边说："你……你在犯罪你知道吗！"

"那可是你自己摔的，你是不是想赖上人啊？"保安好像被激怒了，再次发出声音的时候，已经没有了城市口音。"嘿，俺就是想要惹一下你们这些城里人。就凭你手上的东西，俺会让你说不清楚，你信不……"

眼镜突然被保安员摔在地上，一下子成了碎片。

随后的几秒里，她被拉到五光十色的万家广场中央。大厦上方悬挂着电子钟。时间是 2006 年 8 月 24 日晚 8 点 59 分。眼前闪烁金花。金花飞向天空与数字汇合，最后礼花一样散开舞在邓家慧的四面八方。邓家慧好像看见七年前，自己婚礼上那些五彩的纸花。

辞职后，常俯在二十层阳台上向下观看，或是穿着薄纱在昏暗的灯光下等他，有时会看见身体在向下飘浮和跌落，当然是幻觉。盯到无力了才看见一个小小的黑影。跑回床上一会儿，才听到他从电梯上下来，然后取钥匙，开门。防盗门、雕花的木门。换拖鞋，进入客厅，沙发上面吸烟。刷牙，显然怕惊醒她，他蹑手蹑脚躺到床上，发出轻轻的叹息。

出门前，邓家慧精心打扮过自己，还涂上了鲜艳的口红，穿上新衣服，她当然不知道将要面对这样一个场面——镁光灯在照着她，摄像机对着她，也许还有别的。她是新闻专题片的女主角。

今晚的题目是：大商场经常出现衣着得体相貌儒雅之盗贼，为保工作，保安员动粗孰是孰非。昨晚是一名发廊女额头被刺字的故事。这是一个收视率最高的晚间节目，上演的全是真人真事。

肚子里的孩子正与她一起被摄像机前后左右逼视。要是他知道，一定会心疼。她后悔自己没有说出实情。

记者的话筒放在了她面前："请你说一下，你是经常这样做呢，还是第一次？"

邓家慧的嘴张开，半天才吐出一句话："我根本没想过要偷！"

话筒向上扬起，漂亮的女主持眼里含着泪花对着镜头，说："我更关心的是什么逼迫你走上这一条路。是不是你有难言之隐？我看你根本不像做这行的，一点也不像……至少你少女时期曾经是一个品质很不错的人，甚至还可能喜欢艺术。走到这一步，一定是背后有人指使，或者你在为自己即将失学的孩子，或者正瘫痪在床的丈夫，还有年迈的公公婆婆……"

邓家慧沉默之际，女记者收起了话筒和关切的眼神，就连摄像机也带走了。显然这个节目只是提出问题而不需要回答，只需要她一张木然的脸做道具。

似乎只是对着自己，邓家慧声音微弱："我真的不是贼，不是。"扶着广场中间的长椅，邓家慧直起了身子。她又一次做出辩护。此刻她就是希望快一点离开这个地方。

并没有等到答案，只是看见几个保安围在一起抽烟、嬉笑。内心里她喜欢这些年轻而帅气的男孩。可是此刻都怎么啦？疲劳让她面无表情，甚至有些想放纵自己的身体，让身体随意堆放在地上。之前的淡妆去了哪里？之前的粉嫩心情，之前胡乱的想法又都去了哪里？此刻她只想躺下，躺下。快一点躺在他的身边，像过去那样。

等待有人向这里看过来。

他们难道看不出她是弱女子吗？难道看不出她是一个有着良好教养的女人吗？为什么会这样？邓家慧在焦急地盼着他出现，她突然感到害怕，这样被人怀疑和误会，她第一次害怕那些内容复杂的目光。

身体终于出现了异常。血先是顺着裤脚的一侧流出来，鞋和袜子也被染红了，自己站过的地面，出现了一些模糊的印子……

这些图案就像是自己在黑板上画出来的。有一刻她觉得自己站在黑板前写字，字很模糊。头有些晕，她看不清方向。像是在课堂上，那时她还没有辞职。无论如何努力还是看不清楚内容。幻想中有一些人，是平时那些关注她的人们，她突然不想抗拒那种爱慕的眼神。

邓家慧突然对着保安发出第二次喊叫："我想看录像！"

也许是头晕的原因，也许是机器的故障，在回放的录像中，她看见了一个人，一个穿着情侣装的男人。

"这是你说的丈夫？好好看吧。"保安笑着。

面孔突然是陌生的。在人群里，他还回头笑看了一眼邓家慧。那微笑的男人让她害怕。邓家慧大吃一惊。

除了身体发冷，她觉得自己快要崩溃。公主曾经被爱抚过的腿正愉快地流淌着鲜血。这样的时候除了有些劳累，眼睛模糊，她真的不想望远。

是促销吗，为何到晚上还在促销呢？她似乎看见不远处涌过来的人流。这人流好像随时要把她再次推倒。

商场门口，已经越来越多人，顷刻间变成她不认识的地方。可是没有人向这里看一眼或者停一下，每个人都步履匆匆。人影晃动，好像还有一些似曾相识的面孔。可是他们也都匆匆地过去了。也许超女李宇春、张靓颖今晚真的要来广场演出。这个城市只喜欢那些壮观的场面。

邓家慧喜欢李宇春。李宇春长得帅气。尽管自己小女人气十足，却是喜欢中性化的偶像。

如果他说喜欢张靓颖的时候，邓家慧一定要装出生气。她不允许他喜欢这个女孩，她会说李宇春才让人有激情，才符合现代的审美。

可是一切都没有。他们太久没有争论了，所有的争论都是自己想出来的，其实，还有那些亲昵。

人流涌动。

"你们好吗？"她这个平时比较保守的"玉米"粉丝竟然也想先替偶像李宇春表示一下谢意。喉咙总是发不出声音。

眼前越来越多的人。你在哪儿呢？你一定是也找不到我了，或者睡着了。亲爱的，实话说我害怕啊，你为什么要突然走开？为什么不等一下呢？我是在挑选一些我们孩子将要用的东西啊。她的自言自语里有着哭泣，嘴里流进了泪水。踮起脚尖，她发现眼前早已经是人海。

许许多多的人突然都变成了灰尘。它们在房子里跳舞，像是一些精灵。她的身子似乎也随着摇动而在空中盘旋了，那种轻盈无着无落，连一棵稻草都要重过她。一时间让她有点害怕，感觉像是做梦，手臂上又有了一圈白纱布。那是第一次接触刀片的时候，血流出来，她觉得自己在飞翔。

人越来越多，她被挤得摇晃起来。不能停下来的人流，他们一定都去争占位置。人群又开始出现分支，有的人已经抬着头仰望天空。今天是"神六"飞回来的日子吗？它们或许正经过这个城市的上空。

有的已经抬来凳子，抢占好位置。地面似乎也出现晃动，人群里出现了骚乱。也许，万家广场将要发生一件能上报纸头条的好新闻。

保安员和邓家慧同时看见对方眼里的惊慌。保安发现自己的同伴突然都已经不见踪影。那些人在这样一个重要的时候去追星吗？身体除了愉悦，已经完全没有了痛。邓家慧眼中的礼花越来越大，人完全被包围了。

一分钟前，她意外地在口袋摸索出一百元钱。实在无法想到自己新衣服里竟然还有钱，崭新的。

钱被递进保安手中的时候，脸差一点也随着钱贴到保安身上。

与保安员一道从人缝中挤出。邓家慧早已浑身湿透。保安好像还回过身拉了一下她的手。

这让她又想到了他，她的亲密爱人。不过保安员还是没有他那样的宽肩膀。

她和陌生的保安员在人群的外围发了一分钟呆。分手的时候，两个人好像还微笑了一下。

之后她想仰望一下美丽的夜空，看看有没有"神六"的踪影。想不到却是重重地摔在地上。她只想躺下。躺下之前，她想喊一句：亲爱的！可是还没有出口，就感到眼前的一切突然变黑。

几乎是爬行。尽管用了很大的力气，可她还是能够确定出汽车的位置。分开差不多有了两个多小时，她要给他一个惊喜，然后才能放下太累太倦的身体。

望远镜是女助理出差带回来的，本来是想留给一个还未出生的孩子，当然属于他和女助理的孩子。看得出他的手有些累，不过脸上的微笑还在。他正是用这种俄罗斯精密仪器，与女助理以及全市人民一道，观看晚间这档精彩的直播节目，伴着身边一瓶快要喝完的金威牌纯生啤酒。

而使用这个高精确度仪器之前，他们在车上做过爱，幸福的高潮来临了多次。车摇晃时，那只玩具小熊在晃动，还有一个像章，它悬挂中间的位置，一动不动。当时他正停在对方的身上，就迫不及待伸出一只手，想要遮住像章中的眼睛，并准备取下来，他认为自己犯了忌。正因为犯了忌，所以他目睹了救护车在十分钟内来到了他的车边。

她躺在地上，鲜血染红了半块大理石。

直到后来，作为前妻身份的邓家慧也坚信，即使是观看任何演出，这个男人选的都是一个有利地形。

北　环

　　金沙湾离海最近，是一片别墅的名称。除了天然的海景，还有成片的红树林。这种地方主要用于出租，而房客是多是寻找浪漫的中年男女。

　　离海最近的那一套才与远道而来的他们有关，所以每次风尘仆仆过来的时候，两个人都会认真地看海，看云彩，甚至认真地把这个只有床而没有厨房的地方清理一番。有时看着刚刚在车上还说累得想睡觉的陈娟娟在收拾屋子，陈楠会笑着劝说，明天下午就回去了，才几个小时候啊，你留点力气好不好。

　　我有的是力气，不会耽误事儿。陈娟娟向对方眨了下眼，笑着。

　　好，你等着。陈楠的烟抽了半支，便准备掐了，早点行动，尽快把陈娟娟摁倒，他一分一秒都不想耽误。

在某个时间段内，这个地方曾经被陈楠和陈娟娟称之为家。而北环是去金沙湾最近的一条公路，与深南大道、沿海大道并行，如果不小心走岔了，就会上到另外的路上。两个人最好的时候，陈娟娟对他抒情，或者说是讨好，说，真是点点滴滴的好啊，想起来心里都酥了。你整个的人就是为我量身定作的。

是吗？陈楠用浑厚的男低音问。

陈娟娟忽扇着鼻翼，动了情说，是的，你是给我留着的，身体还有精神。

我没有那么好。陈楠心里高兴，嘴上却故意这么说。

姓氏的原因，最初的时候两个人以兄妹的方式交往，也不知道是何时，性质才发生了变化，或许所谓的日久生情吧。尽管如此，两个人还是发现这条北环大道太远了，还没走到地方就把该说的情话说完了，甚至把该做的事情做完了。似乎两个人不约而同觉出了远，于是陈楠提议，不如我们在中间的地方买个房子。罗湖或者福田都可以，你看哪里好。

陈娟娟低着头，看着自己的指甲，慢条斯理地说，当然是福田，干净，没有商业气氛，有时间还可以爬一下莲花山，或是到中心书城大广场上坐一下，听听那些吉他。真不错啊，我觉得他们才不是为了讨钱呢。对，他们当然不是穷人，只是喜欢深圳而已。

陈楠说，罗湖也不错，原味的深圳，喝早茶，听白话，荔枝公园里听粤剧，还有，这个地方离罗湖桥很近。

陈娟娟反驳，你又不用去香港，你不是最讨厌广东人吗？

那是过去，十五年前。陈楠低声音道。

因为工作的原因，他们两个分别住在北环大道的两端，这个原因，他们只好找了第三个地方作为他们约会的地方。可由于距离太远，每次不等到地方，他们就把该说的话说完了，甚至事情也做了。所以找到一个合适的地方约会或生活是两个不能避免的话题。

陈楠想的是选中间位置，既可以避开熟人，自由些，还能让陈娟娟少花点钱。可是这个话说出来就显得计较了，选陈娟娟这边，他也不能白来一趟，毕竟汽油费也是不便宜的，只好顺便会会朋友，可每一次都会惹得两个人不痛快。有一次，陈娟娟看见陈楠那位朋友已经很老了还找个小的，很气愤，回到酒店还不舒服，好在他会哄，做了之后，还是不舒服，但他已经不劝了。去那边，她还要替他女儿买点东西，他女儿住在另外一个房间，但常常跑过来，有一次非要陈楠过去陪。1235不行，早晨很早起来，晚上早点睡，本来带的红酒可以喝点，没喝。说下一次。有一次打电话明显说有人在旁边。问酒呢，喝了，和谁啊，你不说等我吗？

说了你又不认识。她分明看见一个女孩坐在床边向她眨了下眼睛。

再说到福田的时候，陈楠爽快地同意了，最好离关山月美术馆近点，那里的画不错。其实他一次也没有去过，只是听人说那里好，他上次看画还是在大学里，那时他饿着肚子去看的，他记得有一张画特别夸张，上面有个老人脸上的皱纹把他弄伤了。他这辈子都忘不了。可是他从来就是一个不喜欢画的人，他甚至把画家说成搞美术的。 这一次是陈娟娟约的，她要让他明白，她现在活得很好，身体也没事，并不需要任何怜悯。她在心里想，陈楠，你不就是怕拖累而不愿理我吗，怕我缠上，非要和你结婚吗？我要让你看看，我活得很不错，也根本不想拖累谁，我不是非你不可，其实你连备胎都不算。谈了这么久，你不提结婚，真是太过分了。刚开始的几个月，陈楠提过结婚，后来他一点也没有说过，陈娟娟认为自己的自尊心受伤了。

正因为陈娟娟有了这样的想法却不流露在脸上，使得陈楠粗心大意了，否则他也许会想想自己当时的绝情，那种绝情曾经像冰一样刺过陈娟娟的心。此刻，他除了没有发现陈娟娟的样子夸张，他甚至还犯了老毛病，那就是又开始像以往那样装酷，扮演无所谓，甚至状态中还多了一种调侃。可是他忘记了，调侃并不合适于任何女人，或者是任何时期的女人。

你当然没那么好了，只是合适我，真的，特别合适，陈娟娟说话的样子已经也不像这个年龄的女人，再过一个月，她就三十一岁了。

听了这话，陈楠有些不好意思，思维停滞一下，才用浑厚的声音说，唉，没有啊，我应该为你做一些事情的。

也许他想的是他给陈娟娟那些港币、美容卡，也包括一块价值不菲的手表。而陈娟娟想的却是某次约会。当时，他在冷风里开着车，等自己。从办事路上直接赴约的陈娟娟迷了路，迟到了整整一小时。想到的还有两个人相拥着听罗大佑，那是一个冰冷的雨夜。眼泪、雨水交织在脸上，两个人的心脏似乎离得也最近。

作为部门经理，那些东西全都是别人孝敬给他的。他早已经办好了手续，正跟一个有钱的女人走得很近。那女人大他很多，他说，如果拿下，事业就成功了。这是他们没有好的时候说的话，作为好朋友陈娟娟还为他出谋划策。

没有体温，没有暗示，也让陈娟娟没有一点感觉。她内心里面渴望另外的一些礼物。她说，你怎么不送给我一些你家乡的特产呢？最热烈的时候陈娟娟提出这样的问题。那次培训，她记得他说过自己的老家。

我老家什么也没有。他答。

可能吗，不久前你不是回去过吗？陈娟娟问。

真的，什么都没有，我也没逛街。陈楠说。

不可能吧，那你没有跟家里人提到过我吗？陈娟娟歪着头，盯住他的眼睛。显然陈娟娟不满足这样的回答，再说了，谁的家乡没有特产呢。

好了，有有有，不过我一点也不喜欢那种土拉吧唧的东西。当时陈娟娟天真地以为，有一天她会以陈楠第二任太太的身份，回到他的老家。

见陈楠又不说话了，陈娟娟问，我们什么时候办手续呢？陈娟娟见陈楠的脸色难看，才又问了一句，你们老家真的不好吗？

什么好不好，不想说。陈楠被陈娟娟突然的问话弄得有些心烦，脸色灰暗。可是陈娟娟还是听出来他是故意的，因为他没有回答第一个问题。不知道从什么时候开始，陈娟娟说话的时候会这样了，她不想让他难堪。

外面的狗对着他们乱吼一阵。直到陈楠从不远处的冰箱里拿出一块猪肝直接从二楼扔过去，它才安静下来，这是他有意带过来的，本想晚上用它煮个粥，可是他已经没有了兴致。

它认生，会咬人。

有些人该咬。说完话，陈楠已经把自己剥干净了，他把陈娟娟拉向了窗口。

狼狗对着行人乱叫，鸟在海面上低飞。陈娟娟记得当时的情景。

那一次正是秋天，秋天的海边已经很少有人过来观赏。这座城市的人太喜欢热闹，而没有人愿意欣赏这冷清的海面。

陈楠拍打着陈娟娟的后背，问，好吗？好像身下是一只正在交配的母马。

他总是说陈娟娟气鼓鼓的时候最性感，也最有激情。

的确如此，每次都是一个回合之后，果然风向改变，或是忘记前面的不愉快了。

那一次，听了那样的回答，陈娟娟并不想做爱，她甚至比平时更加寂寞，可是她不想告诉他，而是内心冷冷地配合着对方完成了约会的所有内容。

像是故意的，陈娟娟说，你给我唱首歌吧。陈娟娟企图用这个唤回一些东西。到了深圳以后陈娟娟还是第一次跟人提到诗歌这个话题。

好了。可很快，他就说忘记了自己喜欢什么歌了。

罗大佑，陈娟娟在心里说，连这个你也忘记了吗？她说，那你说个故事也行，我记得你讲过一些事情特别感人。

拿你没办法，那些都是鸡汤，很无聊，我是转发的。

有营养就行，管它什么呢。

好吧，那我再给你讲一个。陈楠穿好了衣服。

很快，陈娟娟就发现他在胡说八道，完全不是故事，而是一些黄段子。

你是不是想让我打你啊。陈娟娟笑着，她觉得对方在逗她。

怎么了，你敢说这些不是人生吗？人生就是这样一地鸡毛，全无诗意。

你讲的什么黄瓜白菜的，我看你要开菜市场，或者是饿了吧。陈娟娟想转移话题。她觉得对方似乎心情变得不好，甚至是焦虑。

哈，是饿，我要吃肉了。他开始转移话题。

吃肉前不如你念首诗给我听。陈娟娟说。

陈楠说，现在我喜欢梨花体。

真有这样的诗？陈娟娟问。

真有。

陈娟娟不说话了。

这个作者用她的方式在嘲笑生活和她自己呢。他说。

真的吗，陈娟娟问。

真的，在这个城市并且骑在你身上读诗的时候，我就是在骂自己，我正在用诗来恶心自己。说完这句话，陈楠整个身体变得冰冷。

看来我就是贱。陈娟娟退却的眼睛向着外面，和大海连在一起的天空让她突然感到心疼。

有一次，天还没亮，她已经醒了，这一次她没有去看身边的陈楠，而是静静地躺着，她听见了海水拍打礁石和贩运海鲜的小贩们在讨价还价。

汽车路过一片树林的时候。陈娟娟点着了一支香烟，狠吸了一口，吐出来，烟在发丝上缭绕。

男人终于发现了陈娟娟今天的变化。她记得有次他说接女儿，把她扔在了酒店，不断地发微信说抱歉抱歉，女儿不让他出门。她只好和他那个朋友准备好来，显然想气他，当然后来又觉得不妥，回来了。再回来后，两个都发现了彼此的变化，她记得开始说她胖时，眼睛里还有欣赏，至少他的其他特点胜过了胖，后来真的无所谓了，他连看也不看，就直接问几点回。好几次，她故意当着对方的面和男人打电话，甚至是调情，他也无所谓。

快有两个多月没有见面了，她也吃惊于自己的变化。

这一次陈楠把车开得比平时快了许多。想起那个让他们快乐得要飞起来的金沙湾，陈娟娟的身体已经有些发热了。陈楠用细长的手指拈了一下陈娟娟的衣角。他想用眼神说话，内容是他们必须停一下，哪怕是说上几句话，抚摸一下彼此的身体，也可以让欲望缓和一点。

出门的时候就发现变天了。好像要变成北方那样的天，阴冷，看得见黑压压的云。这样的天，让人有些想家，陈娟娟是在他的眼睛里读到的。他也想家了，只是不想承认。似乎发现了陈娟娟正观察他，陈楠故意不看陈娟娟的眼睛。即使看，也只是掠过。然后就转换成满不在乎那种。

陈楠喜欢把金沙湾说成家。那是他们一个临时约会地方。对于这个地方，陈娟娟有点一见钟情。可以看见大海，海的上空那块蓝天，像是被洗过，干净，柔软。院子里圈着一只土狗，只去过一次，就认识了陈娟娟。欢天喜地的陈娟娟跑到超市买了一些吃的给它。

想不到，仅仅去过两次，陈娟娟就得了那场病。还以为是不治之症。这个病让陈娟娟和他的约会被无情地间隔了两个月。那时，她请了长假，因为样子憔悴。她不想这副样子示人，尤其是面对他。她要向老虎那样，自己来舔愈伤口。

陈楠说，回家只有一个意思，是我想你了，我想做爱了。他一次一次问，怎么了，难道你不想回家吗？

她的回答是，我去外地了，放心吧，一定要回家的。那时的陈娟娟正在求医的路上。下肢浮肿，这难道是传说中的性病吗？原来之前他一直风流着。

那要快一点回来啊。陈楠说。

好的。听见他的这句话，在这个别人的城市里，她想流泪。

相爱之前，两个人参过了一次培训。之前彼此都在变换着新欢。他事业得意，属于公司的上层。他经常和一些比他更有实力的男人还有他们的女人混在一起，利用他的权力。

你的女人是不是也在其中啊？熟了之后，陈娟娟问他。

就是一起玩玩而已，连名字都记不住。他看着远方不做更多的解释。那太可悲了，我有点同情他们了，真想替天行道了。陈娟娟举起左手掌，做出刀的样子，在陈楠的脖子前比画了一下。

陈娟娟，看起来品质不错呀，你也太挑了吧。

什么呀，就是同事啊。

对了，这个呢，我看你们走得很近呢。陈娟娟的眼睛又去盯另外一个，样子不依不饶。

都是朋友，我真的不想说太多。他说。

他的态度和说话的样子吸引了陈娟娟。陈娟娟不喜欢男人婆婆妈妈，这是没上床之前的感觉。

是陈娟娟主动说起家里的情况。男朋友不愿意陈娟娟再去国外深造，而让她快点生个孩子。婆婆家的大门每天敞开。他们大声说话，喝茶，谈论股票、房地产。过年过节只是吃饭没有别的，而陈娟娟不喜欢这种生活。她只喜欢看看书，弹弹琴，找时间去外地度假，而这些男朋友并不喜欢。

当时，他笑了一下，没有表态。陈娟娟开始不满意。

心思很快就被看出来，他过来拉陈娟娟，摸着她的手，说，对，要有些文化才行。

是啊。陈娟娟低着头说。

噢，还不仅仅如此。是我们成长的文化背景不同。他是广东人，而我们是北方人，北方人更注重的是精神世界。

他这样的回答，陈娟娟愿意听，也就是在那个时候，陈娟娟很想了解一下他的生活。当然还没等细细了解，他们就开始深入对方的身体了。

你说我们为什么那么傻要谈这些虚的呢，多耽误时间啊。上床之后，他说。

他的话让陈娟娟有些喜悦，陈娟娟不喜欢高调和夸夸其谈的男人。这些毛病在他身上一样都没有。陈娟娟有很长一段时间没有那种事了，可是进入的那一刻，陈娟娟还是明白了自己的需要。

要不，我们找个房子同居吧。陈娟娟被自己的话吓了一跳，想不到眼泪突然坠落，那是一种回家的感觉。

金沙湾就是那句话之后。

汽车行驶了一会儿，陈楠突然盯了一眼陈娟娟身上的皮包说，好像你有电话。陈娟娟身上的皮包正抖动并发出声音。

音乐调到最小，她才慢慢把手机拿出来看，发现是一个陌生的电话。响了两下就断了。正想着是谁的时候，电话又响了。这一回是男朋友打来的。

陈娟娟说话的声音有些大。很明显是为了掩饰慌乱。

你在哪儿？对方的火气很大。

有什么事？陈娟娟的声音简单利落。

为什么不接？对方说。

没听见。陈娟娟答。

不是说今天送厨具吗，怎么又不在家里？对方在质问陈娟娟。

陈娟娟想起来了，是约好今天送的。他出差到了外地，她理应在家里等着。显然刚才是厨具的厂家电话。他们新买的房子刚刚装修好，他们已经分居一段时间了。装修前她就提出了分手，尽管如此，他还是要把房子装好。

那就让他们明天送吧。陈娟娟说。

人家已经到了家门口了，还要送回去吗？对方说。

难道，我就一定要回到家里吗？陈娟娟口气坚硬。

陈娟娟看了一眼陈楠说，怎么不能明天送呢，他们应该服务到家的。再说，他们出工厂之前应该提醒客户，现在，让他们再改时间吧。

电话那边沉默了很久，然后，问，你在哪儿？

我在路上。陈娟娟说。

去哪儿的路上？对方问。

这时陈娟娟把电话关了，因为她再也找不出话来应对。

陈娟娟看着远方，汽车还在前进，已经走过了总路程的五分之四。

她伸出手，把音乐调到高音部位。车厢瞬间涨满，陈娟娟感觉自己被挤出车外。

车减速的时候，陈娟娟身子向前靠了一下，伸手把声音调回最小，顺路用两个手指贴了贴陈楠右边的手臂。

见陈楠没作声，样子平静，像是没有听见刚才的对话，陈娟娟很生气。她的脸向着前方说，什么意思？难道我错了吗？家里有人在等我，我都没说回去，你却这样。

要不，还是送你回去吧，可别误了家里的大事儿。他终于说话了。

到底什么意思？陈娟娟的一张变了色的脸对着前方。飞奔的汽车使得一棵棵木棉树向后面倒去。

你不是想回去吗？他侧身对着陈娟娟，露出陈娟娟曾迷恋过的轮廓。

我什么时候说过那样的话呢？是你这样想的吧。你不想再理我，又何必要这样说话？陈娟娟答。

他却一点也没有让步，紧接着陈娟娟的话，说，是我早早把工作上的事情处理完了，跟家里请了假，说我要出差两天，你说吧，我如果回去，怎么交代？

陈娟娟是过了一会儿才想起要说什么的。她说，看起来，你很委屈了，你做的那些事情难道我就没有做吗？对，你和女儿请了假，难道我没有单位，还是没有男人？

直到陈娟娟说自己是一个傻瓜的时候，她的眼泪才流出来。

陈娟娟感觉到了车再一次开始放慢，终于在过了一个收费站的时候，彻底停了下来。他的眼睛仍然不看陈娟娟，不耐烦地说，好了好了，算我错了。

你没有错。陈娟娟气气地说。你怎么会错呢？你一向那么英明，一切按着你的计划，我算个什么呢，不过是你计划中的一个小棋子。

喂，你别闹啊。他突然把手摸到了陈娟娟左脸。陈娟娟以为自己会闪开，却发现不仅没有，反而向他的手蹭过去，最后是全部的身体靠向了他。

他曾是一个大学老师，转行成为公司的部门经理，而陈娟娟，当年中文系的高才生，毕业后，经历了各种波折，到了深圳，做上了所谓的女白领。他们都是公司的管理层。

拥抱的时候，陈娟娟发现了后座上的两小袋泰国大米和豆油。

你带这个干什么？想去过日子吗？

其实同居的话题，当时说过两次，之后彼此再也没有提及。

车又行驶了一会儿，他开口说，是给那个房东带的，虽然他没说什么，可我不想欠他的。

你每次不都是给他钱吗？他们又说起这个话题。

呵，钱也是要给的。不然会很麻烦，他们的嘴可不由我们。

你怕什么呢，我们要结婚的，你难道没有说过我们的事情？

陈楠沉默了。

之前你是不是也经常带别人去那里呢，比如财务部那个福建女孩，还有酒会上那位，陈娟娟盯着陈楠的脸。

啊，去过，不过也都是公事。说这个话的时候他显得有些不悦。

公事要去那里吗？那就是一个小别墅，何时可以办公事了。

陈娟娟讽刺着。

他说，真的是公事，有几个人一起呢，不然我去那么远做什么呢？

陈娟娟看了一会儿他侧面时的眼睛，不说话了，伸手把汽车里面的音乐重新调大。

反正，你给他们钱这个事让我不舒服。我会觉得自己仍然是在酒店里偷情，而根本不是在家里。陈娟娟把自己的声音藏在音乐里。

男人仍然没说话。

你怎么了？陈娟娟的语气里有挑衅。

可是，你说吧，我们的关系。

你还在乎我们？陈娟娟的声音里有哭腔。

我可是为你离开的公司。陈楠说。

你后悔了吧。陈娟娟冷笑，她的眼睛盯着陈楠。

是你可以公开还是我可以？陈楠的回答。

陈娟娟说，有什么不可以的，我已经和他摊牌了。

陈楠拉长了声音，冷笑了声，摊牌了还要买家具，还要装修吗？

那是之前就买好的，你都知道的。陈娟娟气呼呼地答。

陈楠没接陈娟娟的话，而是轻轻地呼出一口气，他把手放在了陈娟娟腿上，说，算了，别闹了。

对，每次你都这样。陈娟娟有些像撒娇。

他用手点了一下陈娟娟的右腿，手就像一只蝴蝶一样飞远。

哈哈，你这个流氓。陈娟娟又轻盈起来。

你是不是很喜欢流氓呢？陈娟娟已经看见他嬉皮笑脸了，随后是伸向她的手。

你穿上衣服的时候不是很像呢？陈娟娟说。

汽车刚停下，陈楠就把上衣脱下。提起脚从前排跨到后排一边说话，还真有人夸我穿西服好看呢。他们是这栋大厦里面的管理层，制服是公司统一做，你知道吗，我走的时候，偷着带走了一套，实在太喜欢了，我都想了，如果来找我要，我就补钱给他们，我真是舍不得还给他们，舍不得。陈楠似乎是自言自语。

陈娟娟接了话，是不是舍不得人啊？

谁啊？像是醒过来，陈楠警惕了。陈娟娟说的是十四楼的那个女孩。那也是一个本地人，不过长得很有风情，文化不高，但是很会办事，单位里的人都喜欢她。

那就是一个世故的人。陈娟娟说话的样子有些不友好，显然是吃醋。

他看了陈娟娟一眼，笑了。没说话，但是陈娟娟此刻有点恨他。

你何苦让我八婆的原形毕露呢？她最多就是一个中专生。陈娟娟明显有醋意。

头脑正乱的时候，突然听见有东西敲打玻璃。刚开始，声音是轻的，都没注意，随后才响亮起来。有四只眼睛在向里面看，他们才缓回了神。陈娟娟提醒陈楠尽快把刚刚挂到车头前的一件深蓝色外衣收回来。好好的一个车，挂一件外衣显然让外面的人看了觉得怪。

陈娟娟从来没有就这个举动说过他，可是这一次，她把自己的责备表现了出来。或者缘于之前他们探讨过衣服问题，也或者因为生病时，他连问候一声都没有。生病，还是想起了这个事情。这些天，她一直提醒自己不要小气。

当时不敢去医院，担心公司知道了会开除她。在网上查了一下症状，发现与任何病都不同，才觉得严重。于是在深圳西部的东莞市一家小诊所开了药并打针。

看见医生拿着一个铁器进出房间的时候有些害怕。她突然觉得自己活不过这个秋天。而那一天，他又打来电话，约她。

她不想隐瞒了，因为她想哭一场。她在电话里说，我生病了，过来看我吧，我也许活不过这个秋天。

那端的人没有接这个话题，说，我在忙着。

我要是死了，你也不管吗？陈娟娟惊慌了。难道打错了电话？书上提示的那些深圳常识突然得到了应验。

不要这么说话，我在忙着，你先想想别的办法啊。挂了，自己小心点。

传来忙音的时候，陈娟娟手中还掐着电话线，好像看见了自己的样子，丑陋，无助。

再打，关机了。陈娟娟在昏迷之前曾经大声骂了他，用词狠毒，全是咒语。护士看着陈娟娟披头散发的样子出去了，没说话。只是过来帮陈娟娟换了一个瓶子。写着英文，陈娟娟不明白自己到底得了什么病。

听了陈娟娟的责备，他有些不高兴，似乎是陈娟娟把他逼成这样，冷冷地说，还不是为了遮掩一下吗？

穿着保安制服的两个人正盯着他们，像是看着两只猴子，他们的大眼睛嵌在玻璃窗上面。后排座位上两个人一动不动，车厢里出现了短暂的寂静。

在陈娟娟和保安还没有缓过神的时候，他一下子跳到司机位置上，并发动了汽车。

透过后窗，陈娟娟看见两个待在原地还没缓过神来的保安。

很快保安的样子就被换成模糊的一大片黑影。深圳啤酒厂的厂房在摇晃中渐渐模糊，最后彻底消失在他们的视线里。他们的吉普车开走了，离开了他们渴望温暖的一个站点。

车由小道再次拐上马路，卷起了路边的沙石。终于驶出了这个小区，正式向金沙湾方向进军。事实再次证实，还是那个地方好，风景优美不说，还没有人打扰。她在汽车的摇晃中回想，他们的金沙湾，她曾经想在那个地方放一张两个人的合影，还要买一张属于他们自己的床，而不是那种睡过很多人的。

直到电话再次响起，陈娟娟才从回忆中回到现实。这一次是陈娟娟先听到的。车行驶在金沙湾不远处，他们就要看见了那个醒目的标志。

要不要停下来接电话。他平静地问。

不用，反正也不用我开车，陈娟娟甚至让音乐更加猛烈。

电话那端是男朋友的声音，他说，厨具快装好了，挺漂亮的，是你喜欢的类型。不用惦记。这边的事情会处理好，如果你还是不接受我和我的家庭，我就答应你了，等你回来我就去收拾东西。

你想什么时候去办手续呢。陈娟娟的声音很大，这一次问话与往次都不同。

然而，她的话，再次孤零零地飘在车厢里，无人应答。

陈楠和陈娟娟曾经用两个孤独的人形容过彼此。

陈楠像是得了救命稻草，是啊，所以我们要温暖彼此。

她知道汽车只需飞奔一小会儿，他们就会到达金沙湾。那里的别墅合适浪漫，合适激情。正常的情况，再过一会儿他们应该在床上缠绵，会把这个世界彻底忘掉。

此刻陈娟娟希望陈楠用手或是眼神，安慰一下自己，给她一种鼓励。也许事情的走向会稍稍改变，否则的话，谁都会看见她的梦想正在土崩瓦解，在他们的目的地即将到达之际。

金沙湾刚刚映入眼帘之际。陈娟娟明显感到车身向后顿了一下。随后，是调整方向，汽车正与即将抵达的金沙湾背道而驰。

大脑出现了短路，停滞了一分钟不到，惨白的陈娟娟就猛烈地打开车窗，泰国香米被她顺风扬起，半空中，出现了罕见的风景，如家乡天空上那些飘起的雪花。陈娟娟向着没有尽头的道路大声喊道：停！

谁也想不到，就连同坐一台车，再这么待上一小会儿，他们竟然谁也不能容忍。

少女小河

　　小河从小生活在漯河下面的一个县城。她的家很特别，被列入了受资助家庭。很小的时候，小河就能接到些物品和钱，吃的用的，书包或者衣服，有些甚至还是名牌，都是从外面寄过来的。

　　到了十八岁，再也收不到这些。她的同学都已经陆续上了大学或者出去打工了，她突然觉得有些孤单。她只好上街了，孤单的时候，她喜欢到街上去。很多时候，她觉得马路比家好。其间去过商店的更衣室，还在书店椅子上打过盹睡过觉，天黑的时候，她踩着路牙子回到家里，内心的烦躁还是没有排解。于是，小河想到最后那个寄钱的男人。

　　这个男人是个捐助者，家在深圳。

男人总是喜欢问小河的学习情况，这让她有些烦。跟其他受资助的孩子一样，小河在信里称呼这个人为深圳爸爸，偶尔也会用上再生父母恩重如山之类的词汇。那个人不拒绝也不应和，信的落款还是写着叔叔两个字。小河觉得此人内心冷漠，很受伤。

她一到了网吧，便着手写信。信里说，非常想当面感谢，顺便请深圳爸爸帮忙联系去振西专修学院读书。

这所职业类学校，本来不允许深圳以外的学生报名，只是学校为了赚钱，到内地发过几次广告，被无所事事的小河看到了。发完信，小河心里有些闷，玩了一会儿杀人游戏，才排解掉这些事带给她的不快。

这个人没有答应见面，解释说资助的不只是小河一个，不需要感谢，倒是对小河提到的读书很赞同，认为这是很好的想法，学习一些实用的东西，将来会有用。之前，他在信里也一直强调知识的重要性。小河觉得这个男人挺神秘，也出手大方，让人联想，说不准此人无儿无女，还能让她继承家业呢，想到一些电视剧的情节时，她对未来充满了幻想。表达了几次，对方都不答应。小河只好猜想对方可能形象不好，要不然便是位心血来潮的家伙，已经没钱，没资本作秀了，不然的话，为什么不见面呢？

男人问她下一步的打算，有没有想过自食其力，好好打份工，养活自己。

小河预感这个男人不想理自己了。她半夜起来，有些难受，她写了几句话，准备最后再试试运气，她说自己当年得过小儿麻痹，无钱医治，在县城连正常人都难找到一份活儿，更不要说她这样的。

男人似乎一直坐在电脑前，等着小河。电话很快打过来，怪小河为什么不早说。这是小河第一次听到这个深圳男人的声音。

小河说，因为自卑不愿意提这事。

男人缓了口气，安慰道，没事没事，这次，他对小河的称呼也变了，称呼小河为小天使。

小河愣住了，以为听错了，直到对方又叫了次，小河才相信是对着她。

此刻，她显得忸怩，她认为这种名字都是有钱人家孩子的专利，从来没人这样称呼她，分明是讽刺她。想到这儿，她开始变得恼怒，冷冷地说，我是个瘸子，配不上这个名。说完这句，她想象男人听到这句话的表情。

男人似乎也想到了什么，停了一下，安慰道，我也喜欢逛街啊。再说，天使也是各种各样的啊，你呢，应该算是马路天使。小河曾经对男人说过喜欢逛街。有一次，小河在信里说过，挤在人群里，特别暖和。

小河先是觉得对方揶揄她，后来又觉得不像。男人的声音似乎有些发抖。

很快男人寄来了一条漂亮的长裙和一双好看的平跟皮鞋。

小河高兴地看了看自己的双腿、双脚，最后跳起来，她觉得此刻身体比平时更加轻盈，对得起这个美丽的称呼。

最让小河意外的是，他说在有关部门的支持下，联系了深圳振西学校，并为小河报了名，专业是物流管理，学费的事也处理好了，学习期间的生活费每个月也会按时汇给她。最后，他不仅寄了一笔路费，还给小河画了一个简单的路线图，让她路上小心。在邮件里他跟小河说，课余时间可以到对面的工业区看看，条件允许的话，一边打工一边读书。同时，他还鼓励小河在学校多结识些人，与宿舍的孩子交朋友，作为贫困地区的孩子，有义务让她们明白钱不是唯一的，甚至可能还会害人，要让同学明白挫折不幸也可以使人变得更乐观，善良、坚强。信的最后，他还说，这算是最后一次联系，自己不是富人，做善事，是因为喜欢爸爸这个称呼。

小河根本不明白这些话是什么意思，她觉得有钱人想事就是怪。

她很庆幸男人没有提出见面，否则她的话就要穿帮了。

见过小河的人都知道她是个相貌秀气的女孩儿，大眼睛，尖下巴，连自己都觉得像网游里的人物。她喜欢编排经历，以悲情为主。比如她说自己不是父母亲生的，是他们在火车站把她捡回来的，小小年纪照顾弟弟妹妹，还要经常挨打挨骂，零下几度洗衣做饭，一双手因此生了冻疮，每次拿笔都会疼，导致了她不喜欢写字。

她当着一个修鞋的温州女人说这事的时候，女人当时便眼泪汪汪，紧紧抓住了小河的手，放进怀里暖着。随后，她大了嗓门把马路对面正修鞋的丈夫叫过来，两个人用家乡话商量，先不做生意了，去市场买菜，然后把小河接回家里去吃饭。

他们把小河带到出租屋的时候，小河很失望，屋里屋外到处都是烂皮鞋，散发着难闻的气味。一进家门，女人就把小河安顿在电视机前，还给她周围堆上了一床粉色的被子，让小河别动，安心看电视，他们则欢天喜地去做饭了。

隔着门帘，小河也能感到他们的心情。女人仿佛捡到了宝，一会抹眼泪，一会笑，男人站在旁边安慰自己的老婆。小河觉得这个女人一定是想孩子了。

吃完一包牛肉干，小河才把饭菜等上来。

每种菜只做了一点点，放了满满一张小桌子。小河发现这两个人并不会做，每个很甜，味道有些怪，总之很难吃。

小河如果不是太饿，都懒得动筷子，直到后来端上一盘姜豆角炒肉丝，才来了精神。她迅速吃起来，顺路也把其他菜光顾了。看到这些，两夫妻高兴得哇啦哇啦说话。有两次还把小河的名字给叫错了。小河相信那个名字是他们孩子的。小河心里想笑，这过得是什么日子呀，还挺美的呢。哪里比得上十八岁之前自己吃的肯德基、比萨、酸辣粉。当然，她差不多一年都没有碰过那"东东"了。

她的脸上没有表现出这些，毕竟人家是专门为她做的。刚放下筷子，她便说要回家了。弟弟妹妹的衣服还没洗呢。听到这话，两个温州人站在那儿，挓挲着手，再也不知道怎么挽留小河了。本来已经给小河准备好被子和一张小床，他们像一对小爸爸小妈妈，眼巴巴地看着她，希望小河改变想法，留下来。小河说不行啊，我怕挨打，他们打人可疼了。本来小河还想找出一块伤疤配合自己的话，最后也懒得想了。她觉得这两个人的智商不太高，无须费太多口舌。

小河不好意思当着他们的面掩住鼻子，只好用肥大的袖口挡在前面，快快地从这间房子出来，跑到大街上狠吸了几口新鲜空气，她觉得那些皮革味道实在太难闻了。

收到信的第二天，小河便从老家赶到了深圳。

到了振西学院之后，她发现广告都是骗人的，哪有什么五星级花园式学校。这个学校在关外的沙井到松岗之间。大门很高很大，里面只有两栋单薄的楼房，一栋是教学用的，另一栋则是学生宿舍。学校对着马路，尘土飞扬，堵车的时候，喇叭乱鸣，那些运货的香港车把地面震得很响。因为挨着一个高速出口，的士车排了一大串，远远看过去，学校门前像个长途车站。

连学校的老师长得也不怎么样，土拉吧唧，交流的时候多数用客家话和湛江土话。虽然课桌和电脑比较新，正经听课的人却很少。多数人都是上网或坐到一起聊天，只有几个年纪大的，拿着笔在书上画着，样子滑稽。小河听了两天的课，还没找到感觉，当然也没交上朋友。她有些后悔，来之前，不该顾虑太多，把头发染回黑色，她相信原来那种色彩会有人找她搭讪。

因为小河来得比较晚，最后被安置在了四楼。这层楼住的多是男生，女生宿舍只有两间。这些无所谓，小河一放下行李便发现，宿舍的人根本不像学生，年龄有大有小不说，相貌、气质异常古怪。整体来说，像一所招待所，集合了全国各地那些跑供销、卖假货的人。

她选择住上铺，除了新鲜，空气好，还有就是方便观察下面人说什么，做什么。凭着以往的经验，必须知己知彼，再也不能傻乎乎，比如说了自己的年龄，结果一到十八岁，马上就没有资助了。当然，她反省过，怪自己贪心，想讨份生日礼物，才因小失大。为此，她常常觉得人心险恶，世态炎凉。

她先是观察到下铺那个姓孙的女人特别喜欢洗手，擦桌子。还有两个女人，是一起来的，她们只要闲下来，便拿出一些旧线团打毛衣。不仅如此，这两个女人很小气，经常用酒精炉做饭，一个橘子要剥成八份来吃。小河觉得这种应该是传说中的吝啬鬼。看了一会儿，便对宿舍人没兴趣了。

直到第二天中午，才来了一个有意思的。当时新生在操场开完会，正要散的时候，听见了汽车声，随后看见两个黑色轿车开进院子。车上下来一个年轻男人，站在路边向学生打听什么。接下来，是这个小车上的人到了小河这间宿舍。最先进门的是个女孩，显然她是这儿的学生。女孩的头发染成了金黄色，刘海遮住了半个眼球。像是个局外人一样，她一屁股坐在椅子上，从口袋里掏出烟并点着，抽了起来。过了会儿，她站起身，打量着窗外操场上几棵干枯的小树，无聊地吹着口哨。

见女孩这样，穿着高档的女人显得有些尴尬。她先是铺床，后来又用抹布去擦洗墙壁上的污渍。小河觉得女人红红的指甲与这些事很不和谐。年轻男人向房间拎东西，大大小小放了一地。看见这样的情景，小河顿时来了精神，她之前还没有遇见这种款的呢。显然是传说中的富二代。

接下来的几天，小河表现得很巴结，每天都对着女孩微笑。房间窄小，走路的时候也主动避让，很是小心翼翼。

这个女孩非常高傲，除了不领小河的情，她谁都不搭理。每天除了上网和抽烟，什么都不做，不跟任何人说话。有两次小河想说话，对方从鼻孔里呼出一阵气，把小河顶了回去。

这个女孩不怎么上课，平时也不知道去哪儿，常常半夜才回来。回来的时候，满嘴酒气，不管别人有没有睡着，把灯全部打开，洗漱完毕之后，才关掉灯，躺到床上听耳机。音乐声很大，溢出外面的只是沙沙声。如果不是小河太累，根本就无法入睡。

小河终于明白，这个学校没有年龄和身份的限制，只要交足够了钱，谁来都可以，甚至连考试也有人帮着张罗。

小河相信这个女孩和她一样，是个非主流。

为了接近这个女孩，有几次，小河帮她倒烟灰，帮她把扔在地上的手纸拾起来，丢到纸篓里。还有一回，外面下雨，她帮着女孩收好晾在外面的衣服。

女孩见了，连个谢字都没说，瞟了眼小河后继续抽烟。小河心里一惊，担心那件事情被发现。小河喜欢对方的衣服和鞋，曾经在女孩出门的时候，偷着拿出来，装在包里，等到了街上再找个地方换上。女孩衣柜里衣服，她几乎全部穿过。那些衣服件件都时髦，让很多人羡慕，确实受用。只有一次，是个例外，有一对情侣远远看着她笑。小河见了，不知道什么事，也回了笑。那男的见了，竟快走了几步，上来搭讪，小姐，挺敢啊，睡衣都穿出来了，今晚是不是想睡街上呢？说完退回女的身边，两个人搂在一起，哈哈大笑。小河知道，肯定是女的嫉妒她，才怂恿了男人过来奚落小河。

小河很懊恼，她确实分不清这些衣服到底有什么区别。她觉得深圳人就是喜欢捉弄别人。她甚至都有些想家了。

她又想起那个深圳的爸爸。见一下有什么了不起呢，你富你的，我又不抢你的钱，装什么神秘啊。还爸爸呢，谁想叫你爸爸，我又不是没有。

这么一想，她便有些恨，自己的亲爸太穷了，除了喝酒只会吹牛，任何好处也没有给过她，连一个外人都不如。家里除了几件破旧的家具，什么也没有。这样的家，不想也罢。她小小的时候就在电视和报刊上见识过香港、深圳人的生活，那时候她的心就不在漯河，而是随着资助她的那些人，翻山越岭到了外面，去世界之窗去星光大道了。

她的心回到了眼下。

下铺喜欢做饭的两个女人是进修生。听意思，在老家都有单位，退休前想过来镀金，长长见识，回去要办理退休手续了。

美其名约学习特区经验，回去好传播交流。实际上是单位的一种照顾。小河发现这两个妇女很喜欢上课，一堂不落。每天回到宿舍便整理笔记。她们喜欢把报纸上的话抄在本子上，有时两个人还会大声讨论。更多的时候是发表感慨，感谢单位，还说到教育体制，什么中国小孩在小学就讨厌学习，到了大学应该学知识的时候又放松了，最后导致什么也没学到之类。这些无聊的话，让小河听得烦死了，更要命的是这两个人除了用酒精炉偷偷做饭，有两次还学着广东人煲汤，说学会了回去用得上。她们只会做白菜加肉，或土豆加肉，从来没有吃过一次海鲜。照理说，学校离海边很近，那种玩意又是不算太贵，可是这两个女人只能如此。别的菜似乎不会。两个人都很能吃，吃饭的时候像只快乐的母鸡，咯咯嗒嗒一刻也不停。每次吃完饭就说平胃，其实是想在床上睡一会觉儿。两个人都喜欢打呼噜，甚至比男人还响。小河正用手机上着网，看到影星张柏芝因离婚可以分一大笔钱时，被这声音吵得不能专注，她心情烦躁，好几次都想破口大骂。

考虑到第二天饭堂不开伙，还要搭伙吃她们做的饭，才忍下了。

起初她们很不情愿，尽管小河说过会给钱，也曾经拿过两百块给她们，可小河每吃一口肉，两个人的喉结便会动一下，明显看不出情愿。直到有一次，她们问她小河想家么，家在哪儿，怎么不回去看看，小河当然不能实话实说，她说没有冬天的衣服，北方太冷了耳朵很容易被冻掉，另外父母双亡，只有一个外婆，回去只会更加伤心难过。听完这些，两个女人互相看了一眼，不说话了。接下来的两天，两个人安静了许多。她们还像以往那样做饭、吃饭，只是不再那么咋咋呼呼。

一想到学校向这些人介绍她是贫困地区来的，她就很生气，这样一来，自己吃的用的，便受到了限制，多换几件衣服都会被人用异样的眼光盯着，甚至脏话粗话都不能说。对此，她曾在内心抗议过，你们捐了钱给我，很了不起，很伟大是不是？你们的钱难道就干净吗？你们不是口口声声说帮自己吗？想到这儿，她又恨了起来。

好在她从网上知道了很多事，不然的话，她真的可能会感激涕零，真的会以为这些资助人的良心非常好。

想到那次寒假，她被安排到了省城，哭得一把鼻涕一把眼泪那副傻样，就羞愧得想要抓住头发向墙上撞。

她无法原谅自己，曾经那么傻瓜过。尽管那时候，她还不到十岁。

那一次，小河被接到省城一户人家里。这家不算有钱，倒是有不少书，据说，男人是个名人，喜欢书法和诗歌。家里还有一个和她同岁的小女孩。夫妻表面很是和睦，私下根本不说话。只有来人的时候，才并排坐在沙发上，手拉手，肩并肩，互相表扬。他们喜欢教小河写字，男人拿着笔教小河写字的时候，女人会在不远处用照相机，咔嚓咔嚓拍下来，有时也会拍些女人为小河洗澡的照片。小河很不好意思，如果不是女人的一只手压住了她的肩，她想站起来跑掉。女孩的父亲介绍她时，故意提到小河出生在那种特殊家庭，要知道小河多么不愿意提起家。她从小失去了母亲，父亲是个病人，带着他们姐弟二人生活，当然是村上数得着的困难户。这家人向外人介绍小河的生活时，会夸大许多，连小河听了也觉得自己身世悲惨。男人对着镜头表达爱心的时候像个演员。他说不仅资助孩子上学，还把他们女儿的压岁钱也捐了出来。这个时候，家里的小公主，会搬出一个大大的陶瓷猪，这是个存钱罐。差不多每个晚上，小河都会被拉到客厅，在很多人面前背诵那两句话。感谢叔叔阿姨，感谢有关单位之类。这些话必须从头到尾流着眼泪。直到有人送上红包，拍了照，她才能享受那些可爱的零食。

刚开始，小河认为下铺这两个女人不说话挺好，只是很快就觉得没意思了，主要是看不到热闹。这么一来，她只好去跟那个洁癖女人说话。这个女人不仅喜欢洗手，还愿意执着兰花指说话。小河觉得这女人很天真，让她捉摸不透，比如，她明知道小河讲的是家乡话，却说，小河，你们的话我怎么听不懂，刚开始，小河还真以为她听不懂，用手机跟老乡说话时也不避着她。在这里要说的是，小河已在很短的时间内，和对面那间厂的人混熟了。有两个小老乡，还带她去过万福广场跳舞。他们指导过她，如果跟老头跳，一定要让他们花点儿钱，年轻的，必须要下QQ或手机号，还要当场打，试试真假。小河一一答应，觉得这里面的学问还真不少。

姓孙女人经常问小河这问小河那，还让小河带路到特区里边看看，说是扫货。小河听了很开心，第一，这份信任很受用。第二，这个女人是个富婆。小河打心眼喜欢和这种人打交道，过瘾，有面子，她不愿意看见那些精打细算，穷嗖嗖的家伙，比如下铺那两位。

为了让对方相信自己，小河自告奋勇告诉她，哪里的东西最贵——中信之西武。哪里的东西便宜，当然东门老街和华强北也，能讲到跳楼价。这些事情并不是小河真的很懂。她是在老乡那里听说的。平时她很注意搜集这些，她觉得将来回到老家，还是需要有些资本，不能什么都不知道。她也喜欢搜集影星歌星们的事。张柏芝和谢霆锋，阿 SA、阿娇，还有大小 S。只是他们的情况变化太快，小河刚刚记住又变了，所以她觉得做人其实挺累的。

孙姓女人，对小河的推荐没什么兴趣，低着头染着指甲道，便宜货跟名牌一样，全世界都一个价，不存在哪儿便宜哪儿贵。小河没想到对方会这么说，一下子不知道怎么答了，只好站在那儿不动。最后，对方抬起头，对住小河的眼睛说，你知不知道哪里有上好的咖啡豆，最好是蓝山咖啡，我可是急着要用。

小河感到自己的血突然流速加快，连呼吸都还没有均匀，便急说，我知道，我知道。她当然知道南山，过了边检站就到了。小河听成了南山。她曾经跟着老乡去过。那里有世界之窗，欢乐谷。说完之后，她翻动了下眼皮，思考着那些咖啡到底在什么地方，这种食品不熟悉，她后悔自己平时太大意，连这种时髦的东西都没有很好地掌握。

第二天早晨，她撒了一个谎，说是到外面做好人好事，走出了大门。平时她溜出学校的确有些鬼鬼祟祟，她害怕连保安都对她指指点点，说她得到了很多人的帮助才读到这个学校，应该好好珍惜。

这一次，她大步流星走路，没有羞愧和不安。

一路走过来，女人不断描述咖啡那玩意如何香醇，美味。除了可以减肥，还能让生活变得有品质有情调。直到格兰云天楼下，孙姓女人才停了嘴，她眼前一亮，仿佛心情大变，浑身的肉被提拉起来，把小河晾在一旁，快速走近路过一家商店，并用英文与店员说起了话。说到兴奋处，女人不断扭动着自己肥厚的屁股，打着响指。最后，她从店里选了不同的两盒，才满意地离开。她说，一包是咖啡，另一包则是伴侣。出了店门，小河回过头，想要记住这家店的名字，可惜上面全是英文，小河一句也不懂，甚至连好多字母都不会念。墙上有张棕色图片很特别，让小河想不起什么词来形容。上面有个美丽的女人，拿着一只小银勺，让那白嫩的物质从嘴边飘过。让她的心里像有种东西轻轻地流过，很舒服。那感觉特别奇妙。

当晚，小河失眠了，她摸着自己有些火烧火燎的脸想，这个孙姓女人很抠门，都没有想打开让小河尝一下，连坐地铁都还是让小河自己掏钱。她说得那么好，又那么享受，为什么不拿出来尝尝呢。想了半天，小河也不明白，最后，她想清楚了，女人肯定不是自己用，而是送礼，不然的话，会拿出来吃几口。

她是趁这个女人睡着，另外两个女人又呼噜大作之际，才轻轻拿出瓶子，慢慢拧开的。黑暗中，她用力舀了一大勺，迫不及待放进了嘴里。

想不到的是，石灰粉一样的东西，从喉咙深处升起，弥漫了整个口腔……她险些呛住。她用尽全身力气，才压住了尖叫和咳嗽、气喘，此刻，她觉得自己的舌头快断了。

尽管如此，她还是忍着疼痛，希望把桌上的物品整理回原样。可是，她发现，盖子上面那层锡纸忽然不粘了，也不能回到从前。这让她很心烦。她甚至怀疑这个女人知道她的心，悄悄把发酵粉、石灰粉和芥末放在了瓶子里，有意捉弄她，害她。

黑暗中，她悄悄爬上了床，用被子把呛出来的眼泪擦干，甚至委屈得想哭。直到远处传来脚步声，她才迅速把被子盖好，遮住脸。

是那个散发着酒气的女孩子。凭感觉，这女孩又想骂人了。小河知道她也是单亲家庭。她说过父亲，有时真想一刀结果了那个负心人。女孩儿指的是爸爸，当年这个男人抛下老婆女儿，跟了个有钱女人。尽管后来生意不错，支持女孩上学，让她们母女吃好的用好的。可他还是很后悔，觉得对不起女儿，造成她初中便辍学了，尽管他用很多方式来赎罪，都没有得到原谅。她从来没有喊过她一声爸爸。

女孩子喜欢喝酒，只是很容易就醉，哭或者闹是家常便饭。她的电脑台上放着一把水果刀，她常常一边说话，一边抓了那东西玩。所以没人敢说他什么，连投诉也没有。

小河起床的时候，天已经全亮了，她看见孙姓女人正在穿鞋，床上放着旅行箱，其行李也都收拾好了。她用眼睛偷偷看了眼那里，发现那盒东西原封不动仍在原处。小河犹豫了下说："姐，你掉东西了。"说话的时候，她的眼睛不敢看对方，也不敢看那个盒子。

　　"噢，那玩意啊，不要了，不是给人用的。"女人露出了胜利的微笑。出门前，她眨了眨眼睛，对小河说，对了，蓝山咖啡跟南山区没关系，产地是牙买加。我还没有买到。她在小河发愣并哑口无言之际，踩着高跟鞋，噔蹬噔出了门。

　　正在小河郁闷的时候，听见校工进来跟两个阿姨说："出门的时候，一定看好东西。"

　　"有什么好看的，又进不来小偷。"阿姨看着门窗，不屑地说，像是故意讲给宿舍里的小河。

　　小河听了，很感动，觉得这两个阿姨真是心地善良。躺在床上，她忍不住抬起身，偷偷去看她们。觉得这两个人还是像企鹅，尽管样子比原来顺眼许多。

　　小河怎么也没想到，两个阿姨竟然在这一天的放学后，说学完了要回去了，临行前要请小河吃饭。为此，两个人还在一个本子上面算了账，涉及分摊的事。

　　吃饭的事，果然没有食言，她们让小河随便点，想吃什么都可以。

　　小河不好意思，想吃的东西太多了。最后是两个阿姨帮她点的，其中有小河爱吃的福永黄油蟹和南海的剥皮鱼。吃到一半的时候，两个阿姨拿出一件天蓝色的毛衣。说是用了半个月时间偷着织的，就是为了给小河一个惊喜，这样小河回家的时候就不用害怕冷了。

小河愣了，没想到会这样，她高兴得跳了起来，分别拥抱了对方。把两个阿姨羞成了大红脸。最后，她为她们表演了街舞。也许是穿了新衣服的原因，她觉得没有平时跳得好，很笨拙。

等她坐新坐下来，一个阿姨说，小河你要用业余时间多看点书，别再浪费时间了。

小河说我会的。阿姨你们放心吧，我最近才考了一百分。如果当年父母不是把我扔下，让我自卑，总受欺负，我早就考上清华北大了。

在两个女人大骂家长不负责的时候，小河把盘子里的菜吃光了。

是在小河觉得生活没什么新意的时候，金发女孩约她去唱歌的。

小河有点不敢相信自己的耳朵，她太高兴了。长这么大，从来没有人请她去过那种地方。

她显得有不自然，忸怩着说，我不太会唱歌，你看我的喉咙最近有点哑，她又想起那个该死的咖啡伴侣。

"没关系啊，去玩呗。还有，如果喜欢，那套睡衣归你了！"女孩若无其事地说。

小河有点不好意思地笑了。

到了地方，才知道是女孩过生日。

小河着急地说，不知道啊，连礼物都没来得及准备。

女孩笑着："什么礼物呀，告诉你吧，我什么都不缺，就是孤独，没人陪。"

见小河还在发呆，她接着说："我真羡慕你。女孩儿又喝醉了。"

小河走到洗手间给老乡打电话，说："这个有钱，说自己孤独没人陪，不过你得先给我1000块。"

男人过来的时候，小河把毛衣丢给了对方说："不能便宜啊，这可是新的，我还真有点舍不得。"

包括一件新毛衣，全部加起来成交价400元。她要用这笔钱去文身。打听过了，天使就是这个价。这个图她看过几遍，每次见到那个图，她的内心都会变得柔软。圆圆脸，大眼睛，长睫毛，像婴儿那样纯洁的脸，她喜欢那样的自己。只有那样的自己，才配得上天使这个美好的称呼，配得上深圳爸爸用那样的语调称呼她。说实话，她有些想念深圳爸爸了。这次，不是为钱，不是为了他寄来的东西。她甚至有些惦记他了。

小河最后又抢了对方五十块钱，才把男孩推进包房。

音乐声很大，女孩已经倒在了沙发上。

小河过来拉她的时候，女孩嘴里还念着爸爸两个字，接下来，她看了眼小河说:"对不起，他要我照顾你，向你学习，我都没做到。"

小河愣住了，脸庞上那抹得意还没有褪尽。她突然明白女孩说的是什么。

放下女孩的手，小河冷着脸道:"他知道我的情况吗? "她看了眼自己的腿，奋拉下眼皮。

女孩摇了摇头变了音道:"我不想伤害他了。"

小河眼睛突地热起来，仿佛有东西要掉下。她发了狠才忍住。太久没有流过泪，之前她一直认为那是可耻的。

小河回宿舍的时候，脚步一点也不轻盈，两只腿像是灌了铅，注了水。快到门口时，她听见了熟悉的声音，是其中的一个阿姨在哭。旅行包被人翻了，准备带回老家的荔枝干只剩下几颗，连那张报纸也没了，上面有她大儿子生前发表的一篇作文。这是她保存多年的东西，一直带在身上。

小河的手变得冰凉，全身都在发抖，她真的忘了早晨那件事。当时她们正去车站买票并到商店购物，准备回去的一切。

活了近二十年，第一次后悔。她不知那张旧报纸还有用，否则不会连同果核一起扔掉。

凭什么要这样，一个个对她好，凭什么啊! 她本来不打算和这个世界有任何瓜葛的。

小河为自己不能像过去那样恨了，而愤怒和心慌。她在街上走了很久，不知道接下来应该去哪里。

关　外

　　陈泽说出差这段时间，母亲要过来。他把接待任务交给了黄倍倍，时间安排在深圳荔枝节的前两天，即六月二十四号。事情来得有些突然，黄倍倍心里没底，主要是她不习惯和陌生人住在一起。考虑半天还是没想出应对办法，只好做了四十分钟车回家，说想吃老爸黄海做的饭了。真实的想法是接下来，让客人住到家里，家里房子多，都空着，也有工人做饭，双方家长顺便还能见上面。

　　黄倍倍和老爸黄海关系不好从高二开始。事情跟黄倍倍的爱好有关。从小到大黄倍倍形象姣好，尤其圆鼓鼓的小脸很是趣致。虽然文化课还不错，却有意学表演，原因是韩剧看多了，向往另外一种生活。她的理想是将来当个演员，体验各种精彩人生。老爸是典型的潮汕人，年轻时还进过剧团，跑过龙套。中年以后做了企业，再没有想过这事。他的生意做得很大，从加油站到教育、房地产，涉及的领域不少。对于女儿的理想，他没有表态。寒假的时候，黄倍倍跟着艺术班的同学跑到北京参加培训。回来之后，信心满满，开口闭口都是影视。话说到了高三，有一天，老爸叫司机把她接到酒店，说约了深圳电视台的叔叔阿姨吃饭，商量广告的事，每年他们都要从老爸这儿接几百万的单。聊着聊着，便说到了黄倍倍准备报考的专业。结果全体摇头，像是事先统一过口径，说辛苦，过非正常人生活，学完基本就失业了。别人随时可以抢演员饭碗，而演员能做什么。还主动晒出自己的经历。还有一位，上下打量过黄倍倍后，表情严肃地说可不是随便什么人都能做这行的。这么一来，黄倍倍当着客人，脸就长了，觉得老爸不给面子。好像自己多不懂事理。与形象没有关系，又与什么有关呢。黄倍倍哼了一声。她虽然最终回到班上读书，父女二人从此却有了隔阂。有事说事，不再交流别的。有时坐在客厅里，看着同一个电视，也不说话。黄倍倍偶尔看见老爸笑，便故意绷着脸，不看电视，转身回房拿出手机玩游戏。意思很明显，你欣赏的我讨厌，我喜欢的你无权干预。

从此，黄倍倍不喜欢听老爸黄海说话。比如，老爸说特区里面的人来自全国各地，而二线关外的宝安、龙岗则是那些小地方来的人，素质是一方面，社会治安不好是最大问题。在老爸眼里，关外就是个县城，破旧、脏乱，跟国际大都市的深圳无关。老爸还说不要和穷人交朋友。这些话让黄倍倍很是反感，什么逻辑，有几个钱就大晒了吗？她把自己在网上见到攻击富人的话全部想到，只是没有说出口。她找到了气老爸的窍门，就是不交流，那样才会让他更痛苦。她为自己的发现暗暗得意。

正是这个原因，她不仅和穷小子陈泽谈了恋爱，还到关外找了份工作。做完这些，才算解恨，对老爸的态度开始好转，甚至有了小内疚。

此刻，她坐在客厅里，听见老爸在厨房把锅碗瓢盆弄得很响，不久便是一阵一阵香味传过来。她变得嘴巴很甜，叫了几次老爸，问些弱智问题。猜到厨房里的老爸已心荡神驰。甚至对这个年近六十、独守着大房子的老爸，有了百分之零点零一的同情。有一次，说了半天没见回复。黄倍倍光着脚跑过来看。见老爸手里拿着铲子发呆，或傻笑。她故意装出生气，干吗不理人啊。黄海笑，炒菜没听见嘛。她知道老爸不再生气，早就盼着和解，心里开始暖暖的。

黄倍倍哼了声，愉快地跑开。看着女儿的背影，心里说，还真是这块料，一会儿哭一会儿笑。转头就担心了，是不是遇到了什么事，不然怎么会突然间变了个人。

果不其然，菜刚端上，黄倍倍就忍不住，开口问老爸怎么办。她在纠结陈泽母亲的事。她猜想陈泽母亲是来商量结婚，看来已被列进意识日程。恋爱谈了大半年，她早就想见陈泽家里人，只是陈泽老家在江西吉安，路程有些远。如果没事，连陈泽也是过年才回。陈泽家在外地，老爸在煤矿做过工人，十年前已退休，母亲在镇政府负责后勤，虽说见多识广，很是看不起陈泽父亲，但财力也非常有限。她的理想是陈泽早日出人头地。黄倍倍说两次想跟陈泽回家看看，都被陈泽找理由拒绝了，后来便不再提，感觉伤自尊。这次，陈泽母亲要来，觉得有机会可以和陈泽的家人相处，很兴奋。倒是陈泽显得冷静，似乎稀松平常，没什么热情。

老爸说，人家这是考察你呢，看你够不够格，不然为什么要选陈泽出差的时候来深圳，现在荔枝哪儿吃不到，为什么特意跑到深圳。

黄倍倍愣了一下，也是啊，自己瞎高兴什么，怪不得老爸总说自己头脑太简单，黄倍倍将筷子悬在空中。

不过，你能行的。谁不是跟各种人打交道，要相信自己有能力。陈爸这么一说，黄倍倍觉得老爸是婉转拒绝，自己请求帮助的愿望落空了。看来老爸还在生她的气。当初，她没经商量，便把特区内的好工作辞了，跟着陈泽去了关外。

这么一来，黄倍倍转变了思维，求人不如求己，不如自己沉着面对。此刻，她想早点见到陈泽家里人，并通过陈泽母亲的验收，争取早日嫁了，脱离老爸视线。总之，早嫁早安生。

想到陈泽不在，他的母亲将要和自己吃住半个月，黄倍倍说不上是好奇还是紧张，恍恍惚惚，无法安心做事，说话也是颠三倒四。最后，她光着脚跑到镜子前，捂着两侧的脸看自己。看着看着，明白了，原来她想妈妈了。要是妈妈在，所有事情都搞掂了。接下来想到陈泽母亲。比如，陈泽的母亲应该很瘦，细高个儿，弱不禁风，像自己妈妈，总是忧心忡忡的样子。想到这儿，她有点心疼对方了，跑了这么远的路，专程来见黄倍倍。她随后想到，要开伙，就在陈泽宿舍里做饭，而不是在她或者陈泽的食堂打点快餐，随便对付那种。

虽然只隔一条马路，两个小区还是不一样。二十四区住的是白领，二十五区则摆的是机器，是三洋、三菱、爱默生所在之地。陈泽也在日本厂做事，福利待遇不错。老板租了一栋快要拆迁的别墅给员工住，对于工作满三年的员工，免收租金。由陈泽介绍，黄倍倍也进了公司，负责验货查单、写报告。晚上住在陈泽宿舍。房子虽然不大，却很舒服，厨房、洗手间和另一个同事共享。黄倍倍喜欢这儿的原因，是可以望见海。在这样一个破旧的地方竟然有这个角度，很是奇异。陈泽说，很快就得拆了，不可能一分钱不花就有这样的美景。黄倍倍不觉得怎样。陈泽倒是很乐观，说有钱没钱都得快乐，他看不起那些富二代，哼，不就是有个暴发户的爹吗。每次听到这话，黄倍倍心里都一惊，越发不敢把实情告诉对方。

平时，两个人都是在各自单位解决吃饭问题，除了炒鸡蛋，就是煮面条。黄倍倍别的都不会做。她知道陈泽的钱来之不易。所以，从来不让他给自己花钱，觉得反正她什么都见过，吃过。搬进来的时候，她见到了陈泽同事。偶尔做饭，用的还是这个人的炉具，黄倍倍手忙脚乱做饭，看见男孩打量他，有点心虚，以为自己样子笨拙，让对方笑话。

倒是老爸认为不能无所谓，要尽其所能。如果你不让他花钱，将来你想走，他也不心疼。老爸说。

我没想走。黄倍倍看着老爸。这是她的心里话。她喜欢陈泽，这个男孩上进、勤俭、细心，懂得疼人，让她觉得贴心贴肺，还有他对黄倍倍的生活不了解，两人交往没负担。

黄倍倍认为应该马上准备一些厨房里的东西，而不是在这儿没有目的地瞎想和自责。反正老爸已不能指望，她不想再浪费时间。

老爸了解女儿什么都不会，问，你想怎么办？

黄倍倍很生气，但又不好发作，只好故作潇洒地说，办法很多，实在不行，还可以打外卖。

那就完了。老爸黄海似乎知道女儿会这么答，笑了，说这样一来，人家马上看到你什么都不会了。

黄倍倍说完便知道不妥，谁都知道外卖有多么不靠谱。如果连饭都不会做，人家考验什么，难道给你出两道几何试题吗？很明显，陈泽的母亲就是想和黄倍倍生活几天，看看她什么情况，生活习惯怎么样。

买套高级厨具，自动的，不用动脑子。炒菜几分钟，做饭几分钟，由计算机处理。她在心里盘算过，眼下厨房被陈泽的那个同事清空，并打扫干净，她倒是可以试试。她见过家里阿姨做饭，自认为模仿力不错。

黄海说，那不暴露了，怎么跟陈泽解释，说试探人家是不是看中了她的家业吗？他们这种人家多半能吃苦，自卑心、自尊心也特别强。不像你这种不知柴米贵，除了刷卡，什么也不会。黄倍倍无语了，心里同意老爸的话。陈泽那种生活和她的完全不同。所以，她从不让他陪着逛商店，最多看场电影，也还是网上订票。她承认为了陈泽，她都有点不像自己了。

从小到大，黄倍倍没有为钱担过心。她甚至可以在很多酒楼签单，而眼下，她不知道该怎么办。正如有人所说，钱把她给耽误了。那个时候连学校的老师也叹息，你就是家里条件太好了。似乎黄倍倍家里的好成了坏，把她给害了。名车接送，害得她没有朋友。人家在她面前不舒服，总觉得黄倍倍压人一头，炫富。不管她怎么表现，对方最后都会离开。当然，也有人与她走得很近，来往密切，只是很快发现，是想借钱。这样一来，黄倍倍就会特别敏感。他们这种人家的孩子要么出国，要么收租，或者进了机关，像她这样进工厂的少之又少。除了过瘾，还是想跟老爸斗气，不想老爸再左右她的前程。陈泽对她出身没兴趣，对钱也没有想法。所以，与其他人不同，他从不巴结、讨好。这感觉让黄倍倍觉得新鲜。陈泽总是说黄倍倍没有城里小姐那些毛病，简单、朴实。黄倍倍改变装束，老爸给她买的跑车，她也没有开进公司。她似乎变了个人，声音，笑容，着装打扮。有一次，在街上遇见高中同学，对方吓了一跳，显然，黄倍倍的形象和过去大不相同。黄倍倍不但不生气，反而是兴奋。她仿佛被谁施了魔法，尤其原来总是骑不好单车，不会跟小商贩讲价，眼下，她全会了。在深圳关外，这个没人认识的地方，她变成另外一个人，小县城人，看见镜子里的模样，她笑了，太好玩、太刺激啦！

中午前，黄倍倍打通了小广告上面的电话，便站到了二十五区大街上。她在等着煤气公司的人，她要把煤气带回宿舍。然后，再去市场买条鱼和一些新鲜青菜。锅碗瓢盆已经准备了一点。她在心里对老爸说，放心吧，我用不着求你，你守着自己的钱好好过吧。除了柴米油盐、电视剧，她在陈泽母亲面前什么都不提，包括三岁便学的小提琴，六岁便会的骑马，十岁便会的高尔夫。所有这些，全部藏起来，让自己过一种崭新的生活。关外的小区里没人认识她，吃着冰激凌，挽着裤脚，或者买个豆沙饼坐在台阶上边吃边看风景。她为这个样子的自己兴奋。她仿佛看见了摄像机正对着自己。她坐在石阶上向潮汕女人请教怎样多生一个，坐在河南老人身边听京剧。这种新生活是她向往的。她无所顾忌地靠在栏杆上，让自己更像一个居家的女人，这便是老师教的内心体验吧。她觉得反差越大，越舒服。如果有机会，她可以饰演这些个角色，绝不会穿帮。

明晃晃的太阳晒得脸部发烫。不断地有摩托车开过来，问她走不走，去哪，有个还反复打量她，最后用广东话问她做不做生意，多少钱。

黄倍倍没有生气，她的额头晒出了汗，眼睛没有直接看他们，只是等他们又去寻问别人的时候，才远远地去看。她感到兴奋。这样的生活让她新奇。原来自己可以扮演这类女子。黄倍倍觉得自己和这些人离得不远，仿佛兄弟姐妹。她反对这个城市被划分成一区二区等，她认为不应该把穷人富人分开。如果都放在一起有多好，还会成为朋友。

陈泽的母亲比黄倍倍想象的健壮，说话随便，样子也很老实。黄倍倍放松了。她太喜欢这样的母亲。黄倍倍有种说不出的亲切。一见面，陈泽母亲便盯着黄倍倍的脖子。黄倍倍明白对方在看自己的项链。这是陈泽送的，还是上次回老家，他母亲帮着选的。虽然样子有些土，分量也轻，可黄倍倍喜欢。她觉得这些人和他们的东西一样，透着真诚。比起之前她有的各种名牌，显得更加珍贵，她当即带到脖子上。她清楚在深圳这种地方，很少人会带这种东西。除非那些跳广场舞的老年妇女。她急于带着它去给自己身边的人看。没有豪华派对，没有应酬，土气，家长里短，实实在在，适合她眼下的角色。她想好了，要带陈泽母亲到香港看手镯、服装，随她选，否则无法表达自己的感情。每次看见老年人用的东西，她都会爱心泛滥。可她想起老爸说的，你为什么让她知道你有钱呢，你干吗不考虑她的感受。黄倍倍瞪着眼睛看着老爸。她的计划被打乱了，去中信、万象城这些想法都得搁置一边。

　　没想到，第二天便暴发了冲突。刚吃了饭，黄倍倍便抢先站起来，去收拾桌子，并把碗筷拿到厨房。

　　黄倍倍做了半天事，并不知道身后站着人。显然陈泽母亲盯黄倍倍有一阵了。从放水到送进洗毒柜，全部处理完毕要半个小时，黄倍倍通常戴着耳机做事。她觉得这样会让时间过得快一点，也与自己扮演的角色配一些。如果不是听陈泽说过母亲心脏不好，黄倍倍可能会把音乐放大。这样的话，拖地、擦玻璃也是种享受，她可以跳着舞去做，像音乐女教师带着一群孩子唱"哆瑞咪发索"那样。此刻，黄倍倍忘记刚才唱到了哪儿，显然她被吓到了。嘴上不说，但心里很不愉快，她不喜欢陈泽妈妈这个眼神。

看见黄倍倍在看她，陈泽母亲说，你知不知道应该摆放合理，大小高低这样放，而不是随随便便扔在这儿。陈泽母亲冷着脸用手比画着。

黄倍倍看见陈泽母亲变了脸，两条深长的法令线，使她看上去像是换了个人。她不知道接下来还有什么，便不知深浅扭过头笑了一下，说，等会儿就放好了，我还要用这个大碗盛菠萝呢。客厅里有着水果的香气。这是她早晨出去为陈泽母亲买的。

黄倍倍说，您先过去坐着，不要看我。

我说的是现在，为什么不放好，找什么借口。陈泽母亲脸上没有表情。

黄倍倍讪笑，不用这么小题大做吧。她替自己解围道，厨房这么小，反正没人看。她发现水管旁边有个织蛛网，上面盘着一只活物，正盯着自己。

当然是大事。你太不检点了，太过随便，穷不要紧，但做人要有规矩。陈泽的母亲声音突然高起来。

听完这一句之后，黄倍倍才知道对方不是玩笑。黄倍倍半天说不出话，脸发紫。连称呼也没有，便吼起来，妈，什么是不检点，这词用这儿，不对吧？她把脸对着窗外，她认为此时更适合来个大特写。

怎么不对了，小黄同志。另外，提醒你不要这么称呼我。陈泽母亲说。

陈泽给两个人做介绍的时候，说，这是妈。当时她还有些不好意思叫。听到陈泽妈妈说，黄倍倍只恨自己贱，同时生出了恨，好，那请问，我哪儿不检点，哪儿又不拘小节，我跟谁随便了。

黄倍倍听见隔壁的门响了，是陈泽同事从房里出来。男孩看了眼黄倍倍，似乎想说点什么。那个人的样子很亲切，包括穿着。他有一款和黄倍倍同一个牌子的鞋。当然，这些服饰被黄倍倍收进柜子。陈泽说这人是个富二代，除了有张文凭，什么能耐都没有，家里人把他放到公司，只为了体验和镀金。倒是陈泽母亲很喜欢这个人，叹同人不同命。说有钱人就是好，出手大方，也会说话，不会一天到晚计较。还把黄倍倍煲好的汤端过一碗给对方品尝。陈泽母亲斜眼看黄倍倍的鞋，露出不屑。这是黄倍倍在二十四区小市场买的，花了三十块。

黄倍倍侧着身子，指着碗碟说，因为这件小事，能说到生活作风上去吗？

批评一下你也没关系嘛。陈泽母亲冷着脸。

我错在哪儿？黄倍倍声音有些失控。她觉得对方有意在发难。

很多次，看见陈泽工作辛苦，她都忍不住想把情况告诉对方。她想告诉陈泽不要再求人做事，家里有的是钱，有别墅和大房子。老爸说过，将来都是她的。她清楚自己和陈泽不做任何事，下辈子也会有吃有喝。只是想到临出门时，老爸的话，她又管住了自己的嘴。老爸总说要坚持，不要露馅，弄不好，人家会因此吓跑，连朋友也做不成。怪就怪自己一开始就是打工妹身份出现，如果这个时候改变，处理不好，还成了欺骗。

深圳的风有股邪劲儿，哪怕是夏天，站在楼顶也能听到那种莫名其妙的声音。陈泽母亲此刻抢先一步，倒在地上，大哭起来。声音随着黄倍倍的脚步加速提高了。这样的声音中，陈泽母亲的哭声竟显得异常悲凉，让黄倍倍不知所措。她从来没有见过这样的场面。

听了黄倍倍的投诉，黄倍倍以为会得到老爸的安慰，想不到，他竟然站在陈泽母亲这边，你也要检查一下自己的言行，是不是太冒失，要学会忍，你的性子确实太急。老爸说，体会一下生活的艰难，这对你有好处。老爸回忆过小时候，你想不到，大人发的一个橘子用绳子拴着，挂在胸前，舍不得吃掉，直到快烂了。那个时候，有点吃的彼此也会谦让。可现在呢。他痛心疾首地说，我们这些人，得到了钱，却失去了亲情，吃什么也都没有滋味。他对黄倍倍说，你眼下越不暴露，好日子也就越多。这两年，老爸明显变了，说话也和过去不同。过去多好啊。有肉吃就是过年。一家人聚在一起，邻里、朋友关系都非常好。看着老爸的白头发，黄倍倍想听他的话了。早些年，自己太不懂事。老爸说，我赚了这么多钱，可是我最宝贵的东西没有留下，也没有在你需要的时候好好陪你，包括你妈妈。黄倍倍不说话了。母亲前些年离开了。走之前，拉着她的手说放心不下。也因为这个，她想好好的，真心换真心，好好对待身边人。

如果实在受不了，就回来吧。见黄倍倍不说话，老爸又说，不然算了，跟他们说实话得了，你这人又不擅长演戏，否则我会支持你学这行。这是他第一次提起当年学表演这件事。

黄倍倍停了半天，才说，还想再看看。她觉得自己确实太冲动，说话快，没有很好地等对方把话说完。陈泽母亲可能不是那个意思。倒是有可能想和她聊几句，而他们的表达方式不同。自己可以主动问点什么。比如，你们是不是也用这么大碗盛饭，你们平时吃米还是吃面？陈泽吃几碗，再顺势说到陈泽小时候。他小时候可爱，听话吗？想到这儿，黄倍倍似乎找到一把打开对方心灵的钥匙。

黄倍倍没敢多停，在家猛吃一顿，拿走冰箱里的燕窝。她准备第二天用冰糖煲给陈泽母亲补补身子，顺便拉下关系。

回来的时候，天已经快黑了。想不到，陈泽的母亲坐在沙发上看着她，茶几上放着一碗莲子羹和骨头汤，笑眯眯地说，快坐下喝了，这些材料对女人好。

黄倍倍糊涂了。

当年，我们家里每个女眷都是这么保养。陈泽母亲说。

黄倍倍一头雾水，仿佛自己被谁带进某种情境。

如果在旧社会，我们吃的就不是这些东西了。陈泽的母亲说，小时候我常常这样坐在厅里，帮着阿姨收拾燕窝上面的毛，用镊子一根一根拔出来。听些老式唱片，天涯歌女之类。黄倍倍觉得陈泽母亲的发音里竟有了上海腔。听到这儿,黄倍倍不敢再把包里的东西拿出来了。陈泽母亲接着道,唱片是黑胶或白金的,那是我做绸缎生意的外公每次带回来的。他喜欢我,把我抱在膝头,让我拿着唱片放到唱针上。外公就势抱着我旋转。客厅特别大,从这里跳到对面,要十几分钟,一点也不累。

她看着黄倍倍,笑着问,这种生活你喜欢吧。

不喜欢,假的。这些电影场景黄倍倍看过多遍,还穿着旗袍在北影旁边那间出租屋里和小伙伴们排练过。规定情境需要演员做内心想象,从而酝酿饱满的表演情绪。老师还说,虽然是虚拟的,但能够帮助他们尽快地入戏。

陈泽母亲已经变了脸,嘴唇哆嗦,你今后有什么打算,总不能一直住这儿吧。

听陈泽的。黄倍倍想躲闪,可她没有想好台词。

他有些话不方便说,还是我转达吧。陈泽母亲并不放松。

有什么不方便的,反正快结婚了。黄倍倍被自己的话吓了一跳。

不会吧,他可是不想耽误你。不过,阿姨相信离开他,你能找个好的,凭你的相貌。陈泽母亲盯着黄倍倍的眼睛。

什么意思。黄倍倍警惕起来。

陈泽母亲接着说,实在找不到,阿姨也可以帮你,还是要找个好的,有钱的。

黄倍倍说,陈泽将来也可以有钱啊。再说,有钱未必就好吧。

陈泽母亲已经露出嘲讽，有钱当然好。难道你要告诉我，自己不喜欢钱，可不要讲笑话了。

黄倍倍突然明白，什么吃荔枝。原来这人是来劝黄倍倍离开的，用的还是软硬兼施的办法。

我怀上了。黄倍倍的声音已换成了哀求，连声音和表情竟然也很配合，贯穿动作也对得起表演课的老师。她明显感觉自己的内心体验有了，连身体也显得笨重。

陈泽母亲愣了，身体似乎要瘫软下去。但很快便显出沉稳。不会吧，你能确定是我儿子的？她已经在发抖。

黄倍倍并不生气，反倒越发入戏，她弱弱地，是他的，不信你问问。

陈泽母亲冷着脸，那你想怎么办？

我和陈泽要结婚的，黄倍倍的心里已经跷起二郎腿，如果手上有烟，她都想点上一支。这时候，她发现局面已经失控。

你可不能害他呀。陈泽母亲已经发出了尖叫。很快，她便并拢腿，收起之前板起的冷脸。拉过黄倍倍的手，拖起哭腔。孩子，求你了。陈泽是想找个本地姑娘，她上下打量黄倍倍，你有分红吗，有房子出租吗。如果他与有些人家的女孩结了婚，根本不用那么辛苦。他那么年轻，头上就开始有白发了，什么时候才能是个头啊。你那么爱他，就放过他吧。他一定把你当妹妹，我们家把你当女儿。以后，阿姨给你做饭，煲你喜欢喝的汤，将来有了孩子，阿姨还可以帮你带。黄倍倍认为对方的动作线索太多，有些应该是内心独白，不该说出来。总之，从专业角度看，太断裂，缺少起承转合。

见黄倍倍没说话，陈泽妈妈继续道，你好好想想，两个没钱人在一起，这是互相害对方，早晚成仇人。如果你不跟他，可以荣华富贵，他如果不跟你，能找个有钱的，他说这地方富婆很多。你将来也要当妈妈，相信你能理解一个母亲的苦心。说到这儿，陈泽母亲眼睛红了。陈泽母亲尽管染过头发，可是根部还见到白色。皮肤很白，锁着眉头，面部有些浮肿。接下来，她说，陈泽总安慰我，还让我别急，说你有来头，是个潜伏的富二代，还提醒我，让我不要坏了他的大事。你说我能不心急吗？你已经耽误他半年，好在我来得及时。

像是处理完大事，陈泽母亲站起身，轻抚了一下黄倍倍的头发，你饿了吧，想吃什么，阿姨给你去做。

可是我离不开陈泽，我愿意跟着他回老家，种田也行，我不怕过苦日子。黄倍倍发现自己的表演情绪没了，倒是有了恶作剧的心。

够了！陈泽的母亲再也无法忍受，她的鼻子似乎比前一分钟坚挺。像个不容侵犯的战士。此刻，她的声音和鼻息一样粗壮有力，整个身体似乎都压过来。你知道他费了多少力气才留在深圳吗，多少次他坚持不住，要打退堂鼓，我劝他留下，人生每一步都要走好，包括婚姻，只要能帮到他，哪怕对方再老再丑我们也同意，只是不能回去。他需要成功，如果回到我们老家，他的大学就白读了。

黄倍倍眼睛看着窗外，不想说话，她没力气演了。

天快亮的时候，黄倍倍突然听见了敲门声，是陈泽母亲，有事吗？黄倍倍问。她放下正在整理的东西。

　　你这个……陈泽的母亲指着黄倍倍的脖子，显得有些不好意思。黄倍倍半天才清楚对方说什么，羞得满脸通红，她手忙脚乱，去解脖子上面的链子。可越是着急，越是打不开。陈泽妈妈只好伸出手帮她，像是担心黄倍倍不愿意，她的手，坚定、有力，不容改变。

　　陈泽母亲离开后，又回来了。这次，她怯怯地靠着窗口，对黄倍倍说，姑娘，对不起呵。你早晚要做母亲，将来你会懂的。说完这些，她并没有离开，手指捻着百叶窗的绳。黄倍倍注意到她的腿很细。外面的风吹动了她的裤脚，使她的身子好像也在摇晃。室内的灯显得昏暗，陈泽母亲的脸有些疲惫。你有什么条件吗？陈泽的母亲问。黄倍倍明白她还在想着怀孕一事，担心被纠缠，才不愿意说出那几个字。

　　没有。黄倍倍感觉到了心疼。她认为老爸看得准，她不具备某种天赋。

　　那就好、那就好。陈泽母亲明显松了口气。

　　陈泽回来的时候，时间已经过去了半个月。黄倍倍发现自己变得恍惚，想起用杯子为陈泽盛水的那个下午。陈泽患有肝炎，她希望自己染上这病，这样就没有退路了。那时她还在跟老爸较量着，并置着气。怎么玩着玩着就到了这个份上呢。

　　似乎知道黄倍倍要离开，陈泽的同事站在客厅一直没走。

黄倍倍觉得他似乎有话要说。黄倍倍跟对方笑了一下，问有事吗？他说在天鹅堡见过她，小时候住在同一个小区，还在同一个双语学校读书。最后，他说代问黄伯伯好。

　　陈泽感觉黄倍倍有些不同。他腾出手，从包里向外掏礼物，是个憨态可掬的小公仔。他说，我不在的时候，你们没有闹矛盾吧。黄倍倍发现陈泽样子也有变化，瘦了些，溜肩要比过去明显。黄倍倍接过公仔，是个洋娃娃。她盯着娃娃的眼睛，随后安静地把它贴在脸上，轻声说，没有没有。

　　陈泽说，她是个苦命人，小时候挨饿，家里把她送给大户人家做丫头，三十岁才嫁人、生孩子。她的命很苦，也穷怕了。为了让我在这儿体面地上班，她什么都肯做，包括到县城做搬运工，周六周日去给人家当钟点工。

　　远处工地上响起湖南卫视《我是歌手》的主题曲。节目开播的时候，他们还在相爱。此刻，两个人都没有说话，静静地等待他们共同喜欢的那首《洋葱》结束。接下来，房间安静了许久之后，黄倍倍从口袋子里摸出了两枚钥匙，上面曾经扎过一条千千结。她悄悄放在陈泽枕下，然后，看了一眼不远处的时钟，她知道时间到了。她庆幸自己生来就有一双水晶鞋，经历过险境，却从来没有失去过。

　　陈泽竟然有感应，他扳着黄倍倍的脸，亲爱的，对不起。我的确去相过亲，也只是配合一下。知道吗，他们都不如你好。

　　黄倍倍把脸抚在陈泽肩上，用力抱了一下陈泽，轻声道，没事没事，仿佛对方是个孩子。她想到事情蹊跷，老爸说过不要和穷人恋爱，怎么就没下文了呢？当然，眼下，她已不愿意再想这些。被洗礼过的心已坐上新地铁。那庞然大物瞬间便飞起来。它掠过全世界最大的加工基地——宝安，那些破落的小市场，雨天总是积水的街道时，黄倍倍有些动情，毕竟快两百天，她真实地生活过。而进入书卷气的南山时，黄倍倍已忍不住欣喜，华侨城、益田假日广场、福田……满眼都是美好。久违的亲切，她感到了温暖踏实。深南大道气派非凡，街道宽畅、安全，天鹅堡、红树林，还有十万元一平方米、由少部分人共同筑就的富人城堡。